W. von Mandelsloh

Dietrich von Mandelsloh und seine Brüder

W. von Mandelsloh

Dietrich von Mandelsloh und seine Brüder

ISBN/EAN: 9783743380646

Hergestellt in Europa, USA, Kanada, Australien, Japan

Cover: Foto ©Raphael Reischuk / pixelio.de

Manufactured and distributed by brebook publishing software
(www.brebook.com)

W. von Mandelsloh

Dietrich von Mandelsloh und seine Brüder

Dietrich von Mandelsloh

und seine Brüder

Heineke und Statius

in den Wirren des Lüneburger Erbfolgestreites und der „Sate".

Ein Gedenkblatt zur 500sten Wiederkehr ihrer bezüglichen Todesjahre:
1896, 1897 und 1402.

l. 3.　　8. 5.

Nach authentischen Quellen zusammengestellt
von
W. v. M.

Berlin
Verlag von J. A. Stargardt
1898.

Inhaltsübersicht.

Anlagen.

Zur gefälligen Beachtung!

Durch freundliche Vermittelung des Herrn Rittergutsbesitzers Hermann Koch zu Mandelsloh kam dem Verfasser eine vom Herrn C. Lorenz daselbst aufgenommene und gezeichnete Skizze zur ehemaligen Burg Mandelsloh nachträglich zu (vergl. Anlage 3). Für diese spontane, allen Freunden der Geschichte Mandelslohs gewiss sehr willkommene Ergänzung seiner Forschung, spricht der Verfasser den genannten Herren seinen aufrichtigsten Dank aus. Einem Wunsche des seither verstorbenen Herrn Landrathes von Schwarzkopf nachkommend, hat Herr Lorenz diese Skizze um Ostern 1885 auf Grund noch heute an Ort und Stelle erkennbarer Reste der Burg und nach Angaben zuverlässlicher Personen, hinsichtlich denselben über-kommener Ueberlieferungen, angefertigt.

Nordostseite.

Südwestseite.

Das Monument bei Schloss-Ricklingen.

138.

Einleitung.

Wenn die Geschichte die gerechteste Richterin über die Thaten unserer Vorfahren ist, so müssen die Brüder Heinecke, Dietrich und Statius (Justatius) v. Mandelsloh arge Raubritter gewesen sein, denn wo immer die Geschichte von ihnen spricht, wird ihnen das Brandmal des Raubritterthums und der Wegelagerei aufgedrückt. Man könnte sich demgegenüber freilich mit der Thatsache trösten, dass selbst die Mächtigsten im Lande dem Rauben und Reiten huldigten, wenn nicht gerade in neuester Zeit durch romantische Erzählungen u. s. w. vielfach der Glaube verbreitet würde, dass die drei Brüder nicht nur Bedrücker der reisenden Kaufleute zwischen Hannover und Bremen, sondern sogar Brudermörder und dergleichen Unholde gewesen wären. Diese durch nichts beglaubigten, lediglich dem landläufigen Adelshasse entsprungenen Beschimpfungen, veranlassten den Verfasser, die Thaten der Brüder v. Mandelsloh an der Hand urkundlichen Materials, namentlich der Sudendorf'schen Urkundenbücher zu erforschen, und die Resultate seiner Forschung der Oeffentlichkeit zu übergeben.

Grosser Reichthum gewährte den vielgeschmähten Brüdern die Mittel, sich in der Zeit von 1370 bis 1400 an dem politischen Leben Niedersachsens hervorragend zu betheiligen, nicht, um in Raubzügen ihren Lebensunterhalt zu suchen, sondern weil treue Anhänglichkeit an das angestammte Fürstenhaus und starres Festhalten an den Satzungen des grossen Lüneburger Friedensbundes sie dazu trieb. Ihre mit der allgemeinen Lage eng zusammenhängenden Fehden waren zumeist Kämpfe gegen Unrecht und Gewalt, gegen Bedrückungen seitens mächtiger Herren und aufstrebender Städte, — ein beständiger Kampf um die Erhaltung ihres Besitzstandes, wie ihn fast alle Edelgeschlechter zur Zeit des Faustrechts zu führen gezwungen waren.

Das aus den Quellen geschöpfte Verständniss der Ursachen jener Fehden, sowie die erstrebte Vollständigkeit dieser, dem Andenken der drei Brüder v. Mandelsloh zunächst gewidmeten Schrift, liessen dem Verfasser eine ausführliche Darstellung des Lüneburger Erbfolgestreites, namentlich in seinen Anfangsstadien, zweckmässig erscheinen. Sollte es ihm damit gelungen sein, auch Freunden der Geschichte unseres engeren Vaterlandes sich nützlich erwiesen zu haben, so würde er darin den reichsten Lohn für seine mühevolle Arbeit finden.

Der Verfasser.

1

I. Der Lüneburger Erbfolgestreit.

Herzog Otto, das Kind (1204—1252), hatte nach langem Hader um das Herzogthum Braunschweig den Kaiser Friedrich II. dadurch versöhnt, dass er am 21. Juni 1235 zu Mainz auf dem Hochzeitsfeste des Kaisers, diesem persönlich sein Allod Lüneburg als Reichslehen auftrug und beide Länder, Braunschweig und Lüneburg, von ihm zu Lehen empfing. — Der betreffende Lehnbrief enthielt die Bestimmung, dass im Gesammtherzogthume Braunschweig-Lüneburg, als einem Kunkellehen, die weibliche Linie erst dann zur Erbfolge gelangen sollte, wenn die ganze männliche Nachkommenschaft der Braunschweigischen Linie ausgestorben sei. Dieser Bestimmung gemäss sollte nach dem Tode des Herzogs Wilhelm von Lüneburg, da dieser wohl 2 Töchter, aber keinen Sohn hatte, die Regierung im Lande Lüneburg auf Herzog Magnus I. Söhne übergehen. Allein Kaiser Karl IV. liess sich aus selbstsüchtigen Motiven bestimmen, für den Fall, dass Herzog Wilhelm ohne Söhne sterben sollte, Lüneburg dem Herzoge und Kurfürsten Rudolf I. von Sachsen-Wittenberg, dessen Söhnen Rudolf II. und Wenzel, sowie Albrecht, dem Sohne ihres verstorbenen Bruders Otto, zu verleihen. Den Kaiser leitete dabei die Absicht, die Wiedervereinigung der beiden Herzogthümer Braunschweig und Lüneburg unter einem ihm unliebsamen Herzoge zu verhindern, und daneben in Lüneburg einen getreuen Bundesgenossen und Förderer seiner egoistischen Pläne zu gewinnen. Als nun am 23. Juni 1355 Herzog Wilhelm die Verfügung traf, dass nach seinem Tode einer der Söhne des Herzogs Magnus I. im Lande Lüneburg regieren sollte, und, um dieser Erbfolge eine festere Grundlage zu geben, seine zweite Tochter Mechtild mit Ludwig, Magnus I. Sohne, verlobte, verlieh am 6. October 1355 Kaiser Karl IV. aus eigener Machtvollkommenheit seinen Günstlingen, den zuvor erwähnten Herzögen von Sachsen-Wittenberg, das Herzogthum Lüneburg [1].

Herzog Wilhelm beachtete diese kaiserliche Verfügung nicht; er vermählte seine Tochter Mechtild dem Herzoge Ludwig und setzte, da dieser 1367 starb, am 14. September 1368 dessen Bruder, Herzog Magnus II., zum Erben seiner Lande ein [2], — womit das Vorrecht der Erstgeburt und die Untheilbarkeit der Lande gleichsam wieder anerkannt wurde. Wegen seines Ungehorsams gegen den Willen des Kaisers in die Acht und Aberacht erklärt, starb Herzog Wilhelm am 23. November 1369. Mit ihm schied ein für sein Herzogthum, und namentlich die Stadt Lüneburg vollzugnädiger Herr. Ihm war wenige Monate zuvor Herzog Magnus I. (der Fromme) im Tode vorangegangen.

[1] Sudendorf, U.-B. zur Geschichte der Herzoge von Braunschweig und Lüneburg, II., S. 272, 281; III., S. 106 und Einleitung S. CXX. Stammtafel der Herzöge von Braunschweig und Lüneburg am Schlusse des Werkes.
[2] Havemann III., S. 257.

1*

1370   Nunmehr belehnte der Kaiser, d. d. Fürstenberg, 3. März 1370, die sächsischen Herzöge, auf Grund der früheren Belehnung, mit Lüneburg, weil er es als ein heimgefallenes Reichslehen betrachtete und zwar: »in Berücksichtigung ihrer grossen, merklichen, getreuen Dienste und der schweren Kosten, womit sie ihm und dem heiligen römischen Reiche nützlich und förderlich gewesen seien, und damit sie ihm auch fernerhin noch nützliche und förderliche Dienste erweisen könnten«. — Er ahnte nicht, dass diese Belehnung weder ihm noch den sächsischen Herzögen irgend welchen Nutzen, den niedersächsischen Ländern aber unsägliches Elend bringen sollte.

Gemäss dieser Belehnung erliess der Kaiser an alle geistlichen und weltlichen Stände des Herzogthumes Lüneburg den strengen Befehl, nur den Herzögen von Sachsen-Wittenberg zu huldigen und bedrohte Zuwiderhandelnde mit dem kaiserlichen Banne[1]). Die Städte Lüneburg und Hannover, obwohl letztere Stadt bischöflich Hildesheimisches Lehen war, erhielten noch besondere kaiserliche Schreiben (8. März), welche offenbar diese mächtigen, nach grösserer Unabhängigkeit strebenden Städte zum sofortigen Abfall vom Herzog Magnus reizen sollten.

So waren denn mit einem Federzuge Magnus II. alle Rechte auf das Herzogthum Lüneburg genommen; das Geschlecht, das sein ursprüngliches Erbe dem Kaiser Friedrich Barbarossa als Lehen auftrug, sollte dasselbe zur Hälfte verlieren; Welfisches Allodium Heinrichs des Löwen sollte in den Besitz der Nachkommen Albrechts des Bären übergehen! — Dem konnte Magnus unmöglich ruhig zusehen.

Wie eigenmächtig und zweideutig der Kaiser bei dieser Belehnung verfuhr, erhellt aus folgendem, von ihm vermittelten Vertrage: Herzog Magnus wollte einen letzten Versuch machen, um auf gütlichem Wege die Belehnung der sächsischen Herzöge rückgängig zu machen. Er erbat sich deshalb vom Kaiser eine Tagfahrt und zu derselben freies Geleit. Beides ward ihm zugestanden[2]). Was nun zu Guben am 20. Mai 1370 zwischen dem Kaiser und ihm hinsichtlich des Herzogthumes Lüneburg verhandelt wurde, ist nicht bekannt; da Magnus aber mit festerer Zuversicht und in froherer Stimmung von dort heimkehrte, so scheinen die Verhandlungen günstig für ihn verlaufen zu sein. Bei dieser Tagfahrt nun brachte der Kaiser, »weil man gegenseitig nur Liebe, Treue, Gunst und Freundschaft von einander erwarte«, ein merkwürdiges Bündniss zu Stande, zwischen seinem Sohne, dem 9jährigen Könige Wenzel von Böhmen, und dessen jüngerem Bruder Siegmund einerseits, und dem Herzoge Magnus anderseits. Beide Theile versprachen, zur Vertheidigung ihrer Länder Böhmen, beziehungsweise Braunschweig-Lüneburg, sich gegebenen Falls mit 200 Bewaffneten beistehen zu wollen. Sie verpflichteten sich demnach, durch Vermittelung des Kaisers, dessen noch unmündige Söhne dem Herzoge in der Vertheidigung **seines** Landes Lüneburg nöthigen Falls beizustehen, obgleich diesem kurz zuvor das Land durch kaiserlichen Machtspruch aberkannt war.

Herzog Magnus nahm wohl die Ueberzeugung mit sich, dass der Kaiser, so lange dieses Bündniss zu Recht bestand, nichts Ernstliches gegen ihn unternehmen würde, und dass die sächsischen Herzöge, wenn sie sich in den Besitz des Landes Lüneburg zu setzen Willens waren, dies ohne kräftige Bundesgenossen nicht im Stande sein würden. Er musste sich aber auch eingestehen, dass seine Lage eine sehr gefährliche werden konnte; denn noch grollten

---

[1]) Sudendorf, Urk. zur Geschichte der Herzöge von Braunschweig und Lüneburg, IV., S. 7. In der Folge werden die Quellennachw. falls sie sich auf Sudendorfs Urkundenbuch beziehen und nach dem Datum an der Hand des Registerbandes dieses Werkes leicht aufgefunden werden können, nicht. enthalten

[2]) Daselbst IV., S. 19.

ihm, früherer Fehden wegen, mächtige Nachbaren; und im Innern seines Landes nahmen die Städte, insbesondere Lüneburg, jede Gelegenheit wahr, um ihre Unabhängigkeit zu stärken und ihre Machtsphäre zu erweitern. Aber Magnus war nicht der Mann, der verzagte: seine Energie half ihm über das Schwierigste hinweg; zudem standen ihm ja seine Mannen in beiden Herzogthümern und die Stadt Braunschweig treu zur Seite. Jedenfalls musste er gegen alle Eventualitäten gewappnet sein. Deshalb ging er mit Eifer daran, seine Position, namentlich durch Aussöhnung seiner früheren Widersacher, zu verstärken.

Schon früher hatte er in beiden Herzogthümern Antheil an der Regierung genommen und sich hiebei durch thatkräftiges Handeln und klaren, weitreichenden Blick besonders bemerkbar gemacht; freilich aber auch durch einige leichtsinnig vom Zaune gebrochene Fehden sich und seinem Lande grossen Schaden zugefügt. Ganz im Gegensatze zu seinen Vorgängern, dem »frommen« Herzog Magnus I. und dem »milden« Herzog Wilhelm, war Magnus II. von grosser Strenge und in seiner Jugend von unbezähmbarem Charakter. Es geht die Sage von ihm, dass sein Vater ihn einst aufzuhängen gedroht, falls er in seinem gewaltthätigen Wesen verharren würde. Angeblich trug Magnus seitdem beständig eine silberne Kette am Halse, um anzudeuten, dass er an dieser Kette und nicht an einem Stricke gehängt sein wolle. Sein Beiname »Torquatus« ist auf diese Fabel zurückzuführen [1].

Nachdem Magnus (31. März) mit seinem Vetter, dem Herzog Otto von Braunschweig-Göttingen, eine Erbverbrüderung geschlossen hatte, errichtete er (19. Juni) auf dem Kuhsande bei Boitzenburg mit dem Herzog Albrecht von Mecklenburg, seinem früheren Feinde, einen Friedensvertrag und verglich sich (23. Juni) mit der mächtigen Stadt Lübeck in der Weise, dass diese ein Jahr lang ihm und den Seinen nicht Feind zu werden versprach. Seiner Gemahlin Katharina verschrieb er zum Leibgeding Schloss und Stadt Celle (15. August), und sicherte für alle Fälle die Zukunft seiner Söhne dadurch, dass er für dieselben aus seinem Rathe 6 Vormünder bestellte (20. September).

Die mit dem Herzoge von Mecklenburg eingegangene Sühne legte Magnus unter anderem die Verpflichtung auf, für seine in der letzten Fehde gefangenen Leute 3000 Mark löthigen Silbers Lösegeld zu zahlen. Da ihm hiezu, wie auch zur Einlösung der Schlösser Asseburg und Wolfenbüttel, die Mittel fehlten, so trat er an die Stadt Lüneburg mit der Forderung heran, ihm die Gefälle auf der Sülze zu Lüneburg, die den Mecklenburgischen Prälaten zukamen, als ein feindliches Gut auszuliefern. Aber die Rathsherren weigerten sich entschieden. Der Herzog ohnehin erbost, dass die Letzteren schon früher seinen Geldforderungen Widerstand geleistet und mit seinen Feinden, den sächsischen Herzögen, Unterhandlungen gepflogen hatten, ergrimmte darüber dermassen, dass er befahl, die vornehmsten Rathsherren in die herzogliche Burg auf dem Kalkberge (zu Lüneburg) einzusperren und zu schatzen. Diese Massregel unterblieb nun zwar in Folge der Vermittelung der Mannen des Herzoges, doch wurde der Stadt eine Strafe von 20,000 löthigen Mark auferlegt, die später auf 7000 löthige Mark ermässigt wurde [2].

Durch dieses gewaltthätige Auftreten verscherzte Magnus den letzten Rest der Anhänglichkeit dieser Stadt. Doch mag seine Härte darin einige Erklärung finden, dass die

---

[1] Ganz irrig hat man in dem Tragen der Kette einen Hohn gegen seinen Vater erblickt, mit dem er im besten Einvernehmen lebte, daher man schliessen muss, dass die Kette lediglich einer der vielen Launen entsprang, zu denen die Zeit des Faustrechts so reich war.

[2] Volger, U.-B. der Stadt Lüneburg, II., S. 30 ff. — Jürgens, Geschichte der Stadt Lüneburg, S. 30 ff.

Lüneburger Rathsherren Miene machten, die sächsischen Herzöge in die Stadt aufzunehmen, was gegenwärtig als Hochverrath bezeichnet zu werden pflegt. Dass der Herzog derartiges befürchtete, geht aus seinen weiteren Massnahmen hervor: Auf seine Burg am Kalkberge liess er eine starke Besatzung legen, Bliden und »Werk« hinaufbringen, die Burg selbst mit der angrenzenden Klosterkirche besser befestigen, den Giebel durchbrechen, Erker anbringen, und diese mit »Schot« und Armbrüsten versehen u. s. w.[1]). Sodann veranlasste er die Rathsherren und Gemeinde der Stadt nochmals (25. August) »ihrem lieben gnädigen Herrn« Huldigung zu leisten. Auch hatte der Herzog sich kurz zuvor (9. August) über das unbotmässige Betragen der Rathsherren zu Lüneburg in heftiger Weise beim Rathe der Stadt Hannover beschwert.

Mittlerweile mochte der Kaiser von dem Verfahren des Herzogs Kunde erhalten haben, sodass er sich auf Drängen der Herzöge von Sachsen-Wittenberg veranlasst sah, neuerdings (18. October) der Stadt Lüneburg zu gebieten, keinem anderen als den sächsischen Herzögen zu huldigen. Diese waren aber noch nicht im Lande erschienen, weil sie einsahen, dass sie ohne Geld und Soldaten nur dann zum Ziele gelangen könnten, wenn die Stadt Lüneburg, eventuell auch Hannover, offen ihren Abfall vom Herzog Magnus erklärten.

Herzog Rudolf II. war inzwischen (6. December) kinderlos gestorben. Sein Bruder Wenzel aber schien zu energischem Handeln wenig geneigt; um so thatkräftiger war sein Neffe, der jugendliche Herzog Albrecht, mit welchem der Kaiser hoffen durfte, seinen Zweck, jenseits der Altmark einen kräftigen Bundesgenossen zu gewinnen, erreichen zu können. Demgemäss befahl der Kaiser nochmals (24. December) allen Reichsangehörigen die Unterstützung der sächsischen Herzöge gegen Magnus an, erliess auch spezielle Ausschreiben im gleichen Sinne an die Städte Lüneburg und Hannover sowie an die von Boldensen.

Nach diesen wiederholten kaiserlichen Geboten, die trotz des angedrohten Bannes und der Poen von 1000 Mark löthigen Goldes, womit Zuwiderhandelnde bestraft werden sollten, im Ganzen wenig Eindruck machten, sah Herzog Albrecht den Moment zum Handeln gekommen. Um die Bewohner des Herzogthums und namentlich die Bürger der Stadt Lüneburg zum Abfalle zu reizen, versprachen Wenzel und Albrecht am 6. Januar 1371 allen denen, die sich zu ihnen halten würden, Wahrung ihrer alten Rechte, Privilegien, Pfandstücke u. s. w. und der Stadt noch im Besonderen die Einräumung des Schlosses auf dem Kalkberge und der vor den Thoren der Stadt gelegenen Häuser, das Befestigungsrecht, Rückgabe aller ihrer, von Magnus genommenen Privilegien u. s. w., sobald sie Herren des Landes geworden wären[2]).

Solche verlockende Aussichten zu einer Zeit, wo die Städte eifrig bestrebt waren, sich völlig unabhängig zu machen, waren wohl geeignet, den letzten Rest der Unentschlossenheit zu verscheuchen. Im Geheimen war daher der Rath zu Lüneburg schon zum Abfalle bereit, liess auch durch Abgesandte mit den sächsischen Herzögen Unterhandlungen pflegen und im heimlichen Verkehr mit der Stadt Hannover diese zur gleichzeitigen Erhebung auffordern.

Aber die Rathsherren dieser Stadt hatten alle Ursache vorsichtig zu sein, weil bei ihnen die Verhältnisse ganz anders lagen. Als sie jedoch die zahlreichen, für Handel und Selbstständigkeit so wichtigen Vergünstigungen, die der Stadt Lüneburg zugestanden werden sollten, vor Augen hatten, regten sich auch bei ihnen die kaufmännischen Interessen. Schnell hatten auch sie ihre Forderungen bei der Hand und gaben dieselben, in Form einer Urkunde,

---

[1] Volger, II., S. 41; Blide = Schleudermaschine, Werk = dasselbe, Belagerungswerkzeug, Schot = Lothbüchsen.
[2] Sudendorf, IV., S. 59 ff.

den nach Wittenberg zum Herzog Albrecht reisenden Abgesandten der Stadt Lüneburg, gleich mit auf den Weg. In der Urkunde verlangten sie nichts geringeres als: Ueberlassung des Schlosses Lauenrode nebst Platz, das Versprechen der Herzöge, der völligen Herstellung eines freien Wasserweges für Schiffe von Hannover bis in die Aller förderlich sein, auch die Schiffe und deren Frachten und Mannschaften zwischen Hannover und Bremen beschirmen zu wollen, u. s. w. Zum Schlusse stellten sie noch die Forderung, dass der einzige, noch zu Hannover wohnende Jude die Stadt verlassen und kein Jude mehr darin Aufnahme finden sollte[1].

Bezüglich der zweiten Forderung konnte die Anlage des »Wasserweges« möglicherweise die Interessen der v. Mandelsloh und anderer an der Leine begüterter Familien schädigen[2].

Aber nicht sobald sollte dieser Lieblingswunsch der Hannoverschen Kaufleute in Erfüllung gehen, denn vorerst fand die Forderung eines »freien Wasserweges« nicht den Beifall der Lüneburger Geschäftsgenossen. Diese erblickten vielmehr in der Gewährung desselben eine Gefahr für ihr Privilegium vom 20. September 1367, welches gerade die Anlage neuer Wasserwege verbot. Die Lüneburger Abgesandten hatten daher entweder die bezügliche Hannoversche Urkunde verstümmelt, oder die Ertheilung dieser Vergünstigung dem Herzog Albrecht widerrathen, jedenfalls geschah zur argen Enttäuschung der Hannoveraner in der betreffenden herzoglichen Urkunde des Wasserweges keine Erwähnung. Die Folge davon war, dass die Hannoveraner vorerst keine Lust verspürten, sich sogleich am Aufstande zu betheiligen. Ihre Rathsherren antworteten deshalb in einem Schreiben an den Rath zu Lüneburg (Januar), dass sie die Botschaft wohl empfangen, indessen die Dinge abwarten wollten; sie bedürften auch mehr Zeit zur Vorbereitung, als Lüneburg, wo die Sachen ganz anders ständen, als in Hannover. Hinsichtlich des Wasserweges aber schrieben sie: »Eure Redlichkeit wird sich erinnern, dass wir die Berechtigung an Gewässern in Eurer Nachbarschaft höchst ungern zu Euerem Nachtheile haben erkaufen wollen. Wir bitten Euch deshalb freundlich und dienstlich zu bewirken, dass der Wasserweg, wie dieser zuerst mit den anderen Stücken lautete, verbrieft und besiegelt werde. Befürchtet Ihr aber von dem Handel der Ausländer zu grossen Nachtheil für Euch, welche Befürchtung uns jedoch unbegründet erscheint, so bitten wir Euch inständig zu bewirken, dass auf unsere Bürger und ihr Gut gebührende Rücksicht genommen und dieser Punkt, darnach abgefasst, mit dem anderen Inhalte der Urkunde, wie sie entworfen ist, von den Herzögen besiegelt werde; denn bis auf eine kleine, noch nicht schiffbare Strecke, ist der Wasserweg von uns bisher nach Gewohnheit und Recht zur Schifffahrt benützt worden —.« Endlich erbaten sich die Rathsherren noch Nachricht, wann Lüneburg »zur Ausführung dessen« schreiten wolle, wovon der Stadtschreiber ihnen berichtet habe.

Die Rathsherren zu Lüneburg, obwohl ihnen diese Antwort gewiss nicht erwünscht war, versprachen dennoch, bezüglich des Wasserweges, es an Fürsprache beim Herzog Albrecht nicht fehlen zu lassen[3]; — dann aber schritten sie rasch zur That.

Am 31. Januar 1371 übersandten sie, wie es Ehre und Sitte erforderten, dem Herzog Magnus in Celle den Absagebrief. Der völlig überraschte Herzog, wähnend, dass er nach der

---

[1] Sudendorf, IV., S. 68 u. 69, Einleitung S. XXX u. XXXI.

[2] Die v. Mandelsloh zu Mandelsloh besassen daselbst und an anderen Orten Brücken, Fähren, Schiffmühlen, Schleussen, Wehren u. s. w. und ausgebreitete Länder entlang der Leine von Hannover bis zu ihrer Mündung in die Aller. Die Schiffbarmachung der Leine hätte daher besondere Vorrichtungen und mathematisch auch die Anlage eines sogen. Treppelweges für die Schiffzieherpferde und deren Begleitmannschaft erfordert.

[3] Sudendorf, IV., S. 68 u. 69.

letzten (zwangsweisen) Huldigung vom 25. August mit der Stadt wieder im besten Einvernehmen stehe, liess schnell zur Besetzung seiner Burg auf dem Kalkberge Truppen sammeln, doch bevor dieselben eintreffen konnten, hatten sich die Lüneburger bereits der verhassten Burg durch List bemächtigt[1]). Der Coup scheint von langer Hand und unter Mitwissen des Herzogs Albrecht vorbereitet gewesen zu sein, denn es war gewiss kein Zufall, dass dieser schon Tags darauf (2. Februar) in Lüneburg eintraf, was er anderenfalls nicht gethan haben würde. Die Ueberrumpelung der Burg, neben welcher sich damals das St. Michaelis-Kloster befand, trug sich folgendermassen zu:

Am 1. Februar, gegen Abend vor Mariae Lichtmesse zogen beim Klange der Vesperglocke Frauen und Jungfrauen, unter die sich Männer in Frauengewändern mischten, zur Klosterkirche hinauf, um, altem Brauche gemäss, Ablass zu erflehen. Ihnen folgten kleine Gruppen Bürger. Da traten zwei Männer, welche Waffen unter den Mänteln trugen, aus der Kirche an das Schlossthor heran und begehrten Einlass vom Pförtner mit dem Vorgeben, sie hätten dem Vogte ein Anliegen vorzutragen. Kaum hatte der Thorwart sie eingelassen, als sie ihn niederstiessen und den Leichnam in den Graben warfen. Hastig drangen die bewehrten Bürger nach. Alsbald eilte der herzogliche Vogt, Segeband von dem Berge, welcher sich eben beim Abte im Kloster aufhielt, zornig herbei. Aber Karsten Rodewald, ein Fleischhauer, erschlug den Vogt mit drei Axthieben. Sein Tod entmuthigte die Knechte. Der erbitterte Volkshaufe zerstörte nicht allein die Burg, sondern auch das angrenzende Kloster, worin sich das Erbbegräbniss der Herzöge von Braunschweig-Lüneburg befand, und verübte dort und an anderen Stellen Mord und Todschlag, nur die Geistlichen verschonend. In früher Morgenstunde des anderen Tages (2. Februar) — so geht die Sage — traf aus Celle ein herzoglicher Bote ein, ritt ahnungslos an den Kalkberg heran und rief den Thorwart. Als der dort wachende Bürger ihn fragte, woher er so früh komme, erwiderte er: »Sage Deinem Herrn, dass er klüglich um sich schaue und das Schloss wohl verwahre, denn es haben die Bürger der Stadt dem Herzog gestern abgesagt; er solle sich aber nicht fürchten, denn es werde der Herzog morgen mit starker Hand bei ihm sein.« Da löste der Bürger eine Donnerbüchse und rief: »Nimm diesen Stein mit Dir und zeige ihn Deinem Herrn, Euch beiden nicht zum Segen.« »O, weh, o, weh!« rief der Bote kläglich aus, »verloren ist die Krone der Herrschaft Lüneburg,« wandte sein Ross und sprengte davon. Soweit die Sage[3]).

Mitten in dem hellen Aufruhr und der Zerstörungswuth der Lüneburger, traf Herzog Albrecht von Sachsen-Wittenberg in Lüneburg ein, von den Bürgern mit Jubel empfangen. Ihm, seinem Oheime Wenzel und beider Erben wurde sogleich gehuldigt[3]).

An demselben Tage, als zu Lüneburg die Erhebung in so glücklicher Weise gelungen war, wagten auch die Rathsherren zu Hannover einen Schritt vorwärts, indem sie (1. Februar) mit den Herren von Reden ein Bündniss auf nur ein Jahr schlossen, weil, wie sie glaubten, der Krieg nicht länger dauern würde. Sie vereinbarten darin, dass, wenn Herzog Albrecht vor Hannover erscheinen und die Oeffnung der Thore verlangen sollte, sie (die Bürger) ihm huldigen, und dann die von Reden das Gleiche thun sollten[4]).

[1] Volger, II., S. 57.
[2] Havemann, Geschichte der Lande Braunschweig und Lüneburg, I., S. 487 ff. — v. Heinemann, Geschichte von Braunschweig und Hannover, II., S. 94.
[3] Volger, II., S. 99.
[4] Sudendorf, IV., S. 61.

Die von Reden besassen nämlich damals die beiden Schlösser Ricklingen und Coldingen, dieses südlich, jenes nordwestlich von Hannover. Beide Schlösser, an der Leine gelegen, konnten der Stadt sehr gefährlich werden, während sie durch jenes Bündniss zur Sicherung der noch nicht genügend befestigten Stadt wesentlich beitrugen. Namentlich bildete Ricklingen ein festes Bollwerk gegen Angriffe der damals sehr mächtigen Familie v. Mandelsloh. Die Ursache des Ueberganges der Familie von Reden in das Lager des Herzogs Albrecht, mag in einem Zerwürfniss zwischen Herzog Magnus und Wilbrand von Reden, dem Aelteren, gelegen haben, welcher noch kurz vorher in Magnus' Rathe sass [1].

Nach der Huldigung der Lüneburger war es Albrechts nächste Sorge, sich auch der Gunst der Stadt Hannover zu versichern und deren Huldigung zu erlangen. Am Tage nach seiner Ankunft in Lüneburg (3. Februar) ermahnte er zu dem Zwecke die Rathsherren zu Hannover schriftlich, dem kaiserlichen Befehle gemäss, ihm zu gehorchen. Diesem Briefe folgten besondere Schreiben der Lüneburger Rathsherren, in welchen sie versicherten, dass Hannover alles das vom Herzoge erlangen würde, was der Stadt nützlich und gut sei, »deshalb« — so baten sie dringend — »entschliesset Euch [2]!« — Aber der Rath zu Hannover beeilte sich nicht mit der Antwort, ihn interessierte vorläufig nur der Punkt des Schreibens, welcher andeutete, dass Hannover vom Herzoge Albrecht alles haben könnte, und in der Meinung, dass sich dieser Satz nur auf die Erlangung des »freien Wasserweges« beziehen könne, versah der Empfänger diesen Passus mit einer nicht misszuverstehenden »Nota [3].«

Zu dieser Zeit lief ein Schreiben des Herzogs Magnus in Hannover ein. Darin beschwerte er sich in heftiger Weise über die »meineidigen, bösen Schälke« zu Lüneburg, die trotz ihrer bei allen Heiligen beschworenen Eide sich durch Verrath des Schlosses zu Lüneburg bemächtigt und seine Ritter und Knechte darauf ermordet hätten; er bat sie deshalb, eingedenk ihres Eides, ihm zu helfen und zu rathen. Aber die in Hannover herrschende Stimmung machte den Rathsherren eine Entscheidung unmöglich [4]. Sie übersandten deshalb unter Entbietung ihres »willigen Dienstes« ihrem »lieben, gnädigen Herrn«, Herzog Magnus, das 3. kaiserliche Ausschreiben (vom 24. December) mit der Bitte, für sein und ihr Bestes zu sorgen [5]. Lag nun auch hierin noch keine förmliche Absage, so musste Magnus doch fürchten, dass auch Hannover demnächst den Weg des Abfalles beschreiten könnte. Diese Stadt sich zu erhalten blieb fortgesetzt sein eifrigstes Bestreben, zumal die wiederholten kaiserlichen Gebote [6] und besonders die Vorstellungen des Rathes zu Lüneburg, der in krasser Weise die von Magnus erlittenen Unbilden schilderte [7], wohl geeignet schienen, das Vertrauen zu diesem Herzoge zu erschüttern. In dieser Sorge bot sich ihm plötzlich ein Rettungsanker: Bischof Gerhard von Hildesheim war Lehnsherr der Stadt Hannover und Magnus hatte ihn belehnt; auch bestand zwischen dem Bischofe und der Stadt seit dem 9. October 1370 ein Bündnissvertrag, desgleichen ein solcher seit 1. September 1370 zwischen den Städten Hannover und Braunschweig.

---

[1] A. Frh. v. Reden, Geschichtliches über das Geschlecht der »von Reden«, S. 22 ff.
[2] Sudendorf, IV., S. 72 u 73.
[3] Am Rande der Urkunde steht »Nota«.
[4] Auch befand sich die Burg Lauenrode zu Hannover noch in Magnus' Gewalt, was nicht ohne Einfluss auf die Stimmung in Hannover gewesen sein mag.
[5] Sudendorf, IV., S. 72.
[6] Daselbst S 54 ff.
[7] Daselbst S 74 ff.

Diese Beziehungen kamen dem Herzoge Magnus sehr gelegen. Nachdem er am 14. Februar der Stadt Braunschweig durch einen Huldebrief sein besonderes Wohlwollen bezeugt hatte [1], veranlasste er ihre Rathsherren, dem Rathe zu Hannover seines Verhaltens wegen Vorstellungen zu machen. An den Bischof von Hildesheim aber schrieb der Herzog: »Lieber Herr von Hildesheim, wisset! wohl sind Wir auf Widerstand gestossen. Auch werdet Ihr wohl vernommen haben, dass Rath und Bürger zu Hannover von Uns fordern, sie von der Ansprache des Reiches zu befreien. Wisset, lieber Herr, dass Wir sie schon mit Recht davon befreit haben, und hätten Wir es noch nicht gethan, so sollt Ihr Uns zu Rechte gänzlich mächtig sein. Auch wisset Ihr wohl, dass Wir Hannover von Euch zu Lehn haben. Deshalb bitten Wir Euch dienstlich, dass Ihr Uns bei Recht erhaltet, u. s. w.« [2] — Es ist zu vermuthen, dass Magnus, bevor er diesen Brief schrieb, beim Kaiser den Umstand vorbrachte, Hannover sei ein Hildesheimisches Lehen, und mag sich hierauf seine Behauptung, er habe den Rath und die Bürger von Hannover schon von der Ansprache des Kaisers befreit, wohl gründen. Aber die Befreiung von der »Ansprache« (Einspruch, Gebot) des Kaisers blieb nach wie vor die erste Forderung der Rathsherren zu Hannover [3]. Ihre die Geldfrage betreffenden Bedenken waren zwar durch die Unterhandlungen mit der Stadt Lüneburg zerstreut worden, denn die Rathsherren dieser Stadt, unablässig bemüht, Hannover zum Abfalle von Magnus zu drängen, versprachen das nöthige Geld für den Krieg herbeizuschaffen [4]; auch äusserten sie in selbsttrügerischer Weise, dass dem Herzoge Albrecht Geld genug zufliesse.

Da liefen plötzlich von den Bürgermeistern zu Hildesheim und Braunschweig Briefe ein: Erstere schrieben anscheinend auf Veranlassung des Bischofs: »Der Rath sagt: Geht Hannover von dem Könige zu Lehn und hatte es Herzog Wilhelm von ihm zu Lehn und ist er ohne Manneserben verstorben, so müst Ihr des Kaisers Geboten von Rechtswegen gehorchen. Geht Hannover aber von einem andern Herrn und hat es Herzog Magnus von dem zu Lehn, so müsst Ihr bei ihm bleiben« [5].

Dieser Brief machte die Rathsherren zu Hannover wieder völlig unentschlossen und ihre Rathlosigkeit wuchs in dem Masse, als das Bestreben, die Stadt an sich zu ziehen, sowohl von der Partei des Herzogs Albrecht, wie von jener des Herzogs Magnus immer dringender wurde. Endlich ward ein Ausweg gefunden. Man wollte den Rath der Fürsten, Herren, Städte und Rechtskundigen hören und darnach sein Verhalten einrichten. Bevor jedoch der Rath zu Hannover das diesbezügliche öffentliche Schreiben nach allen Weltrichtungen entsandte, bat er den Herzog Albrecht um eine Frist zur Einholung der Rechtsgutachten und ersuchte, um gegen einen etwaigen Ueberfall gesichert zu sein, den Rath zu Lüneburg, Hannover eine Besatzung von 40—50 gewaffneten Leuten zu geben [6]. Darauf wurden die Schreiben abgesandt. Ihre Antworten lauteten fast übereinstimmend dahin, dass dem Gebote des Kaisers Folge zu leisten sei. Weder der Bischof von Hildesheim, noch die Stadt Braunschweig, noch sonst Jemand wagte es, ferner noch zu behaupten, dass Hannover an die Befehle des Kaisers nicht gebunden sei [7].

[1] Sudendorf, IV., Einleitung S. XXXIV u. XXXVII.
[2] Daselbst S. 73 u. 75.
[3] Daselbst S. 77.
[4] Daselbst S. 90.
[5] Doebner, U.-B. der Stadt Hildesheim, II., S. 202.
[6] Sudendorf, IV., S. 77 u. 78.
[7] Daselbst S. 80 ff.

Unterdessen hatte schon ein kleines Scharmützel zwischen einigen Anhängern des Herzogs Magnus und der Stadt Lüneburg stattgefunden. Die Hauptleute auf Bleckede, die von Estorff, Spörcken und Ritter Siegfried von Saldern hatten am 10. Februar den Lüneburger Rathsherrn Ludolf Ruscher mit 10 Begleitern gefangen genommen, sie aber bald darauf wieder in Freiheit gesetzt ¹).

Herzog Magnus mochte bald die Ueberzeugung gewonnen haben, dass er weder auf die Stadt Hannover, noch auf seine Bundesgenossen bauen könne, und dass ein längeres Verweilen auf dem Schlosse Celle ihm verderblich werden konnte; denn ausser den Grafen von Hoya und einigen ritterbürtigen Geschlechtern, unter denen die sehr reiche und mächtige Familie v. Mandelsloh, besass er im Westen seines Herzogthums Lüneburg keine Anhänger mehr. Sein Bruder Albrecht, Erzbischof von Bremen, war tief verschuldet und lag überdies mit seinen Domherren in ewigem Hader. Nur sein Herzogthum Braunschweig konnte ihm die Mittel zum Kriege bieten. Dorthin eilte er nun um Truppen zu sammeln, nachdem er zuvor (15. Februar) für alle Lande und Schlösser der Herrschaft Lüneburg zwölf Amtleute bestellt hatte.

Die inzwischen eingelaufenen Gutachten, vielleicht auch der Umstand, dass Magnus Celle verlassen hatte, mochte die Bürgermeister zu Hannover wohl ermuthigt haben, abermals einen entscheidenden Schritt zu thun. Insgeheim liessen sie Herzog Albrecht melden, dass sie nunmehr gewillt seien, ihm die Thore zu öffnen. Der Herzog dankte ihnen dafür freudig bewegt und erklärte, ewig ihr Schuldner zu bleiben. Hannover möge sein ganzes Thun nach dem richten, was der Rath zu Lüneburg ihm schreiben würde, u. s. w. — Hatte sich Lüneburg für die Zahlung der Kriegskosten schon früher verbürgt, so durfte sie jetzt dafür die Ehre des Mitregierens geniessen, was ihr freilich unendlich theuer zu stehen kam. Ihre Rathsherren hatten (27. Februar) der Stadt Hannover unter anderem mitgetheilt, dass alle Forderungen dieser Stadt bewilligt seien; auch versprachen sie, die betreffende Urkunde, die sich offenbar auf die Schifffahrts-Berechtigung bezog, demnächst mitzubringen. Nun (2. März) ernannten sie, gemeinsam mit dem Herzog Albrecht, den Wilbrand v. Reden und seine Söhne zu Amtleuten in Hannover und jenseits der Heide, und trafen mit dem Rathe zu Hannover die Vorbereitungen für die Aufnahme des Herzogs, wozu Hannover für 1000 löthige Mark Speise und Futter bereit halten sollte ²). Die Ankunft des Herzogs in Hannover, welche für den 10. März anberaumt war, sollte indessen nicht sobald erfolgen.

Kaum war die Nachricht, dass Hannover zur Huldigung bereit sei, nach Wittenberg gedrungen, so eilte Herzog Wenzel mit grossem Volke nach Lüneburg, um sich an dem Einzuge zu betheiligen. Auf dem Wege nach Hannover hielten die sächsischen Herzöge in Uelzen, dessen Bürgerschaft am 9. März widerstandslos die Huldigung leistete. Von da zogen sie vor das feste Schloss Winsen a. d. Aller ³). Doch hier fanden sie hartnäckigen Widerstand; — erst nach längerer Belagerung gelang es, das Schloss zu erobern. In dem festen Orte Lüdershausen, welcher an der Elbe die Verbindung mit dem eigenen Lande herstellte, in Lüneburg, Uelzen, Winsen a. d. A. und Hannover mit Ricklingen und Coldingen hatte

¹) Sudendorf. IV., Einleitung S. XLI.

²) Daselbst S. 83—85: Wilbrand v. Reden sollte 60 gewaffnete, gute Leute werben. — Beköstigung. Hufbeschlag, wie überhaupt alle Kosten und Schäden, namentlich auf dem Schlosse Ricklingen, sollten ihm ersetzt werden.

³) Daselbst S. 88 u. ff., Einleitung S. XLV u. ff.

2*

Herzog Albrecht sich eine Basis geschaffen, von welcher es ihm nun möglich wurde, alle Schlösser und Städte des Landes nach und nach in seine Gewalt zu bringen.

Der unfreiwillige Aufenthalt vor Winsen, vielleicht auch Magnus' Zug nach Bardowiek (22. März) veranlassten die Herzöge, ihr Erscheinen in Hannover einstweilen noch zu verschieben. Hier hatte sich unterdessen der Umschwung zu ihren Gunsten vollzogen. Nach vielen Berathungen wurden endlich die letzten, noch dem Herzoge Magnus treu gebliebenen Rathsmitglieder ihm abwendig gemacht, sodass nunmehr alle Mitglieder des alten und neuen Rathes sich für die Huldigung der sächsischen Herzöge erklärten; — »aber«, so baten sie, »wenn die Huldigung noch verschoben werden könnte, sei ihnen dies willkommen« [1].

Während Magnus in seinem Lande Braunschweig und im Bisthum Halberstadt Truppen sammelte [2], liess er kein Mittel unversucht, sich auf gütlichem Wege Hannover zu erhalten. Auch seine edle Gemahlin, Herzogin Catharina, die mit den Kindern noch auf dem Schlosse zu Celle weilte, war in dieser Hinsicht thätig gewesen [3], bis das feindliche Heer fast unter den Mauern des festen Schlosses erschien und jeden Verkehr mit der Stadt Hannover unmöglich machte. Die Stadt Braunschweig war gleichfalls bemüht, Hannover von der gerechten Sache ihres Herzogs zu überzeugen. Sie versuchte es sogar, die Rathsherren von Lüneburg zur Umkehr zu bereden, und als ihr dies nicht gelang, der Stadt Lüneburg den Krieg zu erklären (14. März). Freilich that sie dies wohl auf Drängen des Herzogs und nachdem dieser ihr zwei Tage vorher [4] ein Privilegium verliehen hatte, welches jenem, von der Stadt Hannover so sehnlichst begehrten, sehr ähnlich sah. Der Herzog verlieh ihr nämlich die Schiffahrtsberechtigung auf der Ocker [5]. Endlich bemühten sich auch die Burgmannen zu Lauenrode für ihren Herzog, allein vergebens [6].

Bald darnach (22. März) unternahm Magnus einen Streifzug, dem ein Theil der Ortschaft Bardewick zum Opfer fiel [7]. Vermuthlich galt dieser Zug der Stadt Lüneburg und war von einem Schlosse des Herzogs aus inscenirt worden. Zu einer grösseren Unternehmung gebrach es ihm jedoch an dem wichtigsten Hilfsmittel, dem Gelde; auch durfte er die Ostgrenze seines Landes Braunschweig nicht ohne Schutz lassen, denn hier, wie übrigens fast überall in damaliger Zeit, lauerten unzuverlässige Nachbarn, die den Moment nicht erwarten konnten, sich durch einen Raubzug für etwa früher erlittene Unbill oder vermeintliche Erbansprüche zu entschädigen. Von dem Markgrafen von Brandenburg und dem Erzbischof von Magdeburg konnte Herzog Magnus sich nichts Gutes versprechen. Um diesen Gefahren zu begegnen, verpfändete er am 30. März Schloss und Stadt Schöningen dem Rathe und den Bürgern von Braunschweig, ferner vertraute er an demselben Tage den Edelherren v. Homburg, die sein Gegner, Herzog Albrecht, eben erst auf seine Seite zu ziehen versuchte, seine Schlösser (Städte) Münden, Hachmühlen und Hallerburg; endlich überliess er dem Bischof Heinrich von Verden, dem Domcapitel und einigen Mannen daselbst, die Schlösser Rethem, Kettenburg

---

[1] Sudendorf, IV., S. 80 und Einleitung S. LI.

[2] Daselbst S. 84.

[3] Daselbst S. 87 u. f.

[4] Daselbst, Einleitung S. XLVII u. ff.

[5] Es wurde jedoch an diese Berechtigung u. a. die Bedingung geknüpft, dass etwaige Hindernisse für die Schifffahrt (Mühlen) den Besitzern »abzukaufen« seien.

[6] Sudendorf, IV., Einleitung S. XLVIII.

[7] Daselbst V., S. 186.

[8] Am 1. Mai überliess er der Stadt auch das Schloss Lobeck bei Schöningen zum Abbruch (IV., S. 113).

und Lauenbrück [1]), und noch am 23. April Schloss Lüchow dem Gerhard von Wustrow. Diese Verpfändungen verschafften dem Herzoge nicht nur Geld für die ersten Bedürfnisse des Krieges, sie sicherten ihm auch eine Anzahl fester Schlösser im Osten, Süden und Norden seiner Herzogthümer.

Herzog Albrecht war nicht minder bestrebt, durch Gewinnung von Bundesgenossen. seine Herrschaft zu festigen. Allein trotz eigener Rührigkeit und der Tüchtigkeit der Lüneburgischen Reiter, hatte dieselbe nach Einnahme des Schlosses Winsen a. A. keine weiteren Fortschritte gemacht, weil Geldmangel, und wohl auch geringes Vertrauen seitens der Bevölkerung, ihn hinderten, ein starkes Heer auszurüsten. War auch sein Anhang im Lande und die Streitmacht noch gering, so besass er dagegen des Kaisers Gunst, die es ihm leichter machte, Bundesgenossen zu gewinnen, als dem geächteten Magnus, dem zu allem Unglück nur noch der kirchliche Bann fehlte. Am 31. März schloss Albrecht mit dem Markgrafen Otto von Brandenburg und dem Erzbischof Albrecht II. von Magdeburg, gegen Magnus ein Bündniss, in welchem er ihnen versprach, zahlreiche, im Herzogthum und nahe dem Erzstifte und der Mark gelegene Güter erobern zu helfen, auf die der Erzbischof und der Markgraf aus früherer Zeit noch Erbansprüche zu haben vermeinten [2]). Danach, am 13. April, erkaufte sich Albrecht, um den Preis von 6000 Mark lüb. Pfennige, die Neutralität des Herzogs Erich von Sachsen-Lauenburg [3]). Das Bündniss mit dem Erzbischof und dem Markgrafen hatte zur Folge, dass am 7. April die von Bartensleben mit ihrem Theile des Schlosses Wolfsburg in den Dienst des Herzogs Albrecht traten, was für diesen deshalb von Nutzen war, weil das Schloss innerhalb einer Reihe fester, noch in Magnus Gewalt befindlicher Punkte, und im Osten seiner Herzogthümer lag.

Da kam es, wahrscheinlich durch Vermittelung des Bischofs von Verden, und auf Wunsch des Herzogs Magnus zu einer Tagfahrt zu Uelzen [4]). Magnus mochte das Bedürfniss fühlen, sein altes Recht auf die Herrschaft Lüneburg nochmals gründlich zu erweisen, und da ein Ausgleich nicht mehr möglich war, und die Tagfahrt völlig erfolglos blieb, so legte er (im April) in einem öffentlichen Schreiben an den Rath zu Hannover seine Rechte auf Lüneburg dar [5]). Es heisst darin: »Wie Wir annehmen müssen, hat Unser Herr, der Kaiser, gewähnt und gemeint, dass Lüneburg ein besonderes Fürstenthum bilde und durch den Tod des Herzogs Wilhelm, dem Reiche erledigt sei. Dem ist jedoch nicht so; denn Lüneburg und Braunschweig bilden nur ein Fürstenthum, wie Wir durch eine mit goldener Bulle versehene Urkunde des Reiches beweisen wollen, und auch von Rechts wegen sollen. So sind Wir, ohne vom Kaiser vorgeladen zu sein, ohne deshalb jemals vor Gericht gestanden, oder dieser Schlösser und des Fürstenthumes wegen jemals Recht geweigert zu haben, ausser Besitz gesetzt u. s. w.« — Als der Herzog dieses Schreiben erliess, befand er sich anscheinend mit seinem Heere in der Grafschaft Hallermund, denn die Mehrzahl der dortigen Ritter und Knappen in den Gauen Gehrden, Pattensen und Horst ergriffen sofort seine Partei, und erklärten in einem Schreiben an den Rath, die Gemeinde und jedes Amt, besonders zu Hannover, dass, wenn das Land ins Verderben gerathe, sie gegen die Stadt Klage erheben würden, und versicherten ausserdem,

---

[1]) Sudendorf, IV., S. 100.
[2]) Daselbst, Einleitung S. XLI.
[3]) Daselbst, Einleitung S. LVII. — das Geld scheinen die Rathsherren zu Luneburg aufgebracht zu haben.
[4]) Daselbst, Einleitung S. LIX.
[5]) Daselbst S. 108.

dass sie, die Ritter und Knappen, sich gröblich gegen ihre eigene Ehre vergehen würden, wenn sie den Herzog Magnus verliessen [1]).

Der Rath zu Hannover, schon ganz im Fahrwasser der Stadt Lüneburg, überliess es dieser, das Schreiben des Herzogs zu erwiedern, sah sich aber doch veranlasst, auf jenes der Mannen der benachbarten Gaue selbst zu antworten (April)[2]).

Es liegt nicht im Rahmen dieser Schrift, diese und andere Correspondenzen einer Kritik zu unterziehen, — denn wie sehr man auf der einen Seite von Herzog Magnus' gerechter Sache überzeugt war, ebenso sehr hielt man auf der anderen Seite an der Ueberzeugung fest, dass des Kaisers Entscheidung und Urtheil über allen Fürsten- und Herren-Gerichten stehe. Somit blieb dem Herzoge nichts übrig, als mit bewaffneter Hand gegen des Kaisers Gebot seinen Ansprüchen Geltung zu verschaffen.

Im Bunde mit den Grafen Gerhard und Johann von Hoya und Bruchhausen zog Magnus vor das Schloss Winsen a. A., eroberte es und vertrieb Herzog Albrechts Truppen [3]). Bei der Verfolgung kam es vor Uelzen zu neuem Kampfe, über welchen jedoch nichts weiter bekannt ist, als dass Herzog Magnus am 4. Mai den genannten Grafen ihren vor Uelzen erlittenen Schaden mit 200 löthigen Mark zu ersetzen versprach. Er dagegen verpflichtete sie, ihm mit 40 Gewaffneten im Kriege gegen Albrecht zu dienen [4]). Von Uelzen aus zog Magnus dem Erzbischof von Magdeburg entgegen. Dieser, wie es scheint in die Enge getrieben, schloss am 11. Mai mit dem Herzoge einen Frieden auf Lebenszeit, worin beide sich, aller bisherigen Irrungen wegen, aus Güte und Liebe verglichen und sich zugleich mit ihren Vögten und Amtleuten verpflichteten, allen Räubereien in ihren Landen Einhalt zu thun. Dafür verpfändete Magnus dem Erzbischof und dem Domcapitel zu Magdeburg Schloss Altenhausen und erkannte dieses und andere Güter als ein Lehen des Erzbischofs an. Dieser gelobte dagegen, den sächsischen Herzögen keinen Beistand mehr zu leisten. Damit war das erst wenige Wochen zuvor (31. März) zwischen dem Herzoge Albrecht, dem Erzbischof und dem Markgrafen geschlossene Bündniss aufgehoben, was für Magnus von grosser Bedeutung war. Aber seine Aussöhnung mit dem Erzbischof hatte noch eine zweite Sühne im Gefolge. An demselben Tage nämlich (11. Mai) verglich er sich mit dem Bischof von Hildesheim wegen ihres Streites um das Schloss Walmoden, und aller durch Raub und Brand verursachten Schäden und sonstigen Irrungen. Während der Bischof das Versprechen gab, dem Herzoge den Ankauf von Proviant und die Werbung in seinem Stifte nicht zu wehren, ihn vielmehr vor seinen Schlössern aus vor Schaden zu behüten, gelobte der Herzog, dem Bischof 500 löthige Mark zu zahlen[5]). Magnus zog nun in die Gegend von Hannover. Am 23. Mai traf er mit den Pfandbesitzern des Schlosses Calenberg, den Rittern Dietrich von Alten, Ludolf von Sellenstedt, Hans und

---

[1]) Sudendorf, IV., S. 111.

[2]) Daselbst S. 112.

[3]) Daselbst, Einleitung S. LXII.

[4]) Herzog Magnus versprach dem jungen Grafen Otto, Gerhards Sohn, seine Tochter Mechtild zur Gemahlin, sobald sie das 12. Jahr vollendet habe, und verpfändete den Grafen die Schlösser Walpe und Rehburg. Ersteres sollten sie von Christian v. Wolstorpe, letzteres von dem Ritter Brand v. dem Hus und dem Knappen Richard v. Mandelsloh einlösen (Sudendorf, IV., S. 117).

[5]) Wie gross das Vertrauen noch war, dessen sich Magnus rühmen konnte, folgt daraus, dass sich für die Zahlung jener Summe Bischof Heinrich v. Verden, Graf Dietrich v. Hohnstein und 9 Ritter und Knappen verbürgten und erforderlichen Falls zum Einlager in Braunschweig verpflichteten.

Arnold Knigge die Vereinbarung, dass sie ihm 20 Gewaffnete auf dem Schlosse halten sollten. Tags darauf befand er sich auf dem Schlosse zu Celle im Kreise seiner Familie.

Inzwischen hatte ein Anhänger des Herzogs, der Ritter Hans von dem Knesebeck, gegen Herzog Albrecht Fehde geführt. Da die Rathsherren zu Lüneburg sich darüber beschwerten, erwiderte ihnen der Ritter, dass er gegen den Herzog von Sachsen ausgezogen sei und ihm gern recht viel genommen hätte. Ihnen (den Rathsherren) habe er nichts genommen, wäre auch ungern gegen sie ausgezogen, weil er wisse, dass sie dort keine Besitzungen hätten⁴).

Herzog Albrecht hatte seine kurze Abwesenheit ausser Landes wohl dazu benützt, den Kaiser zu neuen Massregeln gegen Magnus zu veranlassen, und obwohl der Kaiser augenblicklich selbst Geld und Soldaten zum Kriege gegen den Markgrafen von Brandenburg benöthigte, so dürfte ihn Herzog Albrecht diesmal nicht vergebens um Hülfstruppen gebeten haben (vgl. S. 1ff.). Nach Lüneburg zurückgekehrt, rüstete Albrecht mit ganzer Kraft zu neuem Zuge, dessen Ziel vorerst die Stadt Hannover bildete, um sich daselbst huldigen zu lassen⁵); — nicht ohne Besorgniss wird er die Vortheile erkannt haben, die Kriegsglück und Bündnisse dem Herzog Magnus jüngst eingetragen hatten. Die Stadt Lüneburg musste, wie immer, die Mittel schaffen. Sie trug fast allein die ganze Last des Krieges; sie besoldete die Lüneburger Reiter und verpflichtete sich, die Kosten der herzoglichen Besatzung (100 Bewaffnete) in Hannover zu ersetzen⁶). Nun erkaufte sie sogar mit vielem Gelde des Bischofs Wedekind von Minden und des Grafen Otto von Schaumburg Mithülfe für den Krieg gegen Magnus (5. Juni)⁷).

Am 27. Mai brachen die Herzöge Wenzel und Albrecht mit den Lüneburger Rathsherren Heinrich von der Molen, Hartwich von der Sülten, Nicolaus Garlop und Gebhard von der Molen und dem ganzen Volke auf und ritten Abends in Uelzen ein⁸). Am folgenden Tage benachrichtigten die genannten Rathsherren den Rath zu Hannover von dem baldigen Eintreffen der Herzöge mit dem Ersuchen, für Unterkunft und Verpflegung sorgen zu wollen; zugleich baten sie, die Rathsherren möchten ihnen bis Winsen a. d. A. entgegenkommen, wo die Herzöge am 29. Mai Abends eintreffen würden⁹). Aber die vorsichtigen und weisen Herren in Hannover hielten es bei der grossen Unsicherheit der Wege für gerathener, den Herzögen einen Bürger der Stadt, Albert von Bispingdorf (Bissendorf), entgegen zu senden. Derselbe gerieth indess in Gefangenschaft und musste sich, ausser dem Verluste seines Pferdes, mit 275¹/₄ löthigen Mark aus der Haft lösen. Als er, eben aus derselben, nach Lüneburg ritt, um sich den Schaden von der Stadt ersetzen zu lassen, ward er abermals gefangen und musste seine Freiheit mit 107 Mark Lösegeld erkaufen⁷).

Von Uelzen zogen die sächsischen Herzöge neuerdings vor Winsen a. d. Aller und liessen, — da sie anscheinend diesmal des Schlosses nicht Herr werden konnten, — sich da-

⁴) Sudendorf, IV., S. 118.

⁵) Daselbst, Einleitung S. LXVI.

⁶) Daselbst S. 125, und verpflichtete sich dieser Stadt alle ausgelegten und noch auflaufenden Kosten, überhaupt alle Kriegskosten zu ersetzen.

⁷) Daselbst V., S. 96; IV., S. 131 und Einleitung S. LXIX. Herzog Wenzel belohnte die Stadt für ihren Opfermuth durch die Bestätigung früherer Privilegien, sowie durch Verleihung eines neuen Privilegiums, welches, — sehr bezeichnend für die damaligen Zustände —, dem herzoglichen Vogte in Lüneburg verbot, gewisse Abgaben in willkürlicher Weise zu nehmen (daselbst S. 123).

⁵) Daselbst IV., S. 125.

⁶) Daselbst und Einleitung S. LXVI.

⁷) Daselbst V., S. 96.

selbst von den Bewohnern des Weichbildes huldigen. Hierauf eilten sie nach Hannover, belagerten das Schloss Lauenrode, erstürmten es und fingen hiebei 26 wehrhafte Mannen[1]).

Am 1. Juni, dem muthmasslichen Tage der Eroberung Lauenrodes, gewährten die Herzöge, ihrem früheren Versprechen gemäss, der Stadt Hannover folgende Vergünstigungen: »Die Stadt soll bei Recht und Gnade, namentlich dem Mindischen Rechte bleiben; die Bürger erhalten das Schloss Lauenrode nebst seinem Platz als Geschenk und wird ihnen der Abbruch des Schlosses gestattet, doch behalten sich die Herzöge die Vogtei in- und ausserhalb der Stadt vor. Sie versprechen nochmals, zur völligen Herstellung eines freien Wasserweges von Hannover bis in die Aller, behilflich zu sein und ihre Schiffe zwischen Hannover und Bremen zu beschirmen; sie erlauben die Vergrösserung und Befestigung der Stadt, schenken dazu herzogliche Grundstücke und gestatten den Bürgern, die bei Hannover gelegene Holzung Eilenriede zu befriedigen und als ihr Eigenthum zu betrachten[2]). Endlich soll der einzige Jude sofort aus Hannover weichen und hinfort kein Jude jemals wieder dort wohnen[3]).

Anlässlich der Anwesenheit der sächsischen Herzöge in Hannover fanden sich daselbst Bischof Wedekind von Minden und Graf Otto von Schaumburg ein[4]). Beide hatten schon früher dem Herzog Albrecht Hülfe zugesagt. Nun ertheilte der Bischof am 4. Juni den Bürgern zu Hannover die Erlaubniss, die St. Gallen-Kapelle in der Burg Lauenrode zu zerstören[5]), während der Graf am 5. Juni mit den Herzögen Wenzel und Albrecht ein Bündniss auf Lebenszeit schloss und 20 Gewaffnete in der Stadt Wunstorf, in Rodenberg oder einem andern Orte, gegen Magnus zu halten versprach[6]).

Die Aufnahme der sächsischen Herzöge in Hannover und die Wegnahme des Schlosses Lauenrode, welches von den Bürgern sofort gebrochen wurde, gab Magnus Veranlassung, sich zu rühren. Wohl in Folge seiner Aufforderung, beschwerte sich der Rath zu Braunschweig in heftiger Weise darüber, dass Hannover, entgegen seinen Bundesverpflichtungen, 3 Feinde Braunschweigs aufgenommen hätte. Er sprach die Räthe zu Hildesheim und Hameln um ihre Vermittelung an, damit der Stadt Braunschweig Genugthuung werde[7]).

Herzog Magnus nahm unterdessen, um die nothwendigsten Auslagen bestreiten zu können, wieder mehrere Verpfändungen vor. Unter anderem verschrieb er (1. Juni) Schloss Calenberg dem Ritter Heinrich von Gittelde und befahl demselben, das Schloss den Edelherren von Homburg zu öffnen und sie aufzunehmen; auch traf er Massnahmen, um selbst von dem Schlosse aus Krieg führen zu können[8]). Bald darauf begab er sich wieder nach Braunschweig. Von hier aus bat er (23. Juni) den Bischof Gerhard von Hildesheim, als Lehnsherrn über Hannover, ihm bei dem Lehen zu erhalten[9]). Der Bischof unterliess nicht, das

---

[1]) Sudendorf V., S. 97, Einleitung S. LXVIII.

[2]) Schon früher hatten die v. Roden (15. Februar 1341) und die v. Mandelsloh (15. Juni 1353) der Stadt daselbst Grundstücke überlassen (Sudendorf IV., Einleitung S. LXVIII).

[3]) Sudendorf, IV., S. 127.

[4]) Letzterer kam in Begleitung seines Bruders Wedekind, Edelherrn v. d. Berge, Vogtes zu Minden, seines Bruders Otto, Archidiacon zu Pattensen, und seiner Mannen der Knappen Ludolf v. Munchhausen und Hartwich v. Steden, sowie des Bürgermeisters von Minden, Gebhard v. Bücken.

[5]) Sudendorf IV., S. 131.

[6]) Daselbst.

[7]) Daselbst S. 130, 133–136; VIII., S. 97.

[8]) Daselbst IV., S. 126, 133.

[9]) Daselbst S. 137.

Schreiben dem Rathe zu Hannover zu senden, und dieser entschuldigte sich in der gewohnten Weise damit, dass Herzog Magnus die Stadt noch immer nicht von der Ansprache und dem Gebote des Kaisers befreit habe[1].

Des Herzogs Anwesenheit in Braunschweig war wohl durch die Vertheidigung seines Landes geboten, denn in der Nähe befand sich derzeit ein gewaltiger Gegner. Kaiser Karl IV. hatte (22. Juni) dem Markgrafen von Brandenburg den Krieg erklärt, und war gleich darauf in dessen Land eingefallen. Er benutzte diese Gelegenheit, um einige seiner Hauptleute mit ihren kaiserlichen Bannern in das Herzogthum Lüneburg einrücken zu lassen[2]. Dieser Einfall bedrohte zunächst das Herzogthum Braunschweig; ob mit Erfolg, ist unbekannt. Anscheinend war dies nicht der Fall, denn solche Einfälle fügten wohl dem Lande Schaden zu, brachten aber keine Entscheidung.

Dem Herzoge Albrecht war es trotz aller Bemühungen nicht gelungen, die Stadt Hannover zur Huldigung zu veranlassen. Alles was er in dieser Hinsicht erreichen konnte, war das schriftliche Versprechen des Rathes (12. Juni), mit den Burgern am nächsten 29. September, den Herzögen huldigen zu wollen. Er zog nun mit seiner Streitmacht gen Norden, wohin ihn wichtige Dinge riefen. Der Zeitpunkt dazu war günstig, denn Herzog Magnus ward durch die Nähe des kaiserlichen Heeres gebunden. Zunächst galt sein Zug dem Schlosse Harburg, welches zwar am 4. Mai 1369 von den Herzögen Wilhelm und Magnus der Stadt Lüneburg verschrieben war, von dieser aber noch immer nicht in Besitz genommen werden konnte. Der Stadt dazu behülflich zu sein, mochte Albrecht sich verpflichtet fühlen. Um sich für diese Unternehmung den Rücken frei zu halten, schlossen die sächsischen Herzöge und die Stadt Lüneburg zuvor (28. Juni) mit den unbotmässigen Burgmannen auf Schloss Horneburg ein Bündniss, das bis zum 29. September 1372 dauern sollte. Die Burgmannen dieses Schlosses, die von Borg und die Schulte, hatten sich unter der zügellosen Regierung des Erzbischofs Albrecht von Bremen, eines Bruders und Verbündeten des Herzogs Magnus, fast völlig unabhängig gemacht und wurden durch mancherlei Raubzüge, namentlich den Lüneburgern, lästige Nachbaren. Jenes Bündniss verpflichtete sie nun, den Gebieten des Herzogs Albrecht und der Stadt Lüneburg keinen Schaden mehr zuzufügen. Nach Abschluss dieses Bündnisses begann Herzog Albrecht die Belagerung des Schlosses Harburg. An derselben nahmen die Grafen Heinrich und Nicolaus von Holstein-Rendsburg, von denen letzterer der Stiefvater des Herzogs Albrecht war, theil. Da zwischen den Herzögen von Sachsen und den genannten Grafen am 12. Juli »vor« und »zu« Harburg Verträge beurkundet wurden, so darf man annehmen, dass an diesem Tage die Einnahme des Schlosses Harburg erfolgte[3].

Wenn es richtig ist, dass Magnus am 7. Juli[4] östlich von Lüneburg stand, so wird man ferner annehmen dürfen, dass er zum Entsatze Harburgs herbeigeeilt war. Fest steht, dass er am 12. Juli, am Tage der Einnahme Harburgs in Walsrode weilte, wo er dem Grafen Gerhard von Hoya einige, dem Herzoge Wilhelm früher verpfändete Güter zurückstellte[5].

[1] Sudendorf, IV., S. 138.

[2] Daselbst S. 140.

[3] Daselbst S. 140—142; Volger, II., S. 99; — folgenden Tags (13. Juli) versprachen die Grafen v. Holstein den sächsischen Herzögen Hülfe gegen Magnus.

[4] Sudendorf, VIII., S. 62.

[5] Daselbst IV., Einleitung S. LXXV. — Magnus nahm sodann einige Verpfändungen u. a. an die v. Wittorf und Rudolf v. d. Knesebeck vor und liess Schloss Calenberg verstärken (daselbst S. 142, 146, 147).

Sein Gegner, Herzog Albrecht, war unablässig bemüht, seine Position zu verstärken. Den stets opferwilligen Rath zu Lüneburg veranlasste er, sich schriftlich der Stadt Hannover gegenüber zu verpflichten, für alle Kriegskosten aufkommen zu wollen[1]. Sodann wusste er seinem Feinde einige besonders mächtige Edle abwendig zu machen. Friedrich von Wustrow, Besitzer der Schlösser Wustrow und Hitzacker, und Gebhard von Plate, Besitzer des Schlosses und der Stadt Dannenberg, früher Hauptleute des Herzogs Magnus, liessen sich verleiten, von diesem abzufallen. Am 14. August schlossen dieselben mit Herzog Albrecht der Hauptsache nach, folgenden Vergleich: Friedrich von Wustrow gelobt Oeffnung des Schlosses Wustrow und Auslieferung des Schlosses Hitzacker und verspricht Hülfe bei Einnahme der Schlösser Lüchow und Prezetze. Dafür erhält er die Zusicherung gewisser Ansprüche auf Lüchow und Hitzacker. In ähnlicher Weise trat Gebhard von Plate mit Dannenberg in den Dienst des Herzogs; ihm sollte dafür Schloss Prezetze zufallen[2].

Aber es sollte ihnen nicht gelingen, diese den Städten Lüneburg und Uelzen so gefährlichen Schlösser dem Herzog Magnus aus der Hand zu spielen; noch war dieser zu mächtig! Er behielt nicht allein die Schlösser Lüchow und Prezetze in seiner Gewalt, sondern nahm noch obendrein dem von Wustrow Schloss Hitzacker nebst Zoll und dem von Plate Schloss und Stadt Dannenberg ab[3]. Auch Schloss Coldingen eroberte Magnus bald darauf und nahm hiebei, wie es scheint, Wilbrand von Reden, den Jüngern, und Hardeke von Reden mit ihren Leuten gefangen[4]. Die Kämpfe um diese Schlösser dürften im Monate September geführt worden sein; denn die Seltenheit der Briefe und Vertrags-Urkunden, die im September gänzlich verstummen, lässt darauf schliessen, dass in diesem Monate das Schwert an die Stelle der Feder getreten war.

Abspannung und das Bedürfniss nach Ruhe, um die Schäden auszubessern, die der Krieg geschlagen hatte, mochte beiden Theilen Anlass geben, einige Tagfahrten zu halten. Das Resultat derselben war ein bis zum 11. November dauernder Friede (Waffenstillstand)[5].

Während die sächsischen Herzöge diesen benutzten, um zu dem Kaiser und zu Freunden zu reiten, suchte man daheim die Gefangenen auszulösen. Wilbrand von Reden, der Aeltere, Amtmann zu Hannover, beklagte sich sehr darüber, dass sein Sohn Wilbrand und sein Vetter Hardeke, sowie andere seiner Freunde und Diener in Gefangenschaft gerathen seien, in dem Stocke lagen, und so übel behandelt würden, dass er für ihr Leben fürchte. Er bat deshalb den Rath zu Lüneburg, ihm und seinen Freunden die versprochenen Gefangenen zu senden, deren er zur Auswechslung der Seinigen bedürfe[6].

Die Waffenruhe gab Magnus Gelegenheit, sich dem Johanniter- wie auch dem Deutschen Orden erkenntlich zu zeigen. Wahrscheinlich hatten beide Orden im letzten Kriege Hülfe geleistet. Wir wissen nur, dass Magnus am 16. October den Johanniter-Orden für geleistete

[1] Sudendorf, IV., S. 142: der Verpflegung der Herzöge, deren Leute und Besatzung in Hannover.

[2] Daselbst, Einleitung S. LXXVII; Volger, II., S. 91.

[3] Daselbst, Einleitung S. LXXVIII (ein Jahr später befinden sich diese Edlen wieder im Gefolge des Herzogs Magnus).

[4] Volger, II. S. 42.

[5] Daselbst S. 99.

[6] Daselbst S. 92 (am 1. Mai 1372 befand sich Wilbrand v. Reden wieder bei seinem Vater); — Knappe Helmold v. Plesse verlangte vom Rathe zu Lüneburg Ersatz für seinen auf dem Ritt nach Gadebusch unbrauchbar gewordenen Hengst (daselbst S. 93.

und noch zu leistende Dienste mit Schloss und Städtchen Gartow belohnte und aus derselben Ursache den Rittern des Deutschen Ordens das Schloss Twieflingen verkaufte.

Aber vollkommene Ruhe brachte der Waffenstillstand doch nicht. Bald nach Einstellung der Feindseligkeiten zogen etwa 60 Söldner aus Meissen, die bisher dem Herzog Albrecht gedient hatten, der Heimat zu. Magnus liess dieselben überfallen, gefangen setzen und schatzen [1]. Es ist nicht klargestellt, ob dieser Ueberfall den Waffenstillstands-Bedingungen zuwider lief, weil die betreffende Urkunde fehlt; doch ist es nicht unwahrscheinlich, dass diese Söldner keine Gewähr für den Waffenstillstand geleistet, d. h. ihn nicht angelobt hatten, wenigstens darf man dies aus einer späteren Verhandlung zwischen Magnus und dem Markgrafen von Meissen (vergl. S. 24) folgern [2]. Solche Friedensbrüche kamen übrigens häufig vor, wie denn auch die Gegenpartei sich solche zuschulden kommen liess, indem Lippold von Vreden sich beim Rathe zu Lüneburg über die Gefangennahme Ludolfs von Veltheim durch Herzog Albrecht während des Friedens beklagte (October) [3].

Herzog Albrecht hatte seinen Ritt zum Kaiser nicht umsonst gethan. Dieser förderte seine Pläne durch eine Massregel, die Magnus äusserst gefährlich werden konnte. Wenige Tage bevor der Kaiser zu Pirna mit den widerspenstigen Fürsten des Reiches Waffenstillstand schloss (16. October) sprach er nämlich zu Prag (13. October) über Herzog Magnus und die ihm anhängenden Fürsten, Grafen, Herren, Mannen, Städte, u. s. w. die Reichsacht aus [4]. Magnus' Feinde durften von dem guten Erfolge dieser Massregel überzeugt sein, denn der Kaiser ertheilte noch bevor die Achterklärung aller Orten bekannt sein konnte ›in angeborner Milde‹ und ›in Berücksichtigung des weiten Weges‹ den die Reinigen zum Kaiser machen müssten, den Herzögen von Sachsen-Wittenberg Vollmacht, diesen kaiserlichen Bann über alle sich ihnen unterwerfenden Widersacher aufzuheben. Aber wie wenig Respect die Massregel damals einflösste, zeigt uns folgender, 8 Tage später und noch während des Waffenstillstandes versuchter Handstreich gegen die Stadt Lüneburg. Derselbe trug sich nach der Darstellung verschiedener Chronisten folgendermassen zu:

In der Nacht vor dem Tage der 11000 Jungfrauen (21. October) bei Tagesgrauen, erstiegen unter der Anführung des Edelherrn Heinrich von Homburg etwa 800 Mannen und Knechte [5] des Herzogs Magnus auf 8 Leitern die Mauern der Stadt Lüneburg. Was sich ihnen entgegenstellte ward niedergeschlagen und Feuer in die nächsten Häuser gelegt. Claus Garlop, der im Fredekenthurme Wache hielt, wurde bei dem Versuche, die Eingedrungenen zurückzudrängen, niedergemacht: ihm folgten die Rathsmänner Gebhard von der Mölen und Hans Hogeherte. Der Bürgermeister Heino Viscule gerieth in der Dunkelheit unter die Angreifer und wurde erschlagen. Heinrich von Ritzerowe, Campe von Isenbüttel, Dietrich von Alten, des alten Dietrichs Sohn, Heinrich Huth, waren getödtet und der Bürgermeister Heinrich von der

---

[1] Volger, II., S. 99.

[2] Sudendorf, IV., S. 172.

[3] Daselbst S. 148. — Wie unsicher es überhaupt auf dem Lande war, erhellt aus einem Schreiben des Hemkin v. Pentz (4. October) an Herzog Albrecht, worin er mittheilt, dass Beyvold, der Ueberbringer eines Briefes, jenseits der Elbe erschlagen wurde, und hinzufügt: ›es sei in Artlenburg ohnmassen gefährlich‹. (Volger, II. S. 88.)

[4] Sudendorf, IV., S. 149; auffallender Weise wird unter den Geächteten kein Mitglied des Geschlechts v. Mandelsloh genannt, obwohl Helmold und Heyneke, vielleicht auch des letzteren Brüder, sich in Magnus' Gefolge befanden; ihre Achterklärung erfolgte daher nachträglich (1377).

[5] Einige Chronisten berichten über 700, andere nur über 82 Reisige. — Nach Schomaker befanden sich anno 1373 noch 522 Gefangene in Lüneburg (Sudendorf, IV., Einleitung S. CLVI.)

Mölen fiel bei dem Kirchhofe St. Marien, von einem Armbrustbolzen in den Kopf getroffen. Fast schien der Sieg für die Herzoglichen entschieden. Da ward ihnen durch List das Kriegsglück jäh entrissen. Ulrich von der Weissenburg, ein Sachse, und Hauptmann der Stadt, wusste die feindlichen Anführer zu bewegen, vom weiteren Vordringen abzulassen. Dies geschah unter der Vorspiegelung, die Stadt sei in des Feindes Hand, ihre Anführer lägen erschlagen, die Schlüssel sollten den Herzoglichen übergeben werden, bis dahin möchten sie im Morden und Brennen einhalten. Zu ihrem eigenen Verderben gaben die Reisigen nach. Unterdessen wurde die Herbeiziehung aller wehrfähigen Bürger still aber eilig betrieben, während die Eingedrungenen sich mit einem frischen Trunke aus dem Rathskeller erquicken liessen. Nun drangen plötzlich von allen Seiten die Bürger in dichten geschlossenen Reihen vor, an ihrer Spitze Ulrich von der Weissenburg mit der Erklärung, dass der Rath es anders beschlossen hätte. »Ist dem also« riefen die Ritter voll Zorn ihm entgegen, »so musst Du zuerst daran,« und hieben ihn nieder. Aber die Fluth der rächenden Bürger ergoss sich über sie. Vom Markte in die Bäckerstrasse zurückgedrängt, erlitten die Ritter hier die grössten Verluste, namentlich durch einen Bäcker, welcher der Sage nach allein 30 Herzogliche erschlagen haben soll. Von den Bürgern verfolgt, gelangten die Mannen zum »Sande«. Da stürmte eine neue Schaar Bürger, von dem Johannes-Kirchhofe her auf die Reisigen ein. Letztere wandten sich zur Flucht und eilten durch eine schmale Gasse, — später die »rothe Strasse« genannt, — dem »rothen Thore« zu. Da aber dieses noch gesperrt war, gelang es nur wenigen, durch einen Sprung von der Mauer herab sich zu retten. Alle übrigen wurden theils erschlagen, theils gefangen. Unter den ersteren befanden sich des Herzogs Freund, Ritter Siegfried von Saldern und sein Sohn Johann, Balduin von Mesling und noch 32 Ritter und Knappen. Der weitaus grösste Theil, darunter der Edelherr Heinrich von Homburg, Heinrich von Veltheim, Mangold von Estorf, Bartold von Rutenberg, gerieth in Gefangenschaft[1]). Von den Gefangenen wurden viele (300 oder mehr?) hingerichtet, namentlich solche, welche Strassenraub getrieben hatten, oder zu mittellos waren, um ein Lösegeld zu zahlen. Aber auch die Stadt Lüneburg hatte viele tapfere Männer zu beklagen. Ausser den schon erwähnten waren der Rathsherr Heino von dem Sande, Hans von Erpensen, Conrad Huth, Peter Hoyers, Hermann von der Sülten, Johann Stotteroge und noch 18 Bürger gefallen. Vom Adel, im Dienste der Stadt, fielen Geiso von Wersebe, Ulrich von Maltitz, Ulrich Blücher, zwei Negendank, Ludolf von Linden, Werner von Hustorf und der sächsische Edelherr Ulrich von der Weissenburg[2]).

Es ist auffallend, dass dem Herzoge Magnus weder von den älteren Chronisten, noch von seinen Feinden irgend welche Schuld an diesem Ueberfalle beigemessen wurde. Die Bürger Lüneburgs hielten die Eindringlinge nicht für Söldner des Herzogs, obwohl dessen beste Hauptleute mit zahlreichen Mannen sich unter denselben befanden[3]).

Inzwischen waren die Stadtlüneburger wegen Zerstörung des Klosters St. Michaelis und dabei an vielen Leuten verübten Todschlages vom Papste in den Bann gethan worden.

[1]) Letztere zwei entsprangen 1373, worauf ihre Wächter ins Gefängnis kamen.

[2]) Nach Hermann v. Lerbeck soll der Edelherr Wedekind v. d. Berge, Vogt zu Minden, Herzog Albrechts Freund, die Stadt Lüneburg von dem bevorstehenden Ueberfalle benachrichtigt und dadurch denselben vereitelt haben. — Havemann, I., S. 493; — c. Heinemann, II., S. 071; — Volger, U.-B. der Stadt Lüneburg, II., S. 06; — Jürgens, Geschichte der Stadt Lüneburg, S. 33.

[3]) Als Herzog Magnus später beim Rathe über die schlechte Behandlung der Gefangenen Beschwerde führte, wies dieser die Klage mit dem Bemerken zurück, dass, wenn der Herzog etwa die Eingestiegenen meine, der Rath noch Klage wegen Friedensbruch erheben würde. Sudendorf, IV., Einleitung S. LXXXIV).

Die Stadt war also vogelfrei und niemand verpflichtet, ihr gegenüber Wort zu halten. Daher denn auch, bei dem grossen Hasse, und weil die Gegenpartei der Stadt alle Schuld an dem unheilvollem Kriege beimass und für die in listiger Weise vollführte Ueberrumpelung der Burg am Kalkberge Vergeltung üben wollte, der Anschlag einige Entschuldigung finden mag.

Der Eindruck, den der Ueberfall Lüneburgs, seiner zahlreichen Opfer wegen, weit und breit hervorrief, war ein erschütternder. Auch der Kaiser mochte angesichts der Energie, mit welcher der grösste Theil der Bevölkerung des Landes Lüneburg seinem angestammten Fürsten anhing, fühlen, dass er zu weit gegangen sei, denn er erliess (11. November) ein öffentliches Ausschreiben, worin er seine Handlungsweise gleichsam zu rechtfertigen suchte, indem er sein Verfügungsrecht über das Herzogthum Lüneburg nach dem söhnelosen Tode des Herzogs Wilhelm, sowie seinen und der Reichsfürsten Rechtspruch als allein massgebend hinstellte und allen Reichsangehörigen bei Strafe von 1000 Mark löthigen Goldes nochmals gebot, die Herzöge Wenzel und Albrecht und alle jene, die ihnen huldigten, nicht zu behelligen [1]).

Zur Zeit des Ueberfalles befand sich Herzog Wenzel mit dem Bürgermeister Dietrich Springintgut und dem Archidiacon Johann von Bucken noch beim Kaiser [2]); war aber am 22. October nach Wittenberg zurückgekehrt. — Der Zweck dieser Reise war, vom Kaiser und vom Herzoge Wenzel Geld zu erlangen, welches ersterer jedoch nur gegen genügende Sicherheit (Verpfändung eines Schlosses, u. s. w.) zu geben Willens war. Springintgut berichtete nun den Rathsherren zu Lüneburg, dass der Kaiser am 1. November das Geschäft abzuschliessen gedenke, während Herzog Wenzel über sein Land eine Beede ausschreiben wolle, die ihm schon bewilligt sei, u. s. w. Schliesslich erinnerte er die Rathsherren »um der Pfaffen willen«, einen Gesandten nach Avignon zu senden. Diese Bemerkung Springintguts bezieht sich offenbar auf den päpstlichen Bann, der noch auf Lüneburg lastete und dem Bürgermeister Sorge machte. Allein weder die Beede noch das Geschäft mit dem Kaiser kamen zu Stande, denn am 30. Januar 1372 sucht Herzog Wenzel die Rathsherren darüber zu beschwichtigen, verspricht, sobald als möglich, Geld zu senden und beklagt sich über den Kaiser von dem er sagt: »Jetzt, da man erfahren hat, dass wir Geld benöthigen, trachtet man nach unsern besten Vesten« [3]). — Ja, der Kaiser in seiner bekannten Ländergier hätte am Liebsten das ganze Herzogthum Wittenberg in Pfandbesitz genommen, um es dann später desto leichter einlösen zu können.

Der unglückliche Anschlag auf Lüneburg hatte Magnus seiner besten Hauptleute beraubt, viele seiner tapferen Mannen waren erschlagen worden, aber noch viel grösser war die Zahl seiner in der Gefangenschaft zu Lüneburg schmachtenden Krieger. Zur Auslösung derselben, wie zu neuen Werbungen, fehlte es an Geld und es trat an den Herzog die Gefahr heran, dass in Folge dieser Niederlage, und besonders der Reichsacht wegen, viele Mannen von ihm abfallen würden. In dieser bedrängten Lage musste ihm die Erneuerung des Waffenstillstandes, der am 11. November sein Ende erreichen sollte, erwünscht erscheinen.

Aber auch seine Gegner waren momentan nicht in der Lage, den Krieg fortzusetzen. Die stark verschuldete Stadt Lüneburg war auch vergeblich mit ihren Geldforderungen an die sächsischen Herzöge herangetreten. Sie konnte zwar für die zahlreichen Gefangenen ein hohes Lösegeld — circa 20000 löthige Mark — beanspruchen, allein nur in den seltensten Fällen fand

---

[1] Sudendorf, IV., S. 161.
[2] Daselbst S. 158.
[3] Daselbst s. 175.

eine Auslösung statt. So bot beispielsweise die Stadt Lüneburg, um ihre dringendste Schuld zu tilgen, Hannover »ihr bestes Pfand«, den gefangenen Edelherrn v. Homburg sammt seinen mitgefangenen Mannen, statt des Geldes an, doch ging Hannover nicht darauf ein [1]).

Diese Verhältnisse genügten, um beide Theile zu Tagfahrten geneigt zu machen [2]). König Waldemar von Dänemark, Magnus' Bundesgenosse, und Herzog Erich von Sachsen-Lauenburg, sein Schwager, übernahmen die Vermittelung. Ueber diese Tagfahrten (zu Boitzenburg) ist Näheres jedoch nicht bekannt [3]). Die beiderseitige Ohnmacht zur Fortsetzung des Krieges und der einbrechende Winter brachten, wie es scheint, grössere Ruhe ins Land.

Herzog Magnus benutzte sie zu Werbungen und Verpfandungen und belohnte am 25. November seinen Geistlichen, Arnold von dem Broke, für treue Dienste und grossen Schaden, den er erlitten, mit der Nutzniessung von einigen Höfen zu Bierde und Otfresen. Unter den Zeugen für den Herzog befinden sich seine »lieben getreuen«, die Knappen Helmold (Helmert) und Heyneke von Mandelsloh [4]).

Sein Gegner, Herzog Albrecht, fortgesetzt bemüht, die geistlichen Fürsten auf seine Seite zu ziehen, hatte eben durch den Edelherrn Wedekind von dem Berge, dessen Bruder, Bischof Wedekind von Minden, für sich gewonnen, nun sollte auch Bischof Heinrich von Verden dem Herzog Magnus abwendig gemacht werden. Albrecht lud ihn deshalb im Auftrage des Kaisers nach Lüneburg ein. Dort überreichte er dem Bischofe (1. December) die Urkunde der kaiserlichen Achtserklärung über Magnus mit dem Ersuchen, behufs Verbreitung derselben, beglaubigte Abschriften nehmen zu lassen, weil eine Versendung bei der grossen Unsicherheit der Wege gefährlich sei.

Indessen hatte der Kaiser den Herzögen Wenzel und Albrecht doch eine Geldunterstützung gewährt. Er überliess ihnen jene dem verstorbenen Herzog Rudolf II. von Sachsen-Weimar schon früher überwiesene Reichssteuer der Stadt Lübeck (1200 Gulden). Die Rathsherren zu Hannover nahmen dies zum Anlass, neuerdings wieder mit ihrer Schuldforderung an Lüneburg heranzutreten. Sie riethen ihren, wohl deshalb zu Lüneburg weilenden Collegen dringend die Rückreise mit Vorsicht anzutreten, da der Feind Tag und Nacht auflauere und baten ausserdem ihrer, den Bischof von Hildesheim, das Geld der Burger und den **Wasserweg** betreffenden Aufträge zu gedenken [5]).

1372 Die Besorgniss der Rathsherren hinsichtlich des Bischofs von Hildesheim war nicht unbegründet, denn am 6. Januar 1372 schloss Magnus mit demselben ein Schutz- und Trutzbündniss und verpfändete ihm und seinem Domcapitel aus Noth, und des Krieges wegen, für 2000 löthige Mark, die Schlösser Hallermund, Calenberg, Hallerburg, Hachmühlen, Pattensen, Eldagsen, Springe, Münder, Ohsen, Coldingen und Brelenbeck. Der Herzog verpflichtete sich, falls er oder der Bischof die Herrschaft Lauenrode, die Stadt Hannover, die Schlösser Ricklingen, »Schunen und Lauenau, welche noch die Feinde innehatten, wiedergewönne, diese gleichfalls dem Bischof und seinem Domcapitel zu verpfänden [6]). An demselben Tage verbündete sich

[1]) Sudendorf, IV., S. 167; Volger, II., S. 62.
[2]) Daselbst, Einleitung S. LXXXVIII.
[3]) Daselbst S. 163.
[4]) Daselbst S. 163 u. ff. Magnus belohnt die Brüder Rundsborn für ihre Kriegsdienste mit einer Verpfändung und gestattet dem Hermann v. Werberg, Herrenmeister des Johanniter-Ordens, Gartow zu verkaufen.
[5]) Daselbst S. 166.
[6]) Daselbst S. 168.

Magnus mit dem Bischof gegen ihre gemeinsamen Feinde, die Herzöge Wenzel und Albrecht[1]. Aber dieser Bund, welcher gleichsam gegen Kaiser und Reich gerichtet und mit einem Geächteten geschlossen war, fand nicht den Beifall aller Domherren, weshalb Bischof Gerhard dieselben in einer besonderen Urkunde (13. Januar) gegen geistliche und weltliche Gerichte in Schutz zu nehmen versprach. Der kriegerische Sinn des Bischofs, den er schon in manchen Fehden bewiesen, kam Magnus sehr zu statten.

Nach dem Abschlusse dieses für ihn so wichtigen Bündnisses sammelte Magnus sein Heer bei dem Schlosse Vorsfelde, NO. von Braunschweig (20. Januar). Dort liess er das Schloss »Neuhaus« errichten, wozu die Stadt Braunschweig die Hälfte der Baukosten trug[2].

Während der Herzog sich so von dem Misserfolge des 21. October wieder zu erholen begann, schien auf Seiten seiner Feinde die frühere Kriegslust abzunehmen. An Stelle der bisherigen Opferwilligkeit der Stadt Lüneburg, trat Kleinmuth. Drückende Schulden, Aussichtslosigkeit auf baldige Beendigung des Krieges, dazu die Eindrücke der Schreckensnacht vom 21. October, schufen eine Missstimmung, die sich deutlich in den Worten der Rathsherren (Klage vom 18. Juni 1376) ausspricht: »der Krieg wurde uns verleidet durch die unmässig hohen Kosten.« Auch der Stadt Hannover verging die Lust am Kriege. Jetzt auch noch vom Bischof von Hildesheim bedroht, wuchs ihre Sorge mit ihren Schulden, denn von Lüneburg war keine Zahlung der Kriegskosten zu erlangen. Unter diesen Umständen war namentlich den Städten ein Friede sehr willkommen.

Zunächst wurden Tagfahrten in Uelzen gehalten, wohin Magnus seine Räthe Heinrich von Gittelde und Conrad von Rotleben sandte. Am 30. Januar kam der ersehnte Friede (richtiger Waffenstillstand) zu Stande, der vom 2. Februar bis 1. Mai dauern sollte[3]. Eine der Bedingungen des Friedens war, dass während desselben alle Gefangenen frei sein, nach Ablauf desselben aber wieder stellen sollten. Da die Stadt Lüneburg dieser Vereinbarung jedoch nicht nachkam, erhielt sie zahlreiche Mahnbriefe[4]. Ritter Siegfried von Saldern beschwerte sich in heftiger Weise darüber, dass die Gefangenen nicht freigegeben würden; er erklärte, selbst Zeuge gewesen zu sein, als die Herzöge sich einigten, die Gefangenen einstweilen zu entlassen, bat um Auskunft, ob die Rathsherren den Frieden halten oder ihn brechen wollten, forderte die Entlassung Conrads von Gifhorn, und da er kein Gehör fand, fiel er plündernd über die Landgüter der Lüneburger her. Dies muss etwa Ende März geschehen sein, weil der Vogt zu Winsen an der Luhe am 29. März den Rath zu Lüneburg ersucht, ihm schnell bewaffnete Hülfe zu senden[5]. Eine Tagfahrt zu Bernburg, welche schon beim Friedensvertrage vereinbart worden war, verlief vollständig resultatlos. In dem Berichte der beiden dorthin entsandten Lüneburger Bürgermeister Albert Hoyke und Dietrich Springintgut spiegelt sich die Sorge dieser beiden Stadtväter und der Hass der Parteien wieder. Sie schrieben: »Unseren willigen Dienst zuvor! Liebe Herren

---

[1] Sudendorf, IV., S. 170 u. ff. Der Bischof verpflichtete sich, stets 100 Gewaffnete zu halten. Nur der Herzog sollte die Macht haben, Frieden zu schliessen, musste aber den Bischof darin einschliessen, u. s. w.

[2] Auch bei den Schlössern Weltsburg, Altenhausen und Weferlingen hatte Magnus Streitkräfte versammelt (daselbst IV., S. 174).

[3] Daselbst IV., S. 174 u. ff. — Auch Herzog Albrecht von Braunschweig, bisher Magnus' Bundesgenosse, wurde in diesen Frieden eingeschlossen, und zwar seitens Herzog Albrecht von Sachsen-W., was vermuthen lässt, dass er von diesem durch Geld gewonnen wurde.

[4] Volger, II., S. 147, 149 u. ff.

[5] Daselbst S. 146; Sudendorf, IV., S. 177, und Einleitung S. XCVIII.

wisset, dass unsere Herren (die Herzöge Wenzel und Albrecht) die Tagfahrten ausserordentlich ehrlich gehalten haben. Die Verhandlungen sind aber dort nicht zu Ende geführt worden. Es sind dort Worte gefallen, über die wir Euch baldthunlichst durch einen sicheren Abgesandten, der Euch über alle Stücke Auskunft geben soll. Bericht zu erstatten, uns vorbehalten. Wir wollen uns ernstlich um Geld bemühen. Wir können hier keine Zelter bekommen, was uns sehr zum Nachtheile gereichen wird. Meldet uns den Erfolg der Sendung des Herrn Johann Weigergang (Domkantors zu Verden) nach Lübeck, denn die Angelegenheit ist uns zu wichtig. Liebe Freunde, bewahret die Städte und die Schlösser, denn das Volk des Herzogs Magnus sprach vor den Markgrafen von Meissen: so lange die Herren, welche von den Herzögen Wenzel und Albrecht in den Waffenstillstand eingeschlossen seien, für denselben nicht Gewähr geleistet hätten, sollten sie keinen Frieden geniessen[1]. Deshalb meldet dies unserem Herrn, dem Bischof von Verden, dem Vogte zu Harburg und dem Vogte Woldecke (zu Lüneburg), damit sie Gewähr für den Waffenstillstand leisten; denn wir fürchten, dass der Feind wieder mit Bosheit umgeht; darum bewahret Euch desto besser. Das Volk des Herzogs Magnus klagt auch, dass die Gefangenen einstweilen nicht entlassen werden, wie doch der Vertrag bestimme. Wen Ihr füglich entlassen könnt, vorausgesetzt, dass auch Wilbrand von Reden und die Seinen die Freiheit wieder erlangen, daran beweiset Euch so, dass an uns keine Schuld sei. Mahnet auch um das Gut, welches Ritter Siegfried von Saldern genommen hat, und lasset Heinrich von Helmbruch und Dietrich Hogehorte (Vogt zu Lüneburg) Tagfahrten mit ihm darum halten[4]. Indessen trat auch für die Stadt Lüneburg ein erfreuliches Ereigniss ein. Ihre Gesandtschaft nach Avignon hatte Erfolg gehabt, denn am 16. April 1372 wurde die Stadt, nachdem sie dem Kloster St. Michaelis Genugthuung geleistet, vom Kirchenbanne befreit[3].

Herzog Albrecht benützte die Waffenruhe, um in Begleitung des Edelherrn Wedekind von dem Berge zum Kaiser nach Prag zu reiten. In Wittenberg (30. April) belehnten die Herzöge Wenzel und Albrecht, »ihren getreuen und besonders lieben Freund,« den Edelherrn von dem Berge und seine Brüder mit dem Schlosse Rehburg, damit sie ihnen desto getreuer dienen möchten. Sie gelobten, mit Herzog Magnus und dessen Erben, sowie mit den Besitzern des Schlosses, sich nicht eher auszusöhnen, als bis die Edelherren in den Besitz des Schlosses gelangt sein würden. Sie versprachen, dies getreu und unverzüglich mit aller ihrer Macht auszuführen[4].

Das an der Grenze der Grafschaften Hoya, Schaumburg und Wunstorf gelegene Schloss Rehburg hatte 1335 und 1342 Ritter Harbert von Mandelsloh, 1352 Ritter Herbord von Mandelsloh, dann Conrad von Mandelsloh und 1359 dessen Sohn Ritter Johann als Pfand besessen; 1371 besass es, neben Richard von Mandelsloh, der Ritter Brand von dem Hus[5]. Da das Schloss noch im Jahre 1384 von dem Ritter Conrad von Mandelsloh bewohnt wurde[6], so scheint es auch in der Zwischenzeit in dieser Familie geblieben zu sein. Die von Mandelsloh hatten daher mit dem Ritter Brand von dem Hus[7] den ersten Angriff in dem wiederbeginnenden Feldzuge zu erwarten[8].

[1] Dies bezieht sich offenbar auf die von Magnus während des Waffenstillstandes gefangenen 60 Meissner.
[2] Sudendorf. IV., S. 178.
[3] Daselbst S. 182.
[4] Daselbst S. 187 u. 253.
[5] Daselbst II., S. 7 u. 212; III., S. 57; IV., S. 117.
[6] Daselbst VI., S. 96.
[7] Eventuell mit den Grafen von Hoya, falls diese das Schloss eingelöst hatten.
[8] Ob dieser Angriff thatsächlich sogleich erfolgte, lässt sich nicht nachweisen.

Die Zeit des Friedens benützte Herzog Magnus dazu, sich durch neue Bündnisse und Werbungen zu starken und seine Kasse durch Verpfändungen zu füllen. Obwohl er (1. Februar) mit dem neuen Erzbischof Peter von Magdeburg den früheren Vertrag auf weitere 4 Jahre verlängerte, war er doch stets bemüht, seine Ostgrenze zu sichern. Die ihm feindlich gesinnten von Bartensleben öffneten (29. Februar) ihr Schloss Wolfsburg dem Erzbischofe von Magdeburg. Die Schlösser Hitzacker und Dannenberg, die er erst im letzten Kriege dem Friedrich von Wustrow und dem Gebhard von Plate abgenommen hatte, vertraute er zuverlässigen Anhängern an. Ersteres dem Knappen Hans von dem Berge und Heinrich von Dannenberg (31. März), Letzteres seinem Rathe dem Ritter Siegfried von Saldern und dem Hartwig Zabel. Schloss und Stadt Sangerhausen verpfändete er neuerdings den Markgrafen von Meissen (4. April), die dann am 8. Juli als seine Bundesgenossen erscheinen [1]. Nach Braunschweig zurückgekehrt, nahm Magnus eine Reihe von Verpfändungen an die Knigge, von Elze, Spörken, von Estorf, von Marenholtz, von Bodenteich, von Gilten und dem Bischof von Halberstadt vor, und da sein Schwager, Herzog Erich von Sachsen-Lauenburg, mit dem er früher in Misshelligkeiten gerathen war, sich ihm wieder näherte, so fehlte es dem Herzog vorderhand nicht an Geld und Freunden und auf mächtige Bundesgenossen, sowie zahlreiche Mannen, die bereit waren mit ihm zu reiten, konnte er rechnen.

Es ist nicht nachweisbar, dass gleich nach Ablauf des Waffenstillstandes die Feindseligkeiten wieder begannen. Zu wirklicher Ruhe aber kam es nicht. Bald hier, bald dort brachen Fehden los, die im grossen Ganzen mit der allgemeinen politischen Lage im Zusammenhange standen. Am 3. Juni kam es zu einer nutzlosen Tagfahrt zu Uelzen [2], zu welcher Magnus von Celle aus den Mannen des Herzogs Albrecht und den Bürgern zu Lüneburg, Hannover und Uelzen freies Geleit gewährt hatte (27. Mai). Wenige Tage vorher (30. Mai) erkauften die sächsischen Herzöge vom Herzoge Albrecht von Mecklenburg dessen Mithülfe im Kriege gegen Magnus. Sie versprachen ihm dafür einige zum Herzogthume Lüneburg gehörende und jenseits der Elbe gelegene Gebiete nebst Schlössern und Städten auszuliefern, nämlich: Dömitz, Wehningen, Neuhaus mit Darzing und dem Ellgostahe, Gorlosen und Redefin, auch gelobten sie, dem Herzoge von Mecklenburg die Schlösser Bleckede und Dannenberg nach gemeinsamer Eroberung einzuräumen [3].

Nach Schomakers Chronik zog Albrecht mit den Reitern der Stadt Lüneburg vor das Schloss Wolfsburg, wo sich damals das Kriegsvolk des Herzogs Magnus aufhielt. Am 21. Juni kam es zum Treffen, in welchem Herzog Albrecht das Feld behauptete [4].

Wohl auf Veranlassung der Städte Lüneburg und Hannover, deren Schulden sich mit jedem Tage steigerten, wurden alsbald die Verhandlungen wieder aufgenommen (29. Juni) [5].

[1] Sudendorf, IV., Einleitung S. LI u. f.

[2] Daselbst, Einleitung S. LV.

[3] Dass dieser Herzog gemäss Vertrag vom 19. Juni 1370 dem Herzog Magnus bis zum Jahre 1378 zu Freundschaft und Schutz verpflichtet war, hatte nichts zu bedeuten; sein Treubruch fand genügende Entschuldigung darin, dass der Kaiser ihm jenes Bündnis mit den sächsischen Herzögen gebot!? — wenn als Lohn so ausgedehnte Gebiete in Aussicht standen, war selbst der vornehmste Herr damals leicht gewonnen.

[4] Zwei Tage später (26. Juni) verpfändet Magnus seinen treuen Bürgern zu Braunschweig das Schloss Wolfenbüttel und belohnt die Bürger zu Celle am 2. Juli für ihre treuen Dienste.

[5] Magnus entsandte dazu seine Räthe die Ritter Heinrich von Gittelde, Conrad von Rodleben, Hans Knigge, den Probst zu Wenningsen Hermann Knigge, seine Mannen Werner von Reden, Conrad von Bahlrusen und den Rathsherrn zu Braunschweig Eilhard v. d. Heide nach Lüneburg. Von der Gegenpartei waren der Edelherr Wedekind v. d. Berge, der Archidiacon Johann von Bucken und der Bürgermeister Dietrich Springintgut erschienen.

4

Auf beiden Seiten war das ernste Bestreben vorhanden, eine Einigung zu erzielen. Endlich (6. Juli) ward denn auch von den beiderseitigen Räthen den Herzögen ein Vergleich zur Annahme empfohlen, der im Wesentlichen folgende Bedingungen enthielt: Beide Theile sollten sich einem Kaiserlichen Schiedsspruche unterwerfen. Derjenige, dem sodann vor Gericht das Herzogthum aberkannt würde, oder der überhaupt vor Gericht nicht erscheine, sollte auf das Herzogthum verzichten, von der Gegenpartei aber durch eine Summe Geldes entschädigt werden, die, falls es Herzog Magnus träfe, auf 10000 sonst aber auf 20000 löthige Mark festzusetzen sei. Die Gefangenen sollten sodann auf beiden Seiten frei sein [1]. Weiter wurde bestimmt, dass bis 1. August Frieden herrschen und einstweilen alle Gefangenen frei sein sollten, u. s. w.

Schon am 8. Juli genehmigte Herzog Magnus alle Punkte dieses Vergleiches. Was ihn zu diesem schnellen Entschlusse veranlasste, ist nicht erkennbar; vielleicht hoffte er auf eine Sinnesänderung des Kaisers zu seinen Gunsten; allein wenn man bedenkt, wie der Herzog sich bisher vergeblich bemühte, Gerichtstage vor dem Kaiser zu erlangen, um sein Recht zu erweisen; wie er noch vor einem Jahre auf der Tagfahrt zu Uelzen sich darüber beschwerte, dass er, ohne vom Kaiser vorgeladen zu sein, des Herzogthumes verlustig erklärt worden sei; so ist es völlig unbegreiflich, dass er jetzt noch auf des Kaisers Entscheidung seine Hoffnung setzte, eines Herrschers, der unablässig die Fürsten gegeneinander hetzte, um sodann gelegentlich auf ihre Kosten seine Erbländer zu vermehren. — Noch aber bildete die Feststellung jener Ueberweisungs-Urkunde, durch welche schon jetzt die Herzoge auf das Herzogthum Lüneburg verzichten und die Unterthanen ihres Eides entbunden werden sollten, Gegenstand der Verhandlungen. Der Waffenstillstand wurde bis zum 8. September verlängert, die Gefangenen aber sollten, falls bis zu diesem Tage die Ueberweisungs-Urkunde nicht unterzeichnet worden wäre, an eben demselben Tage wieder in ihre Gefängnisse zurückkehren [2].

Für die sächsischen Herzöge war wohl kein Grund vorhanden, dieser Urkunde ihre Siegel zu versagen. Anders aber lagen die Verhältnisse für Magnus. Gab er der Urkunde seine Bestätigung, so verlor er in dem Augenblicke, wo der Kaiser zu seinen Ungunsten entschied, das ganze Herzogthum Lüneburg. Dieses bestand aber aus vielen Theilen und war in seinen Grenzen noch so unbestimmt, dass der Herzog zugleich Gefahr lief, manche Stücke zu verlieren, die nicht zum Herzogthume gehörten. Auch waren nicht alle Theile desselben Reichslehen. Einige derselben waren Allodialbesitz, andere geistliche Lehen. Ihre sichere Trennung musste auf grosse Schwierigkeiten stossen. Eine Theilung des Herzogthumes war daher nicht ausgeschlossen, wobei dann dem Herzog Magnus wohl mehr als die Hälfte des Landes zugefallen wäre. Diese und andere Gründe veranlassten ihn, das Formular der Urkunde zu verwerfen und ein anderes in Vorschlag zu bringen. Die Verhandlungen darüber zogen sich in die Länge und waren noch resultatlos, als der Waffenstillstand sich seinem Ende nahte (8. September). — Aber die Nichtannahme der Ueberweisungs-Urkunde wurde von Magnus' Feinden dazu benützt, den Vorwurf des Vertragsbruches immer lauter und heftiger gegen ihn zu erheben, sowie seinen Antrag auf Verlängerung des Waffenstillstandes zu verwerfen. Als dann viele seiner Mannen wieder nach Lüneburg in die Gefangenschaft zurückkehren mussten, und der Herzog bald darauf über schlechte Behandlung der Gefangenen Klagen vernahm, da erzürnte er sehr. In mehreren

---

[1] Demnach waren für die noch in der Gewalt der Stadt Lüneburg befindlichen Gefangenen 10000 löthige Mark veranschlagt. (Sudendorf, IV., Einleitung S. CIX.)

[2] Sudendorf, IV., S. 203 und Einleitung S. CXXV.

Briefen, die er nach Hannover und Lüneburg sandte, gab er seinem Unwillen über die Beschuldigung des Vertragsbruches, über die schlechte Behandlung der Gefangenen u. s. w. kräftigen Ausdruck [1]. Am Schlusse eines dieser Schreiben sagte er: »Gern vernehmen Wir euere Antwort, ob ihr die Stadt Lüneburg veranlassen wollt und könnt, Uns dafür Genugthuung zu leisten«. Aber die Rathsherren zu Hannover gingen soweit, zu erklären, dass sie bei dem Rechte ihrer Herzöge (Wenzel und Albrecht) bleiben wollten [2]. Als der Herzog sah, dass alle seine Bemühungen, den Frieden zu erhalten und das Loos seiner gefangenen Mannen zu mildern, nichts fruchteten, dass vielmehr in Lüneburg öffentlich vom Rathhause aus vor dem versammelten Volke gegen ihn gepredigt wurde [?], da griff er wieder zu den Waffen. In einem Fehdebriefe kündigte er dem Ritter Werner von Bartensleben auf der Wolfsburg an, dass er am nächsten Dienstage (19. October) sein Schloss belagern werde, weil er sich unterstanden hatte, mit seinem, inmitten des Herzogthumes Braunschweig gelegenen Schlosse Wolfsburg zu seinen Feinden überzugehen. Am 16. October meldete Werner von Bartensleben dem Herzoge Albrecht darüber und bat dringend um Hülfe, da er sonst gezwungen werden könnte, von ihm abzufallen. Da Herzog Albrecht und die Stadt Lüneburg am 18. October auch noch die übrigen, auf dem Schlosse sitzenden Herren von Bartensleben in ihren Dienst nahmen, so ist es sehr wahrscheinlich, dass Albrecht mit den Lüneburger Reitern herbeieilte und das Schloss entsetzte. — Gleich darauf (28. October) fiel der Ritter Siegfried von Saldern, Rath und Hauptmann des Herzogs Magnus, vom Schlosse Bleckede aus in die Gegend von Lüneburg ein, plünderte Ludershausen, wo er viel Vieh wegnahm, und brannte Handorf und einige Höfe von Bardowick nieder [3].

Dem von beiden Seiten gestellten Ansuchen vom 10. September und 15. October Folge gebend, hatte der Kaiser den Gerichtstag zu Pirna auf den 3. November anberaumt. Je näher dieser Termin heranrückte, desto mehr musste in Herzog Magnus die Ueberzeugung durchdringen, dass er dort nichts zu erhoffen habe; denn es hatten sich sowohl in der Heimath, wie in der Umgebung des Kaisers die Verhältnisse sehr zu seinem Nachtheil geändert [4]. Unter diesen Umständen zog es Magnus vor, zum Gerichtstage in Pirna nicht zu erscheinen. — Der Kaiser erklärte darauf (7. November), dass die Herzöge Wenzel und Albrecht vor Magnus im Rechte geblieben seien, dass alle früheren Belehnungen der ersteren, sowie die Acht und Aberacht über letzteren rechtskräftig bleiben sollten. Der milde Ton, den der Kaiser auf einmal in der bezüglichen Urkunde anschlug, contrastirte seltsam gegen die früheren, mit Drohungen erfüllten kaiserlichen Ausschreiben. Höchst auffallend ist die vom Kaiser nun zum ersten Male aufgestellte Behauptung, er habe seinerzeit auf Bitten der Herzöge Otto und Wilhelm (also etwa 20 Jahre zuvor), die Anwartschaft auf das Herzogthum Lüneburg den sächsischen Herzögen ertheilt. Diese Behauptung verdient wenig Glauben; sie scheint vielmehr den Beweis zu liefern, dass der Kaiser nach Gründen suchte, sein Vorgehen vor der Welt zu rechtfertigen.

Von dem Schlosse Bleckede aus wurde auch während der Gerichtstage zu Pirna, trotz des vereinbarten Friedens, der Krieg gegen die Städte Lüneburg und Uelzen fortgesetzt. Herzog Albrecht sah sich dadurch genöthigt, Bleckede zu züchtigen. Am 25. November zog er gegen diesen Ort, plünderte ihn und that grossen Schaden, des Schlosses jedoch konnte er sich nicht

---

[1] Sudendorf, IV., S. 211 u. ff.
[2] Daselbst S. 216.
[3] Daselbst, Einleitung S. CXXVI.
[4] Daselbst, Einleitung S. CXXVIII.
[5] Daselbst, Einleitung S. CXXXI.

bemächtigen. Weitere kriegerische Nachrichten aus dem Jahre 1372 fehlen. Der Chronist Schomaker behauptet, dass vom 6. December bis 6. Januar Waffenstillstand herrschte [1].

1373 Das für Herzog Magnus so verhängnissvolle Jahr 1373 begann ohne bemerkenswerthe Ereignisse. Im Januar scheinen die Waffen geruht zu haben, dafür war die Feder um so thätiger, durch Verpfändungen, den Herzog Magnus aus seinen drückenden Geldverlegenheiten zu reissen [2]. Am 10. Februar überliess er seinen lieben Mannen, den frommen Knappen Helmbert von Mandelsloh, des Ritters Harbert Sohn, und den Brüdern **Heineke** und **Dietrich** von Mandelsloh, des »andern« Ritters Harbert Söhne »doch truwen Dinst, den se vns dicke vn vele gedan hebben vn noch don mogen« das Schloss Bordenau auf Lebenszeit, damit sie es von den von Campe einlösen. Er verpflichtete sie, ihm mit dem Schlosse gegen seine Feinde Hulfe zu leisten, und versprach »Friedegut«. Auch verpfändete er ihnen 40 löthige Mark jährliche Einkünfte aus den Zöllen zu Winsen a. d. Aller und zu Essel, so lange, bis er ihnen 400 löthige Mark bezahlt haben würde, u. s. w. Diese Urkunde liefert den Beweis, dass die Mandelsloh schon eine Zeit lang zu Herzog Magnus' Anhängern zählten. Vielleicht hatten sie ihm bei der Rückeroberung des Schlosses Winsen a. d. A. (April 1371) wesentliche Dienste geleistet.

Anscheinend war der Waffenstillstand bis 6. März verlängert worden [3]); doch kamen trotzdem kleine Streifzüge vor [4]). Nach Schomakers Chronik brach der Feind an dem Tage als der Waffenstillstand ablief (6. März), aus Bleckede auf und zog vor das altenbrücker Thor zu Lüneburg. Aber die streitbaren Bürger schlugen ihn in die Flucht, erlitten jedoch dabei den grösseren Verlust an Todten und Gefangenen [5]).

Herzog Albrecht von Pirna zurückgekehrt, belagerte darauf das Schloss Bodenteich, von welchem aus der Stadt Uelzen schon mancher Schaden zugefügt worden war. Er brannte das Weichbild des Ortes nieder, konnte das Schloss aber nicht gewinnen, weil die von Bodenteich herbeieilten und es entsetzten [6]).

Unterdessen hatte Magnus mit dem Markgrafen von Brandenburg wieder freundliche Beziehungen angeknüpft, denn am 22. März traten des Markgrafen Mannen, die von Alvensleben mit den Schlössern Kalbe und Klötze in den Dienst des Herzogs gegen seine Feinde, die sächsischen Herzöge, die von der Schulenburg, die von Bartensleben u. a. m. Viel wichtiger als dieses Bündniss war indess jenes mit Erich von Sachsen-Lauenburg. Angeblich am 6. April vermählte nämlich Magnus seine Tochter Sophie dem Herzoge Erich zu Braunschweig am gleichen Tage mit seinem nunmehrigen Schwiegersohne ein Bündniss gegen die Herzöge von Sachsen, gegen die Bürger von Lüneburg, Uelzen, Hannover und gegen alle ihre Helfer mit Ausnahme des Kaisers, des Königs von Dänemark, des Herzogs Erich von Sachsen

---

[1]) Sudendorf, IV., Einleitung S. CXXXII.   Die Stadtväter Lüneburgs waren mit Eifer an die Vervollständigung der Stadtbefestigung gegangen. Sie hatten Grund dazu, denn wiederholt war die Stadt-Umgebung von Streifzügen heimgesucht worden, und es ist nicht ausgeschlossen, dass die Stadt selbst ein zweites Mal Gegenstand feindliche Angriffes wurde, wenigstens lag ein grosser Stadttheil, die Altstadt, und das angrenzende Dorf Gimmi noch am 25. November 1373 in Trümmern.
[2]) Daselbst S. 226 u. ff.
[3]) Daselbst, Einleitung S. CXXXV.
[4]) Auch die Lüneburger unter ihrem Vogte Hogeherte unternahmen solche u. a. gegen David Pasteke und Hartwig Zabel, beide Anhänger des Herzogs Magnus, jedoch Rathe des Herzogs Erich von Sachsen-Lauenburg. (Daselbst S. 225 u. 227.)
[5]) Daselbst, Einleitung S. CXXXV.
[6]) Daselbst, Einleitung S. CXXXVIII.

zu Mölln, sowie der Grafen Erich von Hoya und Adolf von Holstein. Einem etwaigen Gebote des Kaisers, nicht gegen die sächsischen Herzöge zu kämpfen, gelobte Erich, nicht gehorchen zu wollen; etwa im Kriege gefangene Fürsten und Herren sollten dem Herzoge Magnus zur Verfügung stehen, u. s. w. Magnus verpfändete dafür seinem Schwiegersohne die Schlösser und Weichbilde zu Schnackenburg, Hitzacker und Bleckede, nebst ausgedehntem Marschlande für 6921 löthige Mark. Auch andere Güter, wie Schloss Lüdershausen mit der Fähre, sobald es erobert sein werde, verpfändete er ihm, sodass die ganze Pfandsumme sich auf 12386 löthige Mark belief. Am 10. April ritt Magnus mit Erich nach Celle. Hier überliess er seiner Tochter als Brautschatz den Zoll zu Eislingen (Zollenspieker) u. s. w.; ferner seinem Rathe, dem Ritter Siegfried von Saldern und dessen Bruder Conrad, Schloss und Stadt Dannenberg und Schloss Prezetze für 3097 löthige Mark [1]. Die Höhe dieser Summen, besonders aber das enge Bündniss mit Erich von Sachsen-Lauenburg, lassen erkennen, dass Magnus mit ganzer Macht den Krieg zu führen gedachte. Nie war die Gelegenheit dazu so günstig wie jetzt; denn von dem Kaiser, der alsbald den Krieg gegen den Markgrafen von Brandenburg wieder aufnahm, sowie von den mächtigen Nachbarn im Osten, hatte Magnus augenblicklich nichts zu fürchten. Auch von den Herzögen Wenzel und Albrecht drohte zur Zeit keine Gefahr, — wenigstens befand sich ersterer anscheinend im Gefolge des Kaisers, als dieser (13. Juli) vor Frankfurt a. d. Oder lag.

Schomakers Chronik berichtet, Herzog Erich von Sachsen-Lauenburg habe sich mit den Hauptleuten zu Bleckede vereinigt, Bevensen und Almdorf niedergebrannt und um Lüneburg viele Pferde und sonstiges Vieh geraubt; er sei oft vor das Bardowicker und altenbrücker Thor gezogen, wo täglich Kämpfe stattfanden; die Besatzung des Schlosses Riepenburg habe er über die Elbe setzen und durch sie, zwischen dem 12. und 21. Juni, die Müggenburg, den Hop und andere Dörfer in der Marsch einäschern lassen [2].

In Folge dieser Streifzüge fand auf Veranlassung der Stadt Lüneburg eine Tagfahrt statt, die resultatlos verlief. Nunmehr fiel Herzog Albrecht mit den lüneburgischen Reitern in das Land um Dannenberg ein, zerstörte viele Dörfer und that namentlich den Grote und von Plate grossen Schaden. Es scheint auf Herzog Magnus abgesehen gewesen zu sein, der kurz vorher in Dannenberg weilte (14. Juni).

Von dort begab sich Magnus nach Supplingenburg, wo er am 26. Juni dem Johanniter-Orden daselbst »aus Liebe und um Gotteswillen« einen Hof und das Dorf zu Stefnum verlieh. Es war seine letzte fromme That! — Mit ganzem Volke zog er am 12. Juli (in sunte Margareten avende) vor die Burg Ricklingen, um die von Reden ihres Abfalles wegen zu züchtigen. Sein Erscheinen in dieser Gegend wirkte dermassen einschüchternd auf die Bürger zu Hannover, dass sie fast geneigt waren, mit ihm in Unterhandlungen zu treten und ihn aufzunehmen [3]. »Herzog Magnus belagerte das Schloss, wie der zeitgenössische Chronist Nicolaus Floreke zu Lüneburg berichtet [4], »und lag davor bis in den elften Tag. Unterdessen sammelte Herzog Albrecht eiligst die Seinen und zog am Mittage des 20. Juli (in sunte Praxeden avende) von Lüneburg aus. Während der Nacht langte er zu Hannover an [5]. Am Morgen des 21. Juli (in sunte

---

[1] Sudendorf, IV., S. 233 u. ff.

[2] Daselbst, Einleitung S. CXLIII.

[3] Daselbst, Einleitung S. CXLIV.

[4] Volgers, II., S. 163.

[5] Die Entfernung Lüneburg-Hannover beträgt 125 Kilometer, die Herzog Albrecht mit seinen Reitern, zwar auf schweren Hengsten, jedoch Ross und Reiter gerüstet, in ca. 13 Stunden zurücklegte. Der im Reiten unermüdliche Herzog machte gewohnheitsmässig Tagritte von 60—80 Kilometern.

Magdalenen avende) drang das Gerücht zu Magnus, sein Gegner ziehe mit vielem Volke heran. In Folge dessen brach Herzog Magnus mit allen seinen Mannen auf und jagte vom Schlosse hinweg auf Neustadt zu, Bilden und Werke im Stiche lassend. So wurde das Schloss ohne erheblichen Schaden gerettet. Darauf, am St. Jacobs Abende (24. Juli), zog Herzog Albrecht vor Pattensen und gewann es. Dabei war der Graf von Schaumburg und die von Everstein. Es gab reiche Beute und viele Gefangene, und es geschah am Mittag. Am St. Jacobs Tage (25. Juli) wollte der Graf von Schaumburg mit den Seinen nach Hause ziehen. Als Herzog Magnus dies durch Kundschafter erfuhr, zog er ihm von Neustadt aus entgegen. Nachdem er Gott um Beistand angerufen, stürzte er sich auf den Feind. Im Handgemenge traf er auf den Eversteiner, während es sei der Schaumburger, und erstach ihn (vom Pferd). Aber auch Magnus traf der Todesstoss seines Gegners. Mit ihnen blieben noch zwei erbitterte Feinde Lüneburgs, der Ritter Siegfried von Saldern und ein Herr von Meltzing [1].

Der Hass des Herzogs Magnus gegen den Grafen Otto von Schaumburg war begreiflich, denn dieser war offen zu den Wettinern übergegangen. Schon früher hatte Magnus sich von seinem Zorne gegen den Grafen, den Gemahl seiner Schwägerin Mathilde [2], hinreissen lassen. Als diese nämlich ihr »Gerade«, Brautschatz und Kleinodien, ihrem nunmehrigen Gemahl, dem Grafen von Schaumburg, zuführen wollte, liess der Herzog die Wagen, die jene Gegenstände enthielten, anhalten — Kisten und Kasten plündern; da weinte die edle Frau gar sehr und klagte über die erlittene Gewalt. Aber der Graf tröstete die Betrübte und sprach: »Lasst Euer Weinen, denn Eure Frömmigkeit ist mir lieber, denn aller Schmuck und Zier, und Ihr mir theurer, als alle Kleinodien der Welt; aber dem übermüthigen Herrn zu Braunschweig werde ich zu gelegener Zeit des Frevels gedenken« [3].

Was den Ort betrifft, wo Magnus dem Grafen den Weg verlegte und dabei den Tod fand, so hat jene bei Everloh unweit Leveste an der Strasse von Hannover nach Minden gelegene Stelle, die noch heute die »Sebentrappen« genannt wird, viel Wahrscheinlichkeit für sich, zumal die Sage, dass dort ein Meineidiger beim siebenten Schritte versunken sei, auf den von Magnus geleisteten Schwur hindeutet: »noch dieselbe Nacht im Schaumburger Lande zubringen zu wollen.« Als man diesen Schwur dem Grafen nach dem Treffen hinterbrachte, soll er gesagt haben: »Mein Schwager darf nicht meineidig werden«, nahm den Sterbenden mit sich in sein Land, und sandte folgenden Tags (26. Juli) die Leiche nach Braunschweig, woselbst sie im Dome beigesetzt wurde.

Die Richtigkeit des 26. Juli, als Sterbetag des Herzogs, bestätigt die auf denselben Tag von Herzog Heinrich, dem Sohne des Gefallenen, im Michaeliskloster zu Lüneburg im Jahre 1396 errichtete Memorien-Stiftung.

Mit Magnus II. schied ein Fürst aus dem Leben, dem die Nachwelt wenig Gerechtigkeit widerfahren liess, weil sie ihr Urtheil aus Quellen schöpfte, die von Parteihass dictirt waren. Herzog Magnus war rauh wie seine Zeit und rücksichtslos streng gegen die, die seinen Feinden Beistand leisteten. An seinem Unglücke war in erster Linie die Feindschaft des Kaisers schuld, sodann das Bestreben der Städte, ihre Unabhängigkeit und Machtsphäre, namentlich auf dem Gebiete des Handels, zu erweitern. Da er ihnen nach dieser Richtung hinderlich schien, schwuren

[1] Auch Magnus' Bruder, Herzog Ernst, war bei dem Streite und entkam.
[2] Sie war in 1. Ehe mit Herzog Ludwig, Magnus' Bruder, vermählt.
[3] Chron. Lüneb., S. 187; vergl. Havemann, I., S. 506; die letztere Begebenheit (Plünderung der Kisten und Kasten) ist jedoch nicht verbürgt.

die Städte ihm Feindschaft, und gingen darin soweit, dass sie schon in seiner Härte, die sie nach der milden Regierung des Herzogs Wilhelm allzu sehr zu bedrücken schien, ein Verbrechen sahen. Welch' hohe Achtung der Fürst genoss, geht aus der Freundschaft und treuen Anhänglichkeit hervor, die ihm, dem Geächteten, die Treuen seines Landes auch über das Grab hinaus bewahrten.

Die unsäglichen Wirren im Lande vermochte der Tod des Führers nicht zu bannen. Vorerst hatte er die Wirkung, dass die Stadt Hannover sich endlich herbeiliess, den sächsischen Herzögen zu huldigen (28. Juli)[1]. Auch Herzog Albrecht von Braunschweig, des gefallenen Herzogs Schwiegersohn, bemühte sich, mit den Herzögen von Sachsen seinen Frieden zu machen, indem er mit ihnen (30. Juli) ein Bündniss abschloss, durch welches er ausser der Anwartschaft auf die Leibzuchtsgüter seiner Gemahlin noch eine Belohnung von 1000 Mark l. S. erlangte. Dafür versprach er, mit 100 Rittern und Knechten ihnen Heeresfolge leisten zu wollen.

Von den früheren Feinden der sächsischen Herzöge standen, abgesehen von Magnus' führerlosen Mannen, nur noch Herzog Erich von Sachsen-L. und die Bürger von Braunschweig auf dem Plane. Ersterer hatte, während Magnus Ricklingen belagerte, in den Marschen bei Winsen an der Luhe grossen Schaden angerichtet, und seine Streifzüge sogar bis vor die Thore von Lüneburg ausgedehnt, wo er unter anderem den Holzleuten die Pferde wegnahm. Die Bürger der Stadt aber setzten ihm nach, nahmen ihm die Pferde und anderen Raub wieder ab, verbrannten aus Rache Artlenburg, gingen über die Elbe, gewannen das Land Kirchwerder, Schloss Riepenburg und belagerten eine Zeit lang Bergedorf, worauf Herzog Albrecht sie zurückrief. Dieser zog nun mit 2500 Mann zu Ross und zu Fuss gegen Herzog Erich. Es kam aber zu keiner Schlacht, weil Erich das Feld räumte. Dem Feinde wurde viel Schaden zugefügt, insbesondere von Hermann von Spörcken in der Gegend von Celle, während Ritter Werner von Bartensleben und Heinrich von der Schulenburg mit den Bürgern Braunschweigs fochten und einige Gefangene machten[2].

Herzog Magnus hatte vier Söhne hinterlassen: Friedrich, Bernhard, Heinrich und Otto, von denen der älteste — Friedrich — etwa 19 Jahre alt war. Von ihrer am 20. Januar 1370 bestellten Vormundschaft war nur noch Ritter Dietrich von Alten übrig. Diesem, sowie den Räthen des gefallenen Herzogs und dessen Wittwe Katharina schien es, nach dem Tode der Seele des Krieges gerathen, Frieden zu schliessen. Die erste Anregung dazu ging freilich von der Gegenpartei aus, namentlich von der Stadt Lüneburg, welche längst des Krieges mit seinen enormen Kosten überdrüssig war. In einem Kloster zu Hannover hielten ihre Bürgermeister Dietrich Springintgut, Albrecht Hoyke und Johann Semmelbecker mit dem Archidiacon Johann von Bücken eine Zusammenkunft, zu welcher sie den Rath des gefallenen Herzogs, Johann Knigge, eingeladen hatten. Diesen baten sie unter dem Versprechen ihrer Erkenntlichkeit, dazu helfen zu wollen, dass der Krieg durch Sühne beendet werde[3]. Knigge versprach auch in uneigennütziger Weise seine Mithülfe.

Alsbald nahmen die Verhandlungen zu Hannover ihren Anfang[4]. Nachdem zunächst

---

[1] Volger, II., S. 165.

[2] Sudendorf, IV., Einleitung S. CXLVII.

[3] Daselbst, Einleitung S. CXLIX.

[4] Dieselben wurden von den beiderseitigen Räthen geführt, als Schiedsrichter fungirten der Bischof Gerhard von Hildesheim, ehemaliger Bundesgenosse des † Magnus, und des Bischofs Bruder, Edelherr Wedekind v. d. Berge, Bundesgenosse der sächsischen Herzöge.

der Bischof von Hildesheim (22. September) hinsichtlich seiner Forderungen von 800 löthigen Mark an den Herzog Magnus durch pfandweise Ueberlassung eines Theiles der Vogtei Lauenrode befriedigt worden war, kam am 25. September folgender merkwürdige Vergleich zu Stande: Die Herzöge Wenzel und Albrecht und die Söhne des Herzogs Magnus sollten alle Theile der Herrschaft Lüneburg wieder zusammenlegen, damit sie ein ungetheiltes Ganzes bliebe. Es sollte dann ihnen allen zu gleichem Rechte gehuldigt, die Regierung aber abwechselnd von ihnen geführt werden, so zwar, dass zuerst die Herzöge Wenzel und Albrecht als die älteren dem Herzogthume vorstehen sollten, nach deren Tode aber der älteste von Herzog Magnus' Söhnen, und falls diese inzwischen sterben sollten, der älteste ihrer Söhne zur Regierung käme. Nach diesem sollte alsdann der älteste von Wenzel und Albrecht's Söhnen zur Regierung gelangen und so fort in der Weise, dass einmal ein Nachkomme der sächsischen und hierauf ein Nachkomme der braunschweig-lüneburgischen Herzöge das Regiment führen sollte. Ferner wurde, wie der zeitgenössische Chronist behauptet, von den Versammelten schon jetzt die eheliche Verbindung zwischen Herzog Albrecht und der Wittwe des Herzogs Magnus erwogen und letzterer das Schloss Celle als Leibzucht verschrieben[1]. Endlich wurde vereinbart, dass alle Gefangenen frei sein sollten. Nachdem am 29. September dieser Vertrag von beiden Seiten anerkannt war, ertheilten am folgenden Tage die sächsischen Herzöge den Herzögen Friedrich und Bernhard die Ermächtigung, falls Graf Otto von Schaumburg sich weigern sollte, an der Sühne theilzunehmen, und die bei Loveste gefangenen Leute freizugeben, sich mit den Schlössern, Städten Landen und Leuten der Herrschaft Lüneburg gegen den Grafen zu helfen, bis dieser ihnen wegen ihres Vaters Tod und wegen der Gefangenen Genugthuung geleistet habe[2]. Mit Erich von Sachsen-Lauenburg wurde vereinbart, dass das Schloss Riepenburg mit Kirchwerder bis zum 29. September 1374 den Edelherrn Wedekind von dem Berge und dem Ritter Lippold von Vreden zur Verwaltung übergeben werde[3]. Ersterem ward ausserdem von den Herzögen Friedrich und Bernhard am 2. October die schon früher (30. April 1372) vollzogene Belehnung mit dem Schlosse Rehburg nochmals bestätigt und ihm die Befugniss ertheilt, das Schloss von seinen Pfandinhabern einzulösen. Da hierbei der Grafen von Hoya keine Erwähnung geschieht, so scheint das Schloss damals noch in Händen des Ritters Brand von dem Hus und der von Mandelsloh gewesen zu sein.

Bei diesen Vergleichs-Verhandlungen wird der Brüder des verstorbenen Herzogs Magnus, des Erzbischofs Albrecht von Bremen und des Herzogs Ernst nicht gedacht. Letzteren traf bald darauf (10. November) das Missgeschick von dem Magdeburgischen Hauptmann Busso Dus, den er wegen seiner räuberischen Einfälle züchtigen wollte, in den Gefecht am Elme mit etwa 60 seiner Mannen und einigen reichen Burgern Braunschweigs gefangen zu werden[4].

Am 23. und 28. October gab Kaiser Karl IV. der vollzogenen Sühne seine Zustimmung. Dass sie nach seinem Herzen war ist kaum anzunehmen, da sie seinen Plänen hinsichtlich der Herzogthümer Wittenberg und Lüneburg mehr hinderlich als förderlich war. Aber — »weil der höchste Urheber des Friedens niemals löblicher als zur Zeit des Friedens verehrt werden könne« —, ertheilte er seine Genehmigung, und den Unterthanen die Erlaubniss allen vier Herzögen zu huldigen.

[1] Volger, II., S. 165.
[2] Eine rechte beständige Sühne zwischen Herzog Friedrich und Graf Otto v. Schaumburg, wegen Magnus' Tod, kam erst am 25. Juli 1379 zu Stande. Sudendorf, V. S. 191.
[3] Sudendorf, IV., S. 448.
[4] Daselbst, Einleitung S. CLVI; v. Heinemann, II., S. 103.

Am 28. October fand die Huldigung zu Hannover statt. Lüneburg und Uelzen erhielten am 11. November noch besondere Urkunden von den vier Herzögen, worauf diesen gehuldigt wurde. Dem Friedenswerk gab sodann (6. December) der Graf von Schaumburg seine Zustimmung, nachdem zuvor (3. December) zwischen ihm und den Herzögen Friedrich und Bernhard eine Sühne zu Stande gekommen war. Endlich, am 10. December, ward zwischen den welfischen und sächsischen Herzögen ein Schutz- und Trutzbündniss geschlossen. Das Land fand somit am Schlusse des Jahres 1373 die lang entbehrte Ruhe, die freilich nicht lange dauern sollte. Die sächsischen Herzöge hatten vorläufig ihr Ziel erreicht und waren Herren des Landes. Die widerstrebenden Elemente im Lande zu versöhnen und die Erfolge der braunschweigischen Herzöge zu beseitigen, musste ihre nächste Aufgabe sein, aber eine höhere Hand hatte es anders beschlossen.

Zu Anfang des Jahres 1374 fanden Sühne-Verhandlungen zwischen Parteigängern der Herzöge statt. Werner von Bartensleben und Heinrich von der Schulenburg hatten im vorjährigen Kampfe mit den braunschweigischen Bürgern diesen einige Gefangene abgenommen. Am 6. Januar kam eine Aussöhnung zu Stande, die von den Rittern Hans von Honlage und Hans von Vreden und den Knappen Rotger von Einstedt, Helmbert von Mandelsloh und Evert von Marenholtz im Auftrage der Herzöge Friedrich und Bernhard unterzeichnet wurde[1].

Genannte Herzöge hatten unterdessen, da ihr Oheim Herzog Ernst noch im Gefängnisse zu Magdeburg sass, die Regierung im Herzogthum Braunschweig angetreten. Ihre erste Sorge war nun, sich des festen Schlosses Wolfenbüttel zu versichern, welches dem Rathe zu Braunschweig verpfändet war. Sie schlossen deshalb mit diesem wegen der Rückzahlung der Pfandsumme einen Vergleich, für dessen Erfüllung sich am 25. Januar die Ritter Hans von Honlage, Dietrich von Wallmoden, Ludolf von Veltheim und die Knappen Conrad von Weferlinge, Helmbert und Dietrich von Mandelsloh verbürgten[2]. Schon am 22. Januar hatten die Herzöge Friedrich und Bernhard den beiden letztgenannten Bürgen die Verwaltung des Schlosses Wolfenbüttel übertragen[3]. Am 25. Januar erfolgte dann die Uebergabe desselben an die sechs Bürgen. Die eigentliche Verwaltung des Schlosses scheint indessen Helmbert von Mandelsloh allein übernommen zu haben.

Die Brüder Friedrich und Bernhard benutzten die Gefangenschaft ihres Oheims, des Herzogs Ernst, um mit der Stadt Braunschweig wichtige Verträge abzuschliessen und sich von ihr huldigen zu lassen. Am 1. Februar schlossen sie den Vertrag über die Untheilbarkeit ihrer Lande und dass stets der Aelteste von ihnen regieren sollte[4]. Zwei Tage darnach ertheilten sie der Stadt Braunschweig den Huldebrief, worin ihr alle von den früheren Herzögen gewährten Rechte und Privilegien von Neuem bestätigt wurden. Auch gaben sie der Stadt gewisse Zusicherungen hinsichtlich ihres Verhältnisses zum Herzoge Ernst, der sich endlich (21. März) mit 400 Mark aus der Gefangenschaft befreite[5]. Einstweilen besass noch keiner der Herzöge eine besondere Gewalt über die Stadt, keiner vermochte es zu verhindern, dass sich innerhalb der Stadtmauern gegen den Rath jener entsetzliche Aufruhr erhob, der überall den grössten Abscheu

[1] Die Chroniken der deutschen Städte, VI., S. 299.
[2] Sudendorf, V., S. 1 u. ff.
[3] Hinsichtlich Quellenangabe wird auf Note 1 Seite 4 hingewiesen.
[4] Sudendorf, V., S. 3 (unter den Zeugen: Helmbert v. Mandelsloh.
[5] Daselbst, Einleitung S. XXXIII.

erregte. Es liegt nicht im Rahmen dieser Schrift, den Verlauf dieses Aufstandes, welchem die meisten Rathsmitglieder zum Opfer fielen, in seinen Einzelheiten zu schildern, zumal ausführliche Berichte darüber in verschiedenen Werken verzeichnet sind [1]). Es mag genügen, zu erwähnen, dass Unwissenheit und Verrohung nach unaufhörlichen Kriegen, dann eine für die damalige Zeit allzugrosse Selbständigkeit Braunschweigs, an dem Unglücke dieser Stadt mehr Schuld war, als die kleinen Unregelmässigkeiten, welche einzelne Rathsherren sich vielleicht zu Schulden kommen liessen.

Herzog Albrecht von Grubenhagen war herbeigeeilt, um dem Morden Einhalt zu thun und die streitenden Parteien zu versöhnen. Doch hatte er so wenig Gewalt über die Stadt, dass man ihn gar nicht hineinliess. Auch des Kaisers Gebot, den Streit durch Fürsten und Städte entscheiden zu lassen, hatte keine Wirkung. Als endlich das Morden aufhörte, fühlten selbst die Anführer Reue. Sie setzten sich dann selbst an die Stelle der ermordeten und vertriebenen Rathsherren, sandten Briefe an Aemter und Städte, um sich zu rechtfertigen, indem sie den Bedrückungen und hohen Steuern die Schuld an dem Unglücke beimassen. Aber damit fanden sie kein Gehör; die Hansestädte gingen sogar so weit, bei Todesstrafe den Handel mit Bürgern Braunschweigs zu verbieten. Schwer und lange noch litt die Stadt an den Folgen der blutigen That.

In dieser Lage musste es dem neuen Rathe, dem die Rädelsführer angehörten, sehr willkommen sein, dass sich die Herzöge Ernst und Otto der verfehmten Stadt annahmen. Es gelang ihnen sogar, vom neuen Rathe das Lösegeld (1000 Mark) für die in Magdeburg gefangenen Bürger zu erhalten, welches die nächste Veranlassung zum Aufruhr gegeben hatte [2]). Herzog Otto wusste seinen Einfluss in Braunschweig derart geltend zu machen, dass es den jungen Herzögen Friedrich und Bernhard gerathen schien, mit ihm (21. October) einen Erbvergleich abzuschliessen, worin sie ihn als ihren Vormund anerkannten. Sie mussten es geschehen lassen, dass Otto das Schloss Wolfenbüttel für sie in Besitz nahm, den Knappen Helmbert von Mandelsloh mit 200 löthigen Mark abfand und dann die Stadt Braunschweig mit dem Schlosse belehnte [3]). Dagegen bestimmte Otto, dass, wenn er ohne Leibeserben stürbe, Herzog Friedrich sein Land nebst Leuten erben solle.

Aber noch viel wichtigere Gründe waren es, welche die Herzöge veranlassten, mit ihrem Oheime jenen Erbvertrag abzuschliessen. Es hatten, — ohne der Erbrechte der jungen Herzöge auf das Herzogthum Lüneburg zu gedenken — Wenzel und Albrecht von Sachsen-Wittenberg mit ihrem Vetter, dem Herzoge Erich von Sachsen-Lauenburg, am 5. April eine Erbverbrüderung geschlossen, die sich nicht bloss auf die beiden Herzogthümer Wittenberg und Lauenburg beschränkte, sondern auch auf das Herzogthum Lüneburg ausdehnte. Wenzel und Albrecht traten für den Fall, dass sie ohne Lehnserben stürben, ihrem Vetter Erich ihr Recht an die Herrschaft Lüneburg förmlich ab und verpflichteten sich, wenn Erich nach ihrem Rathe darüber einen Vertrag mit Magnus' Söhnen errichten könnte, ihm dabei behülflich sein zu wollen. Sie gelobten ausserdem, sich einander zur Vermehrung ihrer Schlösser und Güter mit ganzer Macht beizustehen gegen Jedermann, nur nicht gegen den Kaiser. Hierauf versprach Herzog Erich (9. April), getreu dafür sorgen zu wollen, dass er seine Mannen von der Huldigung frei mache, die sie

[1]) »Das Schichtbuch« von L. Hänselmann; Die Chroniken der deutschen Städte. VI, S. 313 u. ff.

[2]) Sudendorf, V, Einleitung S. XXXV.

[3]) Daselbst S. XXXVII.

früher den Söhnen des verstorbenen Herzogs Magnus geleistet hätten [1]). Die sächsischen Herzöge, besorgt, dass die im Lande noch gegen sie herrschende Stimmung ihren Nachkommen schaden könnte, beeilten sich, auch des Kaisers Zustimmung zu der erwähnten Erbverbrüderung einzuholen. Der Kaiser gewährte dieselbe gewiss mit besonderer Befriedigung, weil sie seinen Plänen auf das Herzogthum Wittenberg nur förderlich sein konnte. Noch drei Jahre später hielt er an dem Vertrage fest [2]). Es war klar, dass durch oberwähnte Verträge die Vereinigung der ober- und niedersächsischen Länder und damit auch die Verdrängung der Söhne des Herzogs Magnus geplant wurde.

Nicht lange nach jenen Verträgen fand die Verlobung (5. Mai) und am 7. Juni die Vermählung ihrer Mutter, der Herzogin-Wittwe, mit dem Herzoge Albrecht statt, die im Ganzen versöhnend wirkte, zumal am Hochzeitstage alle Gefangenen auf beiden Seiten frei gegeben wurden [3]). Wie sehr es dennoch im Lande gährte, Ritter und Knappen von Hass gegen die Fremdlinge, die sächsischen Herzöge, erfüllt waren, erhellt aus einer Beschwerde der Städte Lüneburg, Hannover und Uelzen, beim päpstlichen Pönitentiar (Cardinal Johann), welchem sie klagten, dass sie ~~noch~~ immer wegen Aufnahme der Herzöge von Sachsen von den Geistlichen für meineidig ~~gehalten~~ würden [4]).

Um den zahlreichen kleinen, aber in der Gesammtheit doch gefährlichen Widersachern, ein Ende zu machen, ward am 15. August 1374 für die nächsten drei Jahre zwischen den Bischöfen Wedekind von Minden, Gerhard von Hildesheim, den Herzögen Albrecht von Sachsen, Friedrich und Bernhard von Braunschweig-Lüneburg, den Grafen von Hoya und dem Edelherrn Wedekind von dem Berge (einem Bruder der beiden vorgenannten Bischöfe) ein Landfrieden errichtet, dem auch die Städte Minden, Hildesheim, Lüneburg und Hannover beitraten. In diesem Landfrieden, mit welchem Herzog Albrecht noch besondere Zwecke verband, wurde zugleich das Contingent festgesetzt, mit welchem jeder der genannten Verbündeten gegen Landfriedensbrecher gegebenenfalls Hülfe leisten sollte; doch erhielt der zum Landvogte erwählte Edelherr Wedekind von dem Berge das Recht, diese Contingente nöthigenfalls zu erhöhen. Wohl wäre es möglich gewesen, mit den Mitteln, die der Landfrieden bot, Ruhe zu schaffen. Allein Herzog Albrecht, der Urheber dieses Friedens, scheint nicht so sehr daran gedacht zu haben, den Frieden selbst zu halten, als ihn von anderen halten zu lassen. Dazu besass er eine zu sehr an Kampf und unstätes Leben gewöhnte Natur, wie viele seiner Zeitgenossen. Deshalb konnte auch trotz des Landfriedens die Freundschaft zwischen ihm und seinem nunmehrigen Stiefsohne, dem Herzoge Friedrich, nicht von Dauer sein.

Nach Detmars Chronik gab Herzog Otto den nächsten Anlass zu neuen Feindseligkeiten, 1375 indem er Herzog Friedrich bestimmte, Albrecht aufzusagen [5]).

[1]) Sudendorf, V., S. 13; auch bescheinigte Erich von seinen Vettern hinsichtlich seiner Forderungen an Magnus per 9941 und 388 Mark l. S. befriedigt worden zu sein.

[2]) Daselbst S. 31 und Einleitung S. LXXX. — Der Chronist Detmar erzählt: »Als man von Dannenberg abzog (4. Mai 1377), ritt der Kaiser nach Tangermünde, die Herzöge Wenzel und Albrecht, welche ihn begleiteten, liessen sich mit allen ihren Herrschaften und mit der Chur belehnen und mit ihnen Herzog Erich von Sachsen (Lauenborg). Sie empfingen das Lehn zu gesammter Hand und stellten Urkunden darüber aus, sodass, wer von ihnen oder ihren Erben der älteste sein würde, die Chur haben und allen drei Herrschaften, nämlich des Landes Wittenberg, Lüneburg und Lauenburg vorstehen sollte. Dabei hatten sie über 500 Banner und es geschah mit grosser Pracht.«

[3]) Daselbst, Einleitung S. XLIII.

[4]) Daselbst S. 58.

[5]) Daselbst, Einleitung S. LVIII.

Nicht unwillkommen mochte Friedrich diese Absage sein, denn in seinem Herzen musste der Groll gegen die sächsischen Herzöge im Umgange mit Otto und den alten Anhängern seines verstorbenen Vaters reiche Nahrung finden und in dem Masse zunehmen, als seine Urtheilskraft sich klärte und sein Charakter sich festigte. Nur Bernhard, sein jüngerer Bruder, theilte diese Gefühle nicht, denn er blieb anscheinend den sächsischen Herzögen treu. Letztere, den Krieg voraussehend, hatten am 13. April den Ritter Werner von Bartensleben mit der Werbung von Reisigen betraut.

Um den Frieden, der sich ohne Frage in dem letzten halben Jahre doch bewährt hatte, aufrecht zu erhalten, fanden zwar noch Unterhandlungen statt. Als diese fruchtlos blieben, fiel Albrecht unerwartet in das Land Braunschweig ein, eroberte das feste Schloss Gifhorn, fing 18 Mann und 40 gerüstete Pferde, während Herzog Otto bald darauf — im Sommer 1375 · mit seinem Heere vor das Schloss Neubrück gegen die von Marenholtz zog. Otto vermochte aber nichts auszurichten, denn Herzog Albrecht eilte herbei und entsetzte das Schloss[1]. In diesem Kriege leisteten die Städte Lüneburg und Hannover dem Herzoge Albrecht Heeresfolge[2], wofür sie nach altem Brauche belohnt wurden[3]. Auch Graf Gerhard von Hoya, Graf Wilhelm von Berg und mehrere Ritter, welche der Stadt Braunschweig Fehde angesagt hatten, leisteten ihm Beistand[4]. Diese unglückliche, von der Aussenwelt aller Rechte beraubte Stadt, musste froh sein, dass die Herzöge Otto und Friedrich sich ihrer erbarmten. Sie lieh diesen dafür willig Streiter und Geld.

Als ein mächtiger, aber wenig verlässlicher Bundesgenosse des Herzogs Otto, war seit 17. August 1374 Graf Otto von Schaumburg auf dem Plane erschienen. Da er früher Verbündeter der sächsischen Herzöge gewesen war, so hatten diese ihn, wohl seines Abfalles wegen, bekriegt. Hierbei waren dem Grafen die Knappen Johann Cluver und Johann Korlehake in die Hände gefallen, so dass Herzog Albrecht sie am 26. August für ihre Verluste an Rüstung und erlittene Gefangenschaft entschädigen musste. Auch Graf Ludolf von Wunstorf und mit ihm einige mächtige Lüneburger Geschlechter, die den Augenblick nicht erwarten konnten, gegen die verhassten Askanier zu reiten, dürften den Herzögen Otto und Friedrich Hülfe geleistet haben. Dass sich unter ihnen auch die Herren von Mandelsloh befunden haben, ist kaum anzunehmen, denn nachdem Hehnbert von Mandelsloh das Schloss Wolfenbüttel zurückstellen musste, wird er sich wohl, gleich seinem Vetter Dietrich, nach Mandelsloh oder einem anderen Schlosse begeben haben. Denen von Mandelsloh waren übrigens auch die Hände gebunden, denn es bestand zwischen ihnen und Albrecht ein »alter unversagter« Handfrieden; — d. h. man hatte sich mit Handschlag Frieden gelobt und ihn nicht gebrochen[5].

Wie sehr Herzog Albrecht bestrebt war, Güter und Schlösser zu erwerben, woran es ihm noch sehr mangelte, ersieht man aus seinem Bündnisse mit dem Grafen Otto von Schaumburg. Obwohl der Graf noch kurz vorher ihm feindlich gegenübergestanden hatte, verband er sich doch mit ihm (5. September), behufs Eroberung der Grafschaft Wunstorf. Zu diesem

¹) Sudendorf, V., Einleitung S. LVIII.

²) Daselbst S. 95.

³) Daselbst S. 62 u. 68; Hannover erhielt unter anderem das Recht, wieder einen, zwei oder mehrere Juden aufzunehmen; Lüneburg die Bewilligung den Salztoll zu erhöhen.

⁴) Daselbst, Einleitung S. LIX.

⁵) Daselbst VI., S. 128 ½; — NB. Die der Seitenzahl (128) angehängte Zahl (½) bezeichnet die Zelle der betreffenden Seite.

Zwecke liessen sie gemeinsam das Schloss Lohof erbauen und Besatzung hineinlegen. Die eroberten oder erkauften Güter wollten sie unter sich theilen. Aber der Graf von Wunstorf war, wie es scheint, auf seiner Hut; der hinterlistige Plan scheiterte übrigens daran, dass Theile der Grafschaft bischöflich-mindensches Lehen waren, und mit dem Bischof sich zu verfeinden, konnte Herzog Albrecht jetzt nicht wagen. Bald darauf ritt Albrecht zu seinem Herrn und Meister, dem Kaiser, der gerade (22. October) in Lübeck seinen Einzug hielt [1]).

Das Verständniss des Folgenden erfordert es, hier einige Worte über den sogenannten »Wasserweg« zu sagen: In der Zeit unserer Geschichte trat bei den Städten immer mehr das Bestreben hervor, sich möglichst unabhängig zu machen. Da die Rathsherrn fast ausschliesslich dem Kaufmannstande angehörten, so lag den Städten besonders die Erweiterung des Handels durch Schiffbarmachung der Flüsse sehr am Herzen. Schon seit Jahren war der Wasserweg auf der Leine ein Lieblingswunsch der Hannoveraner, weil sie durch ihn ihre Waaren nach überseeischen Ländern zu bringen und den Zwischenhandel zu beseitigen hofften. Erwähnt wurde bereits, dass die von Mandelsloh ausgedehnte Besitzungen längs der Leine hatten: Brücken, Fähren, Mühlen, Schleusen und Wehren von Hannover bis zur Mündung, waren ihr Eigen. Dies alles gerieth in Gefahr, verloren zu gehen, wenn sie sich der Anlage des Wasserweges nicht widersetzten. Es ist, Mangels sicherer Nachrichten, Näheres über ihre Berechtigungen an der Leine nicht nachzuweisen, doch erhellt aus späteren Verträgen der Stadt Hannover mit den von Mandelsloh und anderen Geschlechtern, sowie mit dem Kloster Mariensee (1381, 1389, 1390), ferner aus dem sogenannten Satebriefe der Herzöge Bernhard und Heinrich vom 20. September 1392, dass sie solche besassen; auch muss es dahin gestellt bleiben, ob vor dem Jahre 1375 Verhandlungen über den Wasserweg zwischen Hannover und den von Mandelsloh stattgefunden haben; anscheinend geschah es nicht. Unterhandlungen waren damals selten, man gab dem kürzeren Wege der Gewalt den Vorzug [2]).

Nachdem Herzog Wilhelm am 20. September 1367 zu Gunsten der Stadt Lüneburg die Anlage der Wasserwege direct verboten hatte, war nach seinem Tode Hannover unablässig an der Verwirklichung seines Planes thätig. Herzog Albrecht von Sachsen, um die Gunst dieser Stadt zu erlangen, versprach ihr, wie bekannt, schon seit 5 Jahren wiederholt, zur Herstellung des »völlig freien« Wasserweges von Hannover bis in die Aller behülflich sein zu wollen und die Schiffahrt unter seinen Schutz zu stellen. Bisher mochten ihn andere Dinge hindern, dieses Versprechen einzulösen, jetzt aber, völlig Herr des Landes geworden, ging er in schlauer Weise ans Werk. Die Hülfe, welche ihm Hannover erst jüngst in seinem Kriege gegen die Herzöge Otto und Friedrich geleistet hatte, verpflichtete ihn zu einer Gegenleistung und es ist sogar nicht ausgeschlossen, dass der Herzog eigens zu diesem Zwecke jenen Landfrieden schloss (15. August 1374), welcher die Contrahenten verpflichtete, bestimmte Contingente zur Bestrafung eines etwaigen mächtigen Friedensbrechers zu stellen, und dass er zu den letzteren die sehr reiche und mächtige Familie von Mandelsloh zu zählen Willens war. Dieser Umstand und der Hass des Herzogs, der nicht vergessen konnte, dass die von Mandelsloh ehemals dem Herzoge

---

[1]) Sudendorf, V., Einleitung S. LX u. ff.

[2]) Als Herzog Magnus im Jahre 1371 der Stadt Braunschweig die Schiffahrtsberechtigung auf der Oker verlieh, war er jedenfalls von einem höheren Gerechtigkeitsgefühl beseelt als Herzog Albrecht, der sich um die Rechte der Anlieger nicht kümmerte. Magnus stellte nämlich unter anderem die Bedingung, dass Hindernisse für die Schiffahrt (Mühlen u. s. w.) den Besitzern »abzukaufen« seien.

Magnus treue Gefolgschaft und grosse Unterstützungen geliehen hatten[1], waren, neben dem gegebenen Versprechen, wohl die Haupttriebfedern seines Handelns. Wie ehedem zwischen Herzog Albrecht und den Bürgern zu Lüneburg, als diese den Kalkberg überrumpelten, ohne Frage geheime Abmachungen bestanden, so waren auch solche zwischen jenem und der Stadt Hannover bezüglich des Wasserweges vorhanden. Auf Grund derselben pflog die Stadt sodann im Jahre 1375 mit Bremen Verhandlungen, deren Zweck die Schaffung eines Handelsvertrages zwischen beiden Städten war, für den Fall, dass der Wasserweg zu Stande käme. Noch in demselben Jahre ward der Vertrag geschlossen und am 7. Januar 1376 unterzeichnet[2].

Es musste nun ein Grund gefunden werden, die von Mandelsloh des Friedensbruches zu beschuldigen; aber sie boten, wie es scheint, keine Handhabe dazu. Auch bestand zwischen ihnen und dem Herzoge, wie schon erwähnt, ein »alter unversagter« Handfrieden, der, wie die Mandelsloh in ihrer späteren Klage (April 1385) behaupteten, auch auf den Bischof von Verden ausgedehnt worden war[3]. Während dieses Handfriedens, vermuthlich zwischen dem 20. und 30. October 1375 liess der Rath von **Hannover** einen, den Brüdern **Heineke**, **Dietrich** und **Statius** (Justatius) von Mandelsloh gehörenden Wagentransport, bestehend aus 14 mit Korn, Salz und Bier beladenen Wagen, zwischen der sogen. Mordmühle und Brunings Garten vor Hannover überfallen und sammt den Pferden wegnehmen. Die Leute der Begleitung wurden erschlagen, andere verwundet »gelähmt« oder gefangen[4]. So behaupteten die von Mandelsloh in ihrer schon erwähnten Klageschrift und bezifferten ihren Schaden auf 500 löthige Mark. Sie beschuldigten dieser That den Rath und die Bürger zu Hannover, verschonten aber auch den Herzog selbst nicht mit dem Vorwurfe des Friedensbruches. Dieser rechtfertigte sich damit, dass er zur Zeit des Ueberfalles ausser Landes gewesen sei und fügte hinzu, ihm sei berichtet, dass der Schaden von den Thätern wieder gut gemacht worden sei[5].

1376   Bald darauf, — Ende 1375 oder Anfang 1376 —, jedenfalls aber noch während des beregten Handfriedens, erlitten die von Mandelsloh einen zweiten Ueberfall. Diesmal waren es Reisige aus Celle und **Hannover**, aus den Schlössern Neustadt, Bordenau und der »Griffenburg«, die den Brüdern von Mandelsloh 15 Pferde, ihre mit Korn und Heu beladene Wagen sammt dem Zugvieh wegnahmen und die Leute schatzten. Die Mandelsloh berechneten ihren Schaden auf 100 löthige Mark und bezeichneten auch in diesem Falle den Herzog als den Urheber und Herzogliche als die Thäter[6]. Herzog Albrecht forderte auf diese Beschuldigung hin Namensangabe derjenigen, die den Raub verübt hätten.

Noch während desselben Handfriedens traf die von Mandelsloh ein dritter Ueberfall, der ihrem Stammsitze sehr gefährlich wurde. Söldner drangen plötzlich von der »Griffenburg«, aus **Hannover**, und von Schlosse Bordenau gegen Mandelsloh (Ort) vor, brannten denen von Mandelsloh ihre dortige Brücke ab, weil sie der Schifffahrt wesentlich hinderlich sein mochte, zerstörten ihre Dämme, besetzten ihre Wege, raubten ihren Knechten Gold, Geld und andere Habe, fällten ihre

---

[1] Vergl. das Jahr 1373; auch scheinen die von Mandelsloh jene Summen aufgebracht zu haben, für welche dem Herzoge Magnus das ganze Erzstift Bremen verpfändet war (Sudendorf, III., S. 360), weil nach Magnus' Tode die von Mandelsloh diese Pfandschaft besassen (daselbst VI., S. 128 25).

[2] Sudendorf, V., S. 77 und Einleitung S. LXIV.

[3] Daselbst VI., S. 129 31.

[4] Daselbst S. 128 36.

[5] Daselbst S. 128 44; die Sühne dieses Vorfalles wegen fand jedoch erst am 25. April 1385 statt.

[6] Daselbst S. 129 6.

Holzungen zu Ricklingen und Mandelsloh, brachen 4 Häuser zu Mandelsloh nieder und warfen
den Graben um das Schloss zu, sodass sie wohl 100 löthige Mark Schaden verursachten[1]. Auch in
diesem Falle leugnete der Herzog die Mitwissenschaft und verlangte Nennung der Thäter. —
Die Gefahr, welche nach diesen Ereignissen den Stammsitz der Mandelsloh unmittelbar bedrohte, legte den Brüdern Heineke, Dietrich und Statius die Pflicht auf, ihr Schloss besser zu
befestigen, es mit Bergfrieden (Thurm), Planken und Erkern zu versehen; auch den sehr festen
Kirchthurm und die Kirche in Vertheidigungszustand zu setzen, Mannschaften hinein zu
legen u. s. w.[2].

Nach dem 3. Raubanfalle, — vielleicht schon nach dem 2. —, vermittelten ein Mann
des Herzogs und ein Freund der von Mandelsloh, als Schiedsrichter, einen Vergleich. Diesem
gemäss wären, wie der Herzog behauptete, die von Mandelsloh verpflichtet gewesen, ihre Burg
zu Mandelsloh und was dort zur Vertheidigung gebaut wurde: den Bergfrieden, die Planken und
die Erker zu brechen und nur das lange Haus, ein Ackerhaus und eine Scheune, zu behalten,
sodass hinfort keine Burg mehr daselbst bestünde[3]. Aber die von Mandelsloh leugnen versprochen zu haben, ihr »Haus« zu Mandelsloh brechen zu wollen[4], behaupten vielmehr, dass
dieser Vergleich, dem Herzog nicht gestattete, die Kirche und den Kirchhof zu Mandelsloh ein-
zunehmen und zu befestigen; thäte dies sonst Jemand, so hätte der Herzog es getreulich, wie
er versprochen, verhindern müssen. Sie beriefen sich dabei auf ihre beiden Schiedsrichter,
deren offene besiegelte Briefe sie besässen. Als nun die von Mandelsloh in ihrer Klage dem
Herzog vorwarfen, dass er trotzdem sich der Kirche bemächtigt, von dort aus ihre »Wohnung«
und ihre Höfe erobert, die Kirche und den Kirchhof entweiht, geplündert und andere Güter
niedergebrannt habe, sodass sie wohl 1000 löthige Mark Schaden hätten[5], erwiderte der
Herzog, wie zuvor erwähnt, dass die von Mandelsloh ihre »Burg« und was dort zur Vertheidigung gebaut sei, nicht gebrochen, vielmehr sich des Kirchthurms bemächtigt, ihn befestigt
und Mannschaften hinein gelegt hatten. Ferner klagte der Herzog, dass die von Mandelsloh
ihm den Vertrag nicht gehalten hätten, indem sie von ihrer Burg aus ihm, seinem Lande,
seinen Leuten und jenen, die zu vertheidigen ihm gebühre, an Raub, Brand, Beute, Dingtal[6]
und Todtschlag 5000 löthige Mark Schaden verursacht hätten[7]. »Darum«, so sagt der Herzog,
»wurden Wir ihre Feinde und haben ihnen in offener Fehde den Kirchthurm und das Schloss
abgewonnen u. s. w.« Der Verlauf dieser Fehde wird im Nachfolgenden näher erörtert werden.

Es lässt sich nicht mehr constatiren, welche Verpflichtungen der vorerwähnte Vergleich
den beiden Parteien auferlegte, weil die Urkunde fehlt, und müssen wir es daher dem Leser
anheim stellen, sich sein Urtheil selbst zu bilden. Doch können wir nicht unerwähnt lassen,

---

[1] Sudendorf, VI., S. 129 sq.
[2] Daselbst S. 130 sq.
[3] Daselbst VI., S. 130 sq.
[4] Daselbst V., Einleitung S. LXXIV; — die v. Mandelsloh bezeichnen ihre Burg als »Haus« oder »Wohnung«.
Sie besassen daselbst nachweisbar aber schon 1243 ein Burglehn und (bis 1344) das Sechsgericht (hohe Gerichtsbarkeit), ferner
die Vogtei, die Meierei, das jus patronatus, u. s. w.
[5] Daselbst VI., S. 130 3.
[6] »Dingtal« = Schatzgeld, um eine Plünderung abzuwenden.
[7] Sudendorf, VI., S. 130 13. — Die v. Mandelsloh suchen diese und andere Anschuldigungen in der Herzogs Gegenklage durch eine errichtete Sühne zu enthalten (das. S. 136 36 u. f.). Immerhin ist es auffallend, dass die 3 Brüder v. M.
trotz hervorragender Betheiligung ihrerseits an den damaligen Kriegen doch nirgends, — weder in den Verzeichnissen über
Räubereien, noch in sonstigen Aufzeichnungen, eines bestimmten Raubes beschuldigt werden.

dass in dieser rechtlosen Zeit der Stärkere immer Recht behielt, und dass die ältesten Nachrichten über jene Fehden oft mit grosser Vorsicht aufzunehmen sind, weil die zeitgenössischen Chronisten meistens Städter waren. Lässt man beiden Theilen ein gleiches Mass der Gerechtigkeit widerfahren, so wird man, selbst wenn nach der Behauptung des Herzogs die von Mandelsloh Raub und Brand verübten, zugestehen müssen, dass die erste Schuld auf des Herzogs Seite lag, dass die Bürger von Hannover und Herzogliche Mannen zuerst die von Mandelsloh beraubten. In diesem Sinne sagt Sudendorf: »Die Schuld, zuerst angegriffen zu haben, fällt auf die Bürger zu Hannover«　— »ihre wegen des Wasserweges nach Bremen gegen die von Mandelsloh unternommene Fehde erweiterte sich zu einem Kriege des Herzogs gegen dieselben«[1]. Analog spricht sich ein Schreiben der Rathsherren zu Lüneburg an jene zu Hannover aus (vom 18. Juni 1376). Beide Städte waren über die bedeutenden Kriegskosten mit einander in einen heftigen Federkrieg gerathen. Der Rath zu Lüneburg machte der Stadt Hannover in dem erwähnten Schreiben Vorstellungen darüber, indem er sagte: »Die Bürger Hannovers würden selbst wissen, auf welche Weise sie wieder in Krieg gerathen seien«, und setzte sehr richtig hinzu: »die Stadt Lüneburg habe nichts damit zu schaffen«[2]. Die Anlage des Wasserweges fand bekanntlich den Beifall der Lüneburger nicht.

　　　　Landes Noth und Gerücht (Hülfgeschrei) **riefen Herzog Albrecht nach Mandelsloh**[3]. Der Landfrieden vom 15. August 1374 war gebrochen!

　　　　Albrecht befand sich noch zu Anfang des Jahres 1376 mit den Herzögen Otto und Friedrich im Kriegszustande. Der Krieg scheint lau geführt worden zu sein, denn die Städte Lüneburg und Hannover, die sich der Kriegskosten wegen zankten[4], nahmen schwerlich Theil daran, und Herzog Otto kümmerte sich, wie es scheint, wenig darum. Er fand Musse, zahlreiche Gäste, darunter Dietrich von Mandelsloh, zu einem friedlichen und fröhlichen Turnier in Göttingen (24. bis 26. Feb.) zu vereinigen[5]. Als aber am 20. April die Ritter Hans und Lippold von Verden, ehemalige Anhänger des Herzogs Magnus, mit ihrem Schlosse Freden in den Dienst des Herzogs Albrecht gegen die Herzöge Otto und Friedrich traten, entbrannte der Krieg mit neuer Heftigkeit, bis endlich durch Vermittelung des Bischofs von Hildesheim am 9. August ein Waffenstillstand zu Stande kam, der bis 24. Juni 1377 dauern sollte[6].

　　　　Dadurch war Herzog Albrecht in der Lage, seinem Plane der Niederwerfung der 3 Brüder von Mandelsloh näher treten zu können. Die Vorbereitungen dazu waren seit etwa Ende April 1376 im Gange, wo der Herzog seinen Feldhauptmann Rabodo Wale, der früher in gleicher Eigenschaft dem Herzog Magnus diente (vor 3. Mai), nach Neustadt am Rübenberge entsandt hatte. Binnen Kurzem entstand daselbst ein förmliches Kriegslager. Das feste Schloss ward sturmfrei gemacht, Besatzung hineingelegt und der Thurm mit Erkern versehen, um gegen eine eventuelle Belagerung gerüstet zu sein. Herzog Albrecht sandte sogleich seinen Landvogt, den Edelherrn Wedekind von dem Berge, nach Neustadt, um dem Landfriedensbunde gemäss die Heeres-Contingente aufzubieten, welche von den einzelnen Verbündeten in nachstehender Stärke zu stellen waren[7]):

　　　¹) Sudendorf, V., Einleitung S. LXXIV u. f.

　　　²) Daselbst V., S. 98 u und Einleitung S. LXXV.

　　　³) Daselbst VI., S. 130 u., 135 u.

　　　⁴) Daselbst V., Einleitung S. LXVIII.

　　　⁵) Schmidt, U.-B. der Stadt Göttingen, I., S. 101.

　　　⁶) Sudendorf, V., S. 81 u. 84 (die bezüglichen Verhandlungen hatten schon am 21. Juni begonnen).

　　　⁷) Daselbst S. 37.

1. Der Bischof von Minden . . . . . .   mit 10 Gewaffneten,
2. Der Bischof von Hildesheim . . . .   „ 25   „
3. Die Herzöge Albrecht, Friedrich und Bernhard   „ 40   „
4. Die Grafen Gerhard und Otto von Hoya . .   „ 15   „
5. Der Graf Erich von Hoya . . . .   „ 15   „
6. Der Edelherr Wedekind von dem Berge . .   „ 5   „
7. Der Rath zu Minden . . . .   „ 14   „
8. Der Rath zu Lüneburg . . . .   „ 22   „
9. Der Rath zu Hildesheim . . . .   „ 14   „
10. Der Rath zu Hannover . . . .   „ 12   „

Zusammen 172 Gewaffnete.

Doch war der Landvogt ermächtigt, die einzelnen Contingente nach Gutdunken zu erhöhen. Von diesem Rechte machte derselbe, wie es den Anschein hat, umfassenden Gebrauch; denn nach dem Verbrauch der Lebensmittel zu schliessen, betrug die ganze Streitmacht nicht etwa 200, sondern 500 bis 600 Gewaffnete, was in damaliger Zeit eine bedeutende Heeresmacht repräsentirte. Da man von der Menge des verzehrten Proviants ungefähr auf die Zahl der Krieger schliessen kann, so mögen hierüber die interessantesten Daten notirt werden.

In einer Woche wurden durchschnittlich consumirt: 7 bis 10 Ochsen (Kühe), mindestens eine Speckseite, 8 bis 12 Schafe (oder statt diesen 5 Lämmer und 2 Schweine), 1 Malter Roggen, 1/2 Fuder Malz, für 6 bis 8 Schillinge Hopfen, 6 bis 8 Malter oder auch 3 bis 4 Fuder Hafer (ausser jenem Hafer, womit man, wenn der Herzog kam, seine und seines Gefolges Pferde fütterte). Grosse Quantitäten Bier, Heringe, Stockfische, andere Fische, als Spierling, Aal, seltener Lachs, Butter, Käse, Salz, besonders viele Eier. Der Hufbeschlag der Pferde kostete wöchentlich 3 Schillinge [1].

Nachdem der genannte Landvogt Neustadt am 3. Mai wieder verlassen und zuvor vom Feldhauptmann Rabodo Wale Ersatz der Kosten seines Aufenthaltes in der Herberge durch Pfandquittung in Empfang genommen hatte [2], traf am 21. Mai Herzog Albrecht selbst dort ein, ritt aber am 27. Mai wieder fort. Er kam wohl, um sich von dem Fortgange der Belagerung zu überzeugen [3]. Die von Mandelsloh hatten vielleicht noch keine Ahnung von der drohenden Gefahr. Sie erschienen nämlich am 15. Juni bei einer friedlichen Handlung des Herzogs als Treuhänder. Helmbert und die Brüder Heineke und Dietrich verbürgten sich nämlich für 2 Burgmannen zu Horneburg, Daniel und Iwan von Borch, denen Herzog Albrecht das Dorf Lusemur verpfändete [4]. — Am 14. Juni sandte Rabodo Wale dem Herzog eine Armbrust aus Stahl, die er von einem Plattner in Neustadt hatte machen lassen. Am 21. Juni, an dem Tage, als die Waffenstillstands-Verhandlungen mit den Herzögen Otto und Friedrich ihren Anfang nahmen, traf Albrecht wiederum in Neustadt ein und ritt am 23. Juni wieder fort. Am 12. Juli in Neustadt erwartet, kam er erst am 15. dort an und blieb bis zum folgenden

[1] Sudendorf, V., S. 81 u. S. ff. — „Bier wurde an Ort und Stelle gebraut und bei Fehdezügen dem Heere in grossen Wagenladungen nachgeführt. Wein ward nur Verwundeten gereicht und kam selbst auf der herzoglichen Tafel äusserst selten vor. Heringe, Bücklinge, Stockfische u. s. w. waren damals äusserst beliebte Speisen. Als ein damaliges Getränke sei noch ein Gemisch aus Bier, Kirschen und Honig erwähnt.)
[2] Daselbst S. 81 35.
[3] Daselbst S. 82 11.
[4] Daselbst S. 92.

Tage. Ferner war er vom 1. bis 4. August in Neustadt[1]). Er liebte grosses Gefolge und kam gern unvermuthet. Seine und des Landvogts wiederholte Anwesenheit in Neustadt a./R. mochte dadurch veranlasst sein, dass die Belagerung, ohne Fortschritte zu machen, grosse Kosten verursachte. Da die ganze Unternehmung hauptsächlich der Stadt Hannover Vortheil bringen sollte, so hatte diese Stadt ausser dem vertragsmässigen Contingente noch ein besonderes Hülfscontingent zu stellen, welches wie es scheint, stets, wenn ein Hauptangriff erfolgen sollte, auf mehrere Tage nach Neustadt kommen musste. Rabodo Wale erwähnt nämlich am Schlusse seiner Abrechnung, dass er »den Hannoverschen« ihre Pfandquittung gegeben habe, nämlich dem Basilius von der Neustadt und Rotbert von Edingerode und ihren Cumpanen (Compagnie), als sie in der Neustadt einmal 8 Tage lang mit 24 Pferden, ein zweites Mal 6 Tage lang mit 28 Pferden, dann ein drittes Mal (Basilius v. d. Neustadt, Brinemann und Crevet) mit 20 Pferden, endlich ein viertes Mal, als Mandelsloh eingenommen wurde auf 4 Tage mit 30 Pferden zu Neustadt lagen[2]). Nachdem also mindestens 3 Hauptangriffe abgeschlagen, gelang der 4. in der Weise, dass Rabodo Wale sich zuerst der Kirche und des festen Kirchthurmes bemächtigte und dann von hier aus am 19. September das Schloss und die Höfe eroberte, wobei dann, wie schon erwähnt, die Kirche und der Kirchhof (»geschinnet und gebrannt«) entweiht wurden, auch sonst Brandschäden im Werthe von 1000 löth. Mark verursacht wurden[3]). Rabodo Wale sagt in seiner Rechnung vom 19. September: »un do nam ek Rabole mandessle in«[4]). Er hielt sich dann mehrere Tage in Mandelsloh auf. Seine Besatzung zu Neustadt nahm aber rasch ab, ebenso seine Mundvorräthe, wie daraus hervorgeht, dass, während früher wöchentlich 10 Stück Vieh geschlachtet wurden, jetzt nur noch 1 Stück in der gleichen Zeit erforderlich war. Alsbald nach der Einnahme Mandelslohs, fanden sich zu Neustadt a./R. ein: am 27. September der Landvogt Wedekind von dem Berge und am 29. September der Herzog selbst. Anscheinend trafen sie Anordnungen hinsichtlich der Auflösung des Bundesheeres und der Zerstörung der Mandelsloh'schen Befestigungen[5]).

Hatten nun damit die von Mandelsloh durch die Zerstörung ihrer Burg und Höfe einen nicht geringen pecuniären Schaden erlitten, so war doch ihre Macht noch nicht gebrochen, vielmehr sollte sich diese in späteren Fehden noch glänzend bethätigen.

Es ist nicht bekannt, ob und welche Zugeständnisse damals die Brüder Heineke, Dietrich und Statius von Mandelsloh hinsichtlich der Anlage des Wasserweges machen mussten. Ihre Einwilligung zur Schiffbarmachung der Leine ertheilten sie erst 1381 und 1390.

Die ungefähr fünfmonatliche Belagerung hatte die Kriegskosten bedeutend vermehrt, für welche wohl zum grössten Theile wiederum die Stadt Lüneburg aufkommen musste. Sie wurde dafür, wie stets bei solchen Anlässen, von den Herzögen Wenzel und Albrecht mit einer Gnadenbezeugung belohnt, welche darin bestand, dass am 9. October 1376 die genannten Herzöge dem Rathe und den Bürgern alle denselben von den früheren Herzögen (Wilhelm und Magnus) verliehenen Privilegien, Gerechtsame, Gnaden, Freiheiten, u. s. w. bestätigten[6]). Die Stadt war dieser Gnade werth, denn ihre Schuldenlast war ganz enorm angewachsen.

[1] Sudendorf, V., S. 82 u. f.
[2] Daselbst S. 90 u. ff.
[3] Daselbst VI., S. 130.
[4] Daselbst V., S. 84 u.
[5] Daselbst S. 84 u. s. f.
[6] Daselbst S. 91 u. f.

Dafür aber durften ihre Rathsherren mitregieren und namentlich in Schuldbriefen der Herzöge sich für diese verbürgen. Eine etwas kostspielige Ehre zwar, wenn man bedenkt, dass dem-ungeachtet täglich die Bürger von Feinden umlagert und bedroht, und dadurch gezwungen waren, ununterbrochen Reisige zu halten, um ihre Waarenzüge und Landgüter zu schützen. Trotz Waffenstillstand, Landfrieden und Bündnissen wurden die sächsischen Herzöge, sowie die Länder Lüneburg und Wittenberg unausgesetzt durch Einfälle geschädigt, die meist von An-hängern der Herzöge Otto und Friedrich ausgingen. Auch im Magdeburgischen herrschte Raub, Mord und Brand. Hier durchzogen sogar, wie man behauptete, vom Erzbischof Peter begünstigte Mordbrenner und Wegelagerer die Gaue bis vor die Thore Magdeburgs, mit welcher Stadt der Erzbischof eben in Fehde lag [1].

Angesichts dieser Wirren, welchen auch der Landfrieden nicht zu steuern vermochte, sahen sich der Bischof von Hildesheim und die Herzöge Otto und Friedrich veranlasst, ein Bündniss (11. Dec.) zu schliessen, das zunächst Eintracht und Frieden in ihren Ländern be-zweckte [2]. Ein Schiedsgericht, aus mehreren Rittern bestehend, sollte bei künftigen Irrungen entscheiden. Es war aber nicht ausgeschlossen, dass der Bischof den Herzögen zur Ver-theidigung ihres Landes Hülfe leisten konnte.

Das Frühjahr 1377 sollte neuen Krieg bringen. Niemand geringerer als der Kaiser 1377 selbst kam seinen Günstlingen zu Hülfe. Seit Herzog Magnus bei Leveste fiel und an seiner Seite sein treuer Rathgeber, Ritter Siegfried von Saldern, hatten die von Saldern von den Schlössern Prezetze und Dannenberg aus keine Gelegenheit vorübergehen lassen, sich früherer Unbilden wegen an den sächsischen Herzögen und namentlich an der Stadt Lüneburg, zu rächen, die sie als die Urheberin alles Uebels betrachteten. Zu dem Zuge des Kaisers, der am 5. April in Tangermünde eingetroffen war, sandten die Städte Lübeck und Magdeburg, in Folge kaiser-licher Aufforderung, ihre Hülfstruppen; Lübeck: 2 Rathsherren mit 60 wohlbewaffneten Leuten, nebst 2 Bliden und sonstigem Geräth; Magdeburg: den Stadthauptmann Ludolf von Alvens-leben mit 20 guten Schützen. Diesen voran wurden die »Büchsen« [3] der Stadt geführt. Der Kaiser lag 2 Tage vor Prezetze und stürmte es ohne Erfolg. Am 3. Tage entfloh die Be-satzung, nachdem sie zuvor um die Mittagszeit das Schloss bis auf den Grund durch Feuer zerstört hatte [4].

Hierauf schritt der Kaiser, mit den Herzögen Wenzel und Albrecht von Sachsen-Wittenberg, Erich von Sachsen-Lauenburg, Albrecht von Braunschweig und Friedrich von Braunschweig-Lüneburg im Gefolge, zur Belagerung von Dannenberg, welche sich jedoch dermassen in die Länge zog, dass der Kaiser genöthigt wurde, seinen Rath, Nicolaus von Riesenburg, sowie den Rath des Herzogs Albrecht, Balthasar von Camenz, ferner Gebhard von Schraplau und Ludolf von Alvensleben zu bevollmächtigen, zwischen den Herzögen Wenzel und Albrecht einerseits und Conrad von Saldern andererseits eine Sühne zu er-richten [5]. Gemäss dieser am 5. Mai geschlossenen Sühne überlieferte Conrad von Saldern

[1] Sudendorf, V., Einleitung S. LXXVI.
[2] Daselbst S. 102.
[3] Büchsen (Bussen) = Geschütze hatten damals einzelne Städte schon im Gebrauch; ihre Wirkung war aber, wie die Belagerung dieser Schlösser zeigte, noch sehr gering.
[4] Daselbst, Einleitung S. LXXVIII u. f.
[5] Daselbst, Einleitung S. LXXX.

das Schloss nebst Weichbild, Vogtei, Zubehör und Urkunden am 21. Juni dem Gebhard von Schraplau und dem Wilbrand von Reden und empfing dafür von diesen 600 löthige Mark Silber [?]).

Von dort ritt der Kaiser in Begleitung der genannten Herzöge von Sachsen nach Tangermünde zurück. Hier belehnte er diese, wie schon erwähnt, auf Grund der von ihm am 8. April 1374 sanctionirten Erbverbrüderung (5. April 1374) mit der Chur und mit den Herrschaften Wittenberg, Lüneburg und Lauenburg. Die Absicht, Magnus' Söhne gänzlich von der Erbfolge in Lüneburg auszuschliessen, trat demnach wieder, wie vor 3 Jahren, deutlich hervor. Herzog Bernhard war sogar Zeuge dieser kaiserlichen Belehnung gewesen, doch scheinen, gleichwie im Jahre 1373, weder er noch seine Brüder Einspruch erhoben zu haben. Bernhard hatte sich schon längst zu den sächsischen Herzögen gehalten, die seinen Brüdern und dem Herzoge Otto augenblicklich zu übermächtig waren; ausserdem liess die Nähe des Kaisers und seines Heeres seinen Brüdern und Otto es gerathener erscheinen, einstweilen Ruhe zu halten.

Noch bevor der Waffenstillstand zu Ende ging (24. Juni), versuchte Otto eine Sühne zu errichten. Dieser befand sich, während der Kaiser in dem nahen Tangermünde weilte, in Haldensleben, von wo aus er für sich und seine Mündel, die Herzöge Friedrich, Heinrich und Otto, den Bischof von Hildesheim am 6. Juni bevollmächtigte, zwischen ihnen und den Herzogen Wenzel, Albrecht und Bernhard eine Sühne zu vermitteln. Der Bischof begab sich sogleich zum Kaiser, wo unter dessen Vorsitz folgender Vergleich vermittelt wurde: Die Brüder Friedrich, Heinrich und Otto werden für sich und ihre Erben mit den Schlössern Lichtenberg, Neubrück, Thune, Wettmershagen, Wendhausen, Brunstede, Vorsfelde, Campen, Bahrdorf und Twieflingen vom Herzogthume Lüneburg gänzlich abgefunden, verlieren damit ihre Ansprüche auf dieses Herzogthum und dürfen die Herzöge Wenzel, Albrecht und Bernhard ebensowenig an der Herrschaft Lüneburg hindern, wie diese jene an den 10 Schlössern. Die aus dem Kriege herrührenden Schulden sollten getheilt werden, die Gefangenen am 25. Juli die Freiheit erlangen u. s. w. Die Falle, in welche der schlaue Kaiser und seine Günstlinge, im Bunde mit Herzog Otto, die jugendlichen Herzöge locken wollte, war nicht schlecht ersonnen. Es war die Fortsetzung jener seit 3 Jahren beobachteten Politik, welche die Verdrängung der Söhne des Herzogs Magnus bezweckte. Gingen die 3 Brüder auf obige Sühne ein, dann hatte nur noch Herzog Bernhard Ansprüche auf Lüneburg. Nach dessen Tode aber sassen die sächsischen Herzöge allein in Lüneburg und des Kaisers Absichten auf Wittenberg gewannen wieder festeren Boden. Die Contrahenten fühlten sich übrigens ihrer Sache so sicher, dass sie schon am 12. Juni ohne Beisein der 3 welfischen Brüder die Urkunde besiegelten. Allein es kam anders. Herzog Friedrich, der für sich und seine Brüder den Vertrag besiegeln sollte, weigerte sich. Ihm war sein Recht an Lüneburg mehr werth als die 10 Schlösser, von denen überdies die Mehrzahl in den Handen seiner treuen Anhänger, demnach in seiner Gewalt waren.

Die von Mandelsloh waren nicht unter denjenigen, welche am 13. October 1371 als treue Anhänger des Herzogs Magnus mit diesem in die Reichsacht gerathen waren. Ihre jüngste Fehde mit Herzog Albrecht, der sie bekanntlich des Friedensbruches beschuldigt hatte, mochte für den Kaiser eine längst gesuchte Veranlassung sein, die Mandelsloh nun auch in die Acht zu erklären. Anzunehmen ist, dass es während seines Zuges vor Dannenberg oder kurz nach demselben geschah [1]).

Wie schon erwähnt, hatte die Fehde gegen Mandelsloh grosse Kosten verursacht, welche hauptsächlich auf dem Schlosse Neustadt lasteten. Die nicht mit Glücksgütern gesegneten Herzöge von Sachsen waren nicht im Stande, die Forderungen (des Rabodo Wale?) zu befriedigen. Sie baten deshalb in gewohnter Weise die Rathsherren von Lüneburg, ihnen zur Einlösung des Schlosses Neustadt behülflich zu sein [2]). Diese waren dazu in ihrer oft bewährten Opferwilligkeit anfangs wohl geneigt; doch verlangten sie, wie es scheint, von der Stadt Hannover, der zuliebe der letzte Krieg gegen Mandelsloh geführt wurde. Mithülfe, welche jedoch von dieser, ohne sichere Gegenleistung, verweigert wurde. Nur unter der Bedingung, dass Herzog Albrecht seinem Versprechen gemäss die Erneuerung des Landfriedens mit dem Bischofe von Hildesheim zuwege brächte, wollten die Rathsherren von Hannover zur Auslösung des Schlosses Neustadt gern das ihrige nach Vermögen beitragen [3]); denn dass der alte Landfriede, der bekanntlich von der Stadt Hannover zum Nachtheile der von Mandelsloh gebrochen worden war und sich bisher bewährt hatte, am 15. August sein Ende erreichen sollte, war nicht nach ihrem Sinn und drohte das Ziel ihrer Wünsche, die Erlangung des »freien Wasserweges«, wieder in weitere Ferne zu rücken. Aber die Erneuerung des Landfriedens war nicht mehr möglich, denn unter den Contrahenten hatte sich bereits eine kleine Verschiebung zu Gunsten der Herzöge Otto und Friedrich vollzogen, indem Bischof Gerhard von Hildesheim, wie die Hannoveraner befürchteten, mit diesen beiden Herzögen ein Bündniss schloss [4]). Dass nun die Fehde gegen die Herren von Mandelsloh, die mit den Bischöfen von Minden und Hildesheim, ihren Lehnsherren, stets im besten Einvernehmen lebten, diese Verschiebung mitverschuldet hatte, ist leicht möglich. Die Weigerung der Stadt Hannover hatte auch die der Stadt Lüneburg zur Folge, und wie heftig auch die Herzöge von dieser Stadt zur Auslösung Neustadts und anderer Schlösser Zuschüsse begehrten, die Rathsherren Lüneburgs blieben hart! Ja, sie traten nun ihrerseits an die Herzöge mit der Forderung heran, eingedenk ihrer Verpflichtung vom 6. Januar 1371, zur Tilgung der sich auf etwa 100000 Mark Pfennige belaufenden Schulden beizutragen. Als darauf die Herzöge der Stadt wiederum vorwarfen, dass sie ihnen die Bede (Steuer), die sie doch dem früheren Herzoge (Wilhelm) entrichtet hatte, vorenthalte, kam es zu ernsten Streitigkeiten. Während die Herzöge sogar alte, der Stadt gewährte Privilegien verletzten, wäre einem alten Vertrage gemäss (6. Januar 1371), die Angelegenheit beinahe vor das Schiedsgericht der Rathsherren zu Lübeck gekommen, wenn nicht der Kaiser noch bei Zeiten die Vermittelung in die Hand genommen hätte. Seinen beiden Räthen, Bischof Heinrich von Ermeland zu Braunsberg und Nicolaus von Riesenburg, Probst zu Cambray und Domherr zu Magdeburg, dann den Bevollmächtigten der sächsischen Herzöge, Vogt Wedekind von dem Berge und Ritter Balthasar von Camenz, gelang es endlich, mit den Abgesandten der Stadt Lüneburg, Dietrich Springintgut, Albert Hoyke und Johann Lange am 3. October einen Vergleich zu errichten. In mehreren Urkunden (3., 4 u. 9. Oct.) wurden die Vereinbarungen zur Tilgung der Schulden getroffen, wozu unter anderem auch die mit Renten auf der Saline zu Lüneburg reich versehene Geistlichkeit Hülfe leisten sollte;

---

[1]) Sudendorf, V., Einleitung S. LXXXVIII.

[2]) Daselbst S. LXXXVII.

[3]) Daselbst und S. 113.

[4] Daselbst S. 102

dagegen wurde die Einlösung der Schlösser und die Zahlung der Beede der Stadt zur Pflicht gemacht u. s. w.

Während des Haders zwischen den sächsischen Herzögen und der Stadt Lüneburg fanden alte Anhänger des Herzogs Magnus Zeit, gegen die sächsischen Herzöge und ihre Anhänger Fehde zu führen. Drei, gegen Ende des Jahres 1377 aufgestellte Verzeichnisse melden uns eine Reihe von Einfällen, welche namentlich von den von Veltheim, von Honlage, von Campe, Knigge, von Wenden, von Schwichelt und anderen Mannen des Herzogthums Braunschweig, dann vom Herzoge Friedrich und den Braunschweigern verübt wurden[1]. Sie konnten ihren Hass gegen die Fremdlinge noch immer nicht zügeln und verübten bald da, bald dort Brand, Raub und Mord, namentlich in der Gegend von Celle, der Residenz der sächsischen Herzöge.

Der Sühne vom 12. Juni gemäss, sollten die Herzöge Wenzel, Albrecht und Bernhard einerseits, Otto der Quade, Friedrich und dessen Brüder Heinrich und Otto andererseits, am 1. August zum Kaiser nach Tangermünde kommen. Sie blieben aus, weil, wie bekannt, Friedrich die Sühne nicht anerkannte. Indessen begab sich doch Otto der Quade gegen Ende October allein zum Kaiser nach Tangermünde. Hier errichtete er (24. u. 25. Oct.) in Gegenwart des Kaisers mit den Herzögen Wenzel und Albrecht eine Sühne über den Krieg, worin sie um Herzog Friedrich und anderer Ursachen willen, gerathen waren. Diese Sühne war für Friedrich und seine Brüder von grosser Wichtigkeit, denn es wurde ihre Erbfolge auf Lüneburg wiederum anerkannt[2]. Mit dieser Sühne endete ein Krieg, der 6 Jahre lang, namentlich das Land Lüneburg, in schrecklicher Weise heimgesucht hatte. Von den Verwüstungen dieses Krieges kann man sich eine Vorstellung machen, wenn man die in den vorerwähnten Verzeichnissen aufgenommenen und allein während des letzten Friedens verübten Räubereien in Betracht zieht[3]. Vollständige Ruhe aber sollte dem schwergeprüften Lande noch lange nicht zu Theil werden. Der Krieg um die Herrschaft Lüneburg war nur unterbrochen, nicht beendet. Zahlreiche Feinde der sächsischen Herzöge sorgten dafür, dass auch in der Zwischenzeit der Krieg im Kleinen nicht aufhörte.

Nachdem der Kaiser noch am 30. October zu Tangermünde dem Vergleiche der Herzöge Wenzel und Albrecht mit der Stadt Lüneburg, betreffend die Tilgung der Schulden durch Sülzabgaben u. s. w., seine Genehmigung ertheilt hatte, trat er seine Reise nach Paris an, welche die letzte seines Lebens sein sollte[4].

1378   Am 4. Januar 1378 traf der Kaiser, in dessen Gefolge sich u. a. die Herzöge Albrecht von Sachsen-Wittenberg und Heinrich von Braunschweig-Lüneburg, Magnus' Sohn, befanden, in Paris ein.

Mitte Februar kehrte Albrecht aus Frankreich heim. Seine erste Sorge galt dem Schlosse Neustadt, wie daraus hervorgeht, dass er sich dort am 20. Februar einfand. Acht Tage später legte Rabodo Wale Rechnung über seine Verwaltung des Schlosses ab[5], die damit ihr Ende erreichte. Neustadt kam in andere Hände, vorderhand vermuthlich in jene

---

[1] Sudendorf, V., S. 119 u. ff., 136 u. ff. (Kein Mandelsloh genannt.)

[2] Ein Schiedsgericht, bestehend aus dem Bischofe von Hildesheim, dem Edelvogt Wedekind v. d. Berge und dem Grafen Gerhard v. Hoya, als Obmann, sollte in künftigen Irrungen entscheiden.

[3] Sudendorf, V., S. 136.

[4] Daselbst Einleitung S. XCV; Kaiser Karl IV. starb am 29. November 1378.

[5] Daselbst S. CIII.

der Stadt Lüneburg. Albrechts nächste und wichtigste Aufgabe war nun, die im Jahre 1376 begonnene Niederwerfung der von Mandelsloh zu vollenden. Trotz der Eroberung ihres Stammsitzes war ihnen nämlich kein allzugrosser Abbruch gethan, denn sie wohnten nach wie vor zu Mandelsloh und fanden immer neue Hülfsmittel in ihren ausgedehnten, in den Bisthümern Bremen, Verden, Minden, sowie in den Grafschaften Hoya, Wunstorf und Schaumburg gelegenen Besitzungen. So lange sie nun mit ihren verschiedenen Lehnsherren in gutem Einvernehmen lebten, war ihnen schwer beizukommen. Dasselbe zu stören musste demnach des Herzogs Bestreben sein. Dies konnte ihm nicht schwerfallen, denn seine Herrschaft war damals unbestritten und in jener Zeit des Faustrechts waren selbst die vornehmsten Herren leicht gewonnen, wenn es galt, ein Schloss oder sonstiges Gut als Lohn zu erkämpfen. Bei dem Erzbischof Albrecht von Bremen standen die von Mandelsloh stets in besonders gutem Ansehen [1]. Sie besassen von ihm, wie schon erwähnt, des Stiftes Schlösser und das Land Bremen zu Pfande. Aehnlich schien ihr Verhältniss zum Bischof Heinrich (von Langelgen) von Verden, durch dessen Verwandte sie in den Pfandbesitz der Schlösser und des Landes des Stiftes Verden, namentlich des Schlosses Rotenburg, gelangt waren [2]. Auch das Einvernehmen mit dem Bischof von Minden scheint damals noch ein gutes gewesen zu sein, trotz ihrer Fehden mit der Stadt Minden und den Herren von Münchhausen in den Jahren 1369 und 1372 [3]. Bezüglich der Grafen von Hoya, Wunstorf und Schaumburg war damals kein Anzeichen vorhanden, welches auf Feindschaft zwischen ihnen und den von Mandelsloh schliessen liesse, denn sie waren des Grafen von Hoya Burgmannen zu Drackenburg [4], und standen mit dem Grafen von Wunstorf in näheren Beziehungen [5].

Herzog Albrecht entwickelte zunächst eine ungemeine Thätigkeit durch Veranstaltung von Tagfahrten. Am 12. März traf er mit dem Bischof Heinrich von Verden zum Zwecke der Einlösung des Schlosses Lauenbrück die Vereinbarung, dass, wenn die Herzöge Wenzel und Albrecht dem Stifte oder dem gegenwärtigen Besitzer des Schlosses, dem Ritter Heinrich von Issendorf, am kommenden 24. oder folgenden 16. März 400 löthige Mark bezahlten, ihnen das Schloss wieder ausgeliefert werden sollte [6]. Bald darnach, so scheint es, geriethen die von Mandelsloh mit dem Herzoge Albrecht dieses Schlosses wegen in Streit [7], über dessen Verlauf jedoch nichts bekannt ist. Am 17. März begab sich der Bischof mit dem Domcapitel und den Rathsherren zu Verden in den Dienst und Schutz des Herzogs [8]. Wie sich darauf der herzogliche Schutz zu Ungunsten der von Mandelsloh gestaltete, zeigte sich bald: Ihr ausgedehnter Besitz an Erb- und Pfandgütern im Bisthum Verden, namentlich der Pfandbesitz des Schlosses Rotenburg, der zeitweiligen Residenz des Bischofs, mochte bei diesem Prälaten und bei den Domherren Hass und Missgunst erweckt haben. Nun durch das Bündniss mit

---

6. Als nach einer kurzen Fehde um die Herrschaft Bederkesa zwischen dem Erzbischof von Bremen und dem Herzog Erich von Sachsen-Lauenburg im Januar 1378 ein Vertrag zu Stande kam, verpflichtete sich der Erzbischof, falls er noch andere Theile der Herrschaft gewinnen würde, diese mit dem Herzog zu theilen, die ihm zufallende Hälfte dem Dietrich v. Mandelsloh zu überlassen, welcher damit vom Herzog belehnt werden sollte (Sudendorf, V., Einleitung S. CII.). Heinrike v. M., Dietrichs Bruder, war Amtmann des Stiftes Bremen.

⁷) Sudendorf, VI., S. 132₄₆; V., Einleitung S. CXXX.

⁸) Königl. Staatsarchiv z. Münster. Stadt Minden. Depositum No. 114. Rep. 1852.

⁴) Sudendorf, V., Einleitung S. CV.

⁴) Daselbst, Einleitung S. LX u. LXXI.

⁵) Daselbst V., S. 144.

⁷) Daselbst VI. S. 137₄₆; — weil der oberwähnte Pfandbesitz der v. Mandelsloh sich anscheinend auch auf das Schloss Lauenbrück erstreckte.

⁸) Daselbst V., S. 144.

Herzog Albrecht gestärkt, konnten sie auf die Mandelsloh'schen Besitzungen schon einen Angriff wagen: Trotz des zwischen dem Herzog und den von Mandelsloh hinsichtlich des Bischofs und seiner Amtleute noch bestehenden Handfriedens, in welchem diese namentlich einbezogen waren [1], zogen des Bischofs Burgmannen Johann von Honhorst, der ältere, sein Sohn Bertold und sein Bruder Johann, dann Marquard von Zesterfleth, Johann von Otterstedt, Gottfried sein Sohn, Heinrich von Borch, Jesse Schutte, Otto von Bardenfleth, Dietrich Vlintzer, Claus von der See, Hermann Schere und andere seiner Burgmannen und Diener von der Rotenburg aus, raubten zu Kirchwalsede 67 Stück Ochsen und Kühe nebst 15 Pferden und fingen zwei Leute. Zu Schaafwinkel nahmen sie 8 Kühe. Ihren Schaden berechneten die von Mandelsloh mit 300 löthige Mark; sie machten nicht nur den Bischof von Verden, sondern auch den Herzog dafur verantwortlich. Da in diesem Falle die Thäter namhaft gemacht wurden, konnte Herzog Albrecht nicht umhin, Tagfahrten zu versprechen,   zumal der Bischof, für welchen der Herzog Recht zu geben versprach, von »echter Noth wegen« (Krankheit) nicht auf die Stelle zu reiten vermöge, wo der Landfrieden geschlossen wurde [2].

Am 15. Mai hielt der Herzog im Beisein seines Heerführers, des Landvogtes Wedekind von dem Berge, und seines ersten Rathes, des Ritters Balthasar von Camenz, eine Tagfahrt mit dem Grafen (Gerhard) von Hoya zu Walsrode. Es müssen wichtige Verhandlungen gewesen sein, denn am 19. Mai ritt der Herzog abermals nach Walsrode und auch zum Bischof nach Verden [3]. Benöthigte er des Grafen Hülfe gegen Gadenstedt, oder wollte er beide Herren für eine Unternehmung gegen Mandelsloh gewinnen? [4] Schon im Februar, als der Herzog noch in Frankreich weilte, hatte sein Rath Balthasar von Camenz einen erfolglosen Zug gegen Schloss Gadenstedt unternommen [5]. Nun rüstete der Herzog zu neuem Zuge. Nachdem er dem Hermann von Gadenstedt in aller Form Fehde angesagt hatte [6], sammelte er zu Winsen a. d. A., wo am 24. Mai der Vogt von dem Berge mit 48 bewaffneten Leuten und 20 Schützen eintraf, die Truppen, und ritt mit ihnen am 25. Nachmittags vor Gadenstedt [7]. Aber das Kriegsglück war auch bei diesem Zuge dem Herzoge anscheinend nicht hold, denn schon am 26. kehrten die bewaffneten Leute nach Celle zurück [8]. Diese schleunige Rückkehr lässt vermuthen, dass die Truppe noch während des Rittes nach Gadenstedt eine Schlappe erlitt, und wird diese Annahme durch ein Schreiben des Herzogs Albrecht vom 15. October 1384 an den Rath zu Hildesheim zum Theil bestätigt. In diesem Schreiben erhebt Albrecht nachträglich gegen Herzog Otto zu Göttingen den Vorwurf, dass er ihm, trotz des (seit 25. Oct. 1377) zwischen ihnen bestehenden Bündnisses, als er gegen die von Gadenstedt zog, einige Mannen

---

[1] Sudendorf, VI., S. 129 31.   Dieser gegen. Handfrieden bestand schon vor der Fehde gegen Mandelsloh 1376, war also durch diese Fehde hinsichtlich des Bischofs v. Verden nicht aufgehoben. Es ist übrigens nicht ausgeschlossen, dass vorstehender Ueberfall von den bischöflichen Amtleuten auch 1376, vor der Einnahme Mandelslohs, verübt wurde; doch hat die obige Darstellung grössere Wahrscheinlichkeit.

[2] Daselbst S. 129 42.

[3] Daselbst V., Einleitung S. CV u. f.

[4] Es ist die Annahme zulässig, dass die obenzählte Betrauung Mandelsloh'schen Besitzes zu Kirchwalsede und Schaafwinkel erst nach diesem Tagfahrten und zu dem Zwecke geschah, um die v. Mandelsloh während des beabsichtigten Fehdezuges gegen Gadenstedt in Schach zu halten. Diese Annahme gewinnt an Wahrscheinlichkeit durch die Nachricht, dass Herzog Albrecht während des Zuges vor Gadenstedt eine starke Besatzung in Celle zurück liess — zum Schutz gegen einen starken Feind, in welchem die v. Mandelsloh vermuthet werden konnten (Sudendorf, V., S. 153 und Einleitung S. CVI).

[5] Sudendorf V., S 90 13.

[6] Daselbst, Einleitung S. CVI.

[7] Daselbst S. 154 41.

[8] Daselbst S. 155 7.

und Diener, darunter den Ritter Brand von dem Hus und Heineke von Munchhausen ab-
gefangen habe[1]).

Gleichwie zuvor Herzog Albrecht den Bischof von Verden auf seine Seite zu ziehen
vermochte, so veranlasste er nun auch den Grafen Ludolf von Wunstorf (22. Juni), sich mit
seiner Grafschaft in seinen Dienst zu stellen. Noch erinnerlich ist dem Leser, dass im Jahre
1371 der Herzog mit dem Grafen Otto von Schaumburg ein Bündniss schloss, um den kinder-
losen Grafen Ludolf seiner Grafschaft zu berauben. Aber der Bischof von Minden war, wie
bekannt, über manche Gebiete der Grafschaft, namentlich über einen Theil der Stadt Wunstorf
Lehnsherr. Mit diesem geistlichen Würdenträger, der obendrein ein Bruder des Bischofs von
Hildesheim und des Vogtes von dem Berge war, in Conflict zu kommen, schien dem Herzoge
doch wohl zu gewagt. Nun aber brauchte er den Grafen zu einer Unternehmung gegen die
von Mandelsloh. Er forderte ihn also auf, diesen Fehde anzusagen[2]). Dies geht zur Genüge
aus dem Artikel 7 der Mandelsloh'schen Klage hervor, welcher lautet: »Dass er (der Herzog)
und seine Amtleute, Herr Johann von Escherte, Pippelböm und »witte Robbeke« unsern armen
Leuten einen Frieden verkauft hatten[3]), zu Osterwald und anderen unserer Dörfer, und hatten
diese sich gesichert vor dem Herzoge von Lüneburg und vor allen seinen Helfern. Und der
erkaufte Frieden ist ihnen gebrochen worden von demselben Herrn Johann, von Pippelböm und
dem »witten Robbeke« und von ihren Helfern und von dem Grafen von Wunstorf und den
seinen, die um des Herzogs willen (uns) Fehde angesagt hatten. Dadurch wir und unsere
armen Leute wohl 100 löthige Mark Schaden hatten«[4]). Herzog Albrecht in seiner Gegenklage behauptet zwar, dass der Graf von Wunstorf und Johann von Escherte unschuldig seien,
und dass er ihrer zur Ehre mächtig sei. Die übrigen aber, Herr Pippelböm und der »witte
Robbeke« mit ihren »Cumpanen« sollten sich nur verantworten.

Auch seitens des Herzogs selbst widerfuhr den von Mandelsloh scheinbar in dieser
Zeit manche Unbill; denn sie klagen noch in Artikel 8: »dass der Herzog ihnen eine Rente
von 29½ löthige Mark nähme, die sie beim Rathe zu Lüneburg stehen hätten«[5]).

Es kam jedoch, allem Anscheine nach, in diesem Jahre (1378) zu einer Aussöhnung,
denn wir finden bald darauf (24. Januar 1379) in des Herzogs Gefolge neben Heinrich von Reden
auch Johann von Mandelsloh[6]). Da nun die Brüder von Mandelsloh in ihrer Klage behaupten,
dass einige Mitglieder der Familie in seinem (des Herzogs) Rathe und Dienste sassen, und
auch mit ihm durch besondere Verträge verbunden waren, so dürfte dieses Verhältniss in den
Jahren 1378 und 1379 wohl bestanden haben[7]). Warum der Herzog sie wieder in Gnaden
aufnahm, wird sich gleich zeigen.

---

[1]) Huebner, II., S. 345; — aber auch der Herzog kehrte nit einigen Gefangenen und mit Beute beladen heim:
Sudendorf, V., S. 151 ss.

[2]) Den Grafen von Wunstorf verbanden mit den v. Mandelsloh gemeinsame Interessen zum Schutz ihrer Güter, die
zum grossen Theile Krummstablehen, aber durch die Machtentfaltung der Herzoge über ihr Territorium gefährdet waren.
Noch ca. 50 Jahre später finden wir die Grafen v. W. mit Heineke »dem ältesten« und Richard v. M im Bunde gegen Herzog
Wilhelm von Braunschweig und Lüneburg, als dieser dem Grafen das Gangericht zu Seelze und anderes streitig machte
(Sudendorf, VII., Einleitung S. CIV).

[3]) D. h. die Bewohner hatten sich durch Erlegung der Brandschatzgelder gegen Plünderung gesichert.

[4]) Sudendorf, VI., S. 130 ss.

[5]) Daselbst S. 131 ss. Die v. Mandelsloh besassen, wie viele Prälaten und weltliche Herren, auch eine Rente
auf der Saline zu Lüneburg.

[6]) Daselbst V., S. 170 ss.

[7]) Daselbst VI., S. 131 ss.

Nach kurzem Aufenthalte in seinem Herzogthume Wittenberg und beim Kaiser (15. Juli) war der rastlose Herzog am 4. August nach Celle zurückgekehrt. Sein Heerführer, der Vogt Wedekind von dem Berge [1], unermüdlich im Dienste des Herzogs, hatte unterdessen zu einem Zuge gegen Braunschweig gerüstet. Schon am 6. August war das herzogliche Heer vor Dahlum erschienen. Gewaffnete kamen (11. Aug.) zu Hehlen an. Dortselbst, ferner zu Bröckel und zu Bostel, wo die Hannoveraner lagen, sammelten sich die Heereshaufen möglichst geheim. Tags darauf, früh morgens (12. Aug.), zog Albrecht, der es besonders liebte mit den »guten Leuten« [2] überraschend zu erscheinen, vor Braunschweig und kehrte noch desselben Abends nach Bröckel und am 13. August nach Celle zurück, eine Beute von 20 Kühen mit sich führend. Schon vor Dahlum hatte ein Scharmützel stattgefunden, in welchem auf beiden Seiten Gefangene gemacht wurden [3]. Die Ursache dieser Fehde ist, wie Sudendorf meint, in einem Zerwürfniss zwischen den Herzögen Friedrich und Otto (zu Göttingen) zu suchen. Indem die Stadt Braunschweig für ersteren Partei ergriff, rief Herzog Otto, gemäss Bündnissvertrag vom 25. October 1377, den Herzog Albrecht zu Hülfe [4].

Nur wenige Tage hielt es den Herzog in Celle, um dringende Geschäfte zu erledigen, dann ritt er (31. Aug.) nach Schwerin. Hier schloss er mit dem Herzoge Albrecht von Mecklenburg ein Schutz- und Trutzbündniss [5]. Von Schwerin (8. Sept.) zurückgekehrt, traf Albrecht am 10. September zu einer Tagfahrt mit dem Bischofe von Hildesheim in Burgdorf zusammen. Weil Heinrich von Reden vom Schlosse Ricklingen aus wiederholt Raubzüge in das Stift Hildesheim unternommen haben, so mag eine bezügliche Klage des Bischofs diese Zusammenkunft veranlasst haben. Es scheint übrigens, dass bald nachher Ricklingen eingelöst wurde. Ein Einvernehmen war auf dieser Tagfahrt nicht erzielt worden, denn nicht lange darauf sehen wir den Herzog im Kriege mit dem Bischofe [6].

Am 19. September hielt Albrecht mit dem Erzbischofe von Bremen auf der »Könenbrücke« bei Soltau eine Tagfahrt. Sie betraf wahrscheinlich Streitigkeiten, die zwischen dem Herzoge und den erzbischöflichen Burgmannen zu Horneburg entstanden waren und die im folgenden Jahre zur Fehde führten [7].

Bevor der Herzog, der immer mehrere Eisen im Feuer hatte, gegen die Horneburger zu Felde zog, erschien er plötzlich am 30. September vor Tagesgrauen vor dem Schlosse Hagenburg, ein Eigenthum des Grafen Otto von Schaumburg. Noch in der Nacht waren Ludolf von Estorf mit 28 Reitern, Johann von Hohnhorst u. a. m. in Celle eingetroffen, um sich dem Herzoge anzuschliessen. Dieser Zug war aber scheinbar erfolglos geblieben, weshalb ein zweiter nothwendig wurde, welcher am 5. December die Knappen Eberhard von Marenholtz und Gottschalk von Reden mit den »Cumpanen« des Vogtes nach Stadthagen führte [8]. Was

[1] Sudendorf hält ihn für Brendeke, den Vogt zu Celle, daselbst V., S. 154 13 u. 161 29; Einleitung S. CVIII.

[2] »Gute Leute« = Reisige. Der Herzog liess stets einige Leute in Celle zum »Innen hüten« zurück. Mit den guten Leuten, d. h. ausgesuchten Leuten, zog er ins Feld.

[3] Sudendorf, V., Einleitung S. CVIII.

[4] Daselbst. Diese Annahme wird aber zweifelhaft, wenn man bedenkt, dass trotz Bündnissvertrages zwischen Herzog Albrecht und Otto dem Quaden stets Feindschaft herrschte; auch behauptet eine im Jahre 1458 geschriebene Chronik, dass Albrecht den Braunschweigern bei der Eroberung von Vogtsdahlum behülflich war — also gegen Otto!

[5] Daselbst; nebst Eheverständniss zwischen dem jungen Herzoge Albrecht von Mecklenburg und dem 3½ Jahre alten Töchterchen des Herzogs Albrecht von Sachsen-W.

[6] Daselbst V., Einleitung S. CIX.

[7] Daselbst.

[8] Daselbst S. 167 45 und Einleitung S. CX.

den Herzog veranlasste, seinen ehemaligen Bundesgenossen, den Grafen von Schaumburg zu befehden, und ob er hierbei etwas ausgerichtet, ist nicht bekannt. Vielleicht wurde er vom Grafen von Wunstorf, seinem nunmehrigen Bundesgenossen, zu Hülfe gerufen.

Der Chronist Detmar erzählt zum Jahre 1379: »Herzog Albrecht stritt mit den Horne- 1379 burgern, Mannen des Stiftes Bremen, und gewann den Streit«.

Den Horneburger Burgmannen, den von Schulte und von Borch, seinen ehemaligen Verbündeten bei der Eroberung Harburgs, hatte Albrecht etwa gegen Ende 1378 Fehde an-gesagt[1]. Die Ursache ist nicht bekannt; nur vermuthen lässt sich, dass die Burgmannen, die sich von ihrem Herrn, dem Erzbischofe von Bremen, fast völlig unabhängig zu machen wussten, im Herzogthume Lüneburg manchen Raub verübten; möglich ist auch, dass sie ehedem für die Herren von Mandelsloh Partei ergriffen und sich dadurch den Hass des Herzogs zugezogen hatten. Die von Mandelsloh sagen in dem Artikel 12 ihrer Klage[2]: »dass er (der Herzog) mit uns vereinbarte, da er Feind ward der **Horneburger, des Stiftes Mannen und der Stadt Bremen**, dass wir ihm Hülfe leisteten und förderlich wären. Das thaten wir um seinetwillen, und er versprach uns dafür, er wolle uns getreulich vertheidigen bei all' unsern Rechte, und **namentlich wolle er uns wieder zu unserem Gelde verhelfen, für das uns die Schlösser und das Land der Stifter Bremen und Verden verpfändet seien**. Als wir so ihm Hülfe leisteten, verband er sich mit den (Horneburger, des Stiftes Mannen und der Stadt Bremen) gegen uns, — da wir ihm doch behülflich waren, und söhnte sich aus mit ihnen und schloss uns dabei aus; sodass wir dadurch 6000 löthige Mark Schaden erlitten[3].

Was veranlasste den Herzog, gerade die von Mandelsloh zur Hülfeleistung gegen die Horneburger, die Stiftsmannen und die Bürger Bremens zu bereden und ihnen ein Versprechen zu geben, das er selbst im eigenen Lande schwerlich hätte einlösen können? Fürchtete er ihre Rache oder wollte er sie nun auch mit dem Stifte und der Stadt Bremen entzweien? Nach den Erfolgen zu urtheilen, strebte er das Letztere an, denn die Politik des Herzogs war, gleich jener des Kaisers, unablässig darauf gerichtet, die Grossen und Mächtigen im Lande gegen-einander zu hetzen. Für eine solche Politik war hier ein günstiger Boden, denn der Stadt Bremen konnte die freie Schiffahrt auf der Leine, Aller und Weser, an deren Ufern die von Mandelsloh die meisten Schlösser zu Pfande hatten, auch nicht gleichgültig bleiben. Die Machtentfaltung dieser Familie aber über so grosse Länderstrecken, wie die Herzogthümer Bremen und Verden, musste naturgemäss zu Conflicten mit den eingesessenen Mannen führen, die ohnehin dem Erzbischofe, als Gönner der von Mandelsloh und Urheber dieses Verhältnisses, feindlich gesinnt waren. Deshalb wohl hielt der Herzog am 2. November 1378 mit einem der 6 Burgmannen zu Horneburg, — dem langen Friedrich Schulte, — der als Vogt zum Lang-wedel genau 2 Jahre später den von Mandelsloh feindlich gegenüber stand, eine Tagfahrt zu Soltau[4]. Nach derselben rüstete der Herzog zum Kriege. In Soltau, wo er selbst am 20. November 1378 ankam, sammelten sich die Truppen[5]. Jedoch der Ritt ward »wendig«,

---

[1] Sudendorf. V., S. 165 g.

[2] Daselbst VI., S. 132 ja. — Auf diese Beschuldigung erwiderte der Herzog, dass er sie gern vertheidigt hatte, wenn sie nicht ihm und den Seinigen Unrecht gethan hatten. Worin dieses Unrecht bestand, wird nicht gesagt.

[3] Daselbst S. 133.

[4] Daselbst V., S. 165, und Einleitung S. CXI. Friedrich Schulte wird am gleichen Tage 1380 von den v. Mandelsloh gefangen.

[5] Daselbst S. 168 ga.

Herzog Albrecht kehrte Tags darauf unverrichteter Dinge wieder heim. Erst zwei Monate später, als die Witterung günstiger sein mochte, zog Albrecht am 22. Januar 1379 mit den »guten Leuten« über Soltau und Schneeverdingen gegen Horneburg »und gewann den Streit« [1]. Bei diesem Zuge befanden sich im Gefolge des Herzogs u. a. auch Heinrich von Reden und Johann von Mandelsloh. Beide werden am 24. Januar von Walsrode (zum Grafen v. Hoya?) gesandt. Am 26. Januar kehrte Albrecht mit den »guten Leuten« nach Celle zurück, nachdem er anscheinend Montag, den 24., Horneburg erobert hatte.

Am 31. Januar 1379 hielt der Herzog zu Walsrode eine Tagfahrt mit dem Grafen (Gerhard) von Hoya [2]. Wollte er denselben gleichfalls für eine Unternehmung gegen die Herren von Mandelsloh gewinnen? Fast scheint es so, denn nicht lange danach geriethen diese mit dem Grafen von Hoya in Fehde [3].

Wir müssen hier einer Begebenheit gedenken, die zwischen den Herzögen Albrecht und Otto (zu Göttingen) neue erbitterte Feindschaft schuf. Bald nach der letzten Tagfahrt mit dem Grafen von Hoya ritt Albrecht am 14. Februar nach Cöln am Rhein, vermuthlich zu einem Turnier. Auch Herzog Otto hatte sich dorthin begeben. Ihre Abwesenheit benützten des letzteren Amtleute, die Herren von Veltheim, um vom Schlosse Gifhorn aus auf der Heide eine Truppe des Herzogs Albrecht zu überfallen. Sie erschlugen dabei 8 Reisige und nahmen 64 gefangen, auch erbeuteten sie 25 Kühe [4]. Dieser Ueberfall dürfte zwischen dem 14. und 22. Februar verübt worden sein, denn am letzteren Tage wurden von Celle aus Boten nach Cöln gesandt, die vermuthlich über diesen Unfall berichten sollten. Wie sehr dieser Verlust den Herzog auch erzürnen mochte, so konnte dieser es doch nicht wagen, jetzt dafür an Otto und seinen Amtleuten auf Gifhorn Vergeltung zu üben. Dieselben bildeten mit dem Bischofe von Hildesheim und den von Mandelsloh augenblicklich eine zu mächtige Partei. Albrechts Aufgabe bestand vielmehr darin, durch Geldaufnahme und Bündnisse sich zu stärken, um sodann, wie sich zeigen wird, die Widersacher einzeln zu bekriegen. Zunächst, nach seiner am 2. März erfolgten Rückkehr von Cöln, dürfte den Herzog ein frohes Familien-Ereigniss beschäftigt und seine längere Anwesenheit in Celle bedingt haben [5]. Sodann befasste er sich angelegentlichst mit der Tilgung der Schulden. Die Noth muss gross gewesen sein, denn die Herzöge Wenzel, Albrecht und Bernhard baten freundlichst um Ausschreibung einer Beede zur Erhaltung der Schlösser im Besitze der Herrschaft. Die Stände des Landes, so hofften sie, würden ihnen dieselbe gern zugestehen. Am 15. Juni 1379 [6] ward denn auch eine allgemeine Beede nebst Salinensteuer bewilligt. Da diese aber nicht hinreichte, wurde die Verpfändung der Schlösser Meisburg, Bleckede, Hitzacker, Lichtenberg, Lüdershausen und Knesebeck nothwendig [7].

Der Bischof von Hildesheim hatte sich wiederholt darüber beklagt, dass Herzog Albrecht die Verträge verletze und Heinrich von Reden vom Schlosse Ricklingen aus das

[1] Sudendorf, V., S. 170 30.
[2] Daselbst S. 171 15.
[3] Daselbst VI., S. 137 3.
[4] Doebner, U.-B. der Stadt Hildesheim, II., S. 345; — Herzog Albrecht behauptet, dass dieser Ueberfall geschah, als er, dem Herzoge Otto nach, über den Rhein an den Hof zu Cöln geritten und vor Otto »sicher«, d. h. im Frieden, gewesen sei.
[5] Sudendorf, V., S. 172 9. u. 173 1 u. 2. — Der Vogt Breulicke auf Celle sagt in seinem Ausgaben-Register zum 3. März von der Herzogin: »des nachtes ward neyner vrouwen we«.
[6] Daselbst S. 192.
[7] Daselbst S. 193 u. ff.

Bisthum mit Raubzugen heimsuche. Albrecht antwortete darauf, wegen des ihm dadurch widerfahrenen grossen Unrechtes, mit dem Fehdebriefe (Juli 1379) und begann den Krieg gegen den Bischof. Mit ihm verbündeten sich die Ritter Christian Bosel, Wasmod von Meding, die von Alten, die Spörken, von Reden, die Behr; auch Lippold von Freden trat mit seinem im Bisthum Hildesheim gelegenen Schlosse Freden in den Dienst des Herzogs (1. Aug.). Aber die Fehde verlief unglücklich für den Letzteren. Der Bischof, ein kriegerischer Herr, belagerte das Schloss Calenberg, leitete mit grosser Mühe und Kosten die Leine ab, erbaute vor dem Schlosse die Burg »Nabershausen« und nahm den von Reden das Schloss Coldingen weg [1].

Bald nach dieser Fehde ritt Albrecht, nachdem er Schloss Celle dem Herzoge Bernhard, dem Wilbrand von Reden und anderen in Verwahrung gegeben hatte, am 7. November nach Walsrode, wo er Nachts mit den von Mandelsloh eine Tagfahrt hielt [2]. Man darf vermuthen, dass es sich entweder um die Fortsetzung der Fehde gegen die Horneburger handelte, oder dass der stets um Geld verlegene Herzog dem Dietrich von Mandelsloh das Schloss Neustadt für eine ungenannte Summe verpfändete. Der erste Rath des Herzogs, Ritter Balthasar von Camenz und Ritter Lippold von Freden, seit Jahren schon in des Herzogs Kriegsdiensten, scheinen den Auftrag erhalten zu haben, ihm das Schloss auszuliefern. Als dies nicht geschah, beklagte sich Dietrich von Mandelsloh in heftiger Weise darüber, dass die beiden Ritter ihm ihre Briefe nicht inne hielten, worin sie gelobt hatten, ihm entweder das Schloss Neustadt wieder einzuräumen, oder ihm sein Geld zurückzuerstatten, dass sie vielmehr als treulose »sulfwaschen schelke« ihm beides, Schloss und Geld verrathen wollten. Er will alle Fürsten, Herren, Ritter, Knechte, Städte u. s. w. vor ihnen warnen [3]. Da dieses Schreiben an den Rath zu Lüneburg gerichtet war, und der von Camenz am 18. Januar 1380 zum letzten Mal in der Umgebung des Herzogs genannt wird, so gehört es vermuthlich in die Zeit vom 31. Januar bis 12. Februar 1380, als Herzog Albrecht in Wittenberg weilte [4]. Es wirft dasselbe ein eigenthümliches Licht auf das Gebahren des Herzogs und des Balthasar von Camenz, seines ersten Rathgebers und Vertreters in Regierungsgeschäften. Uebrigens beschwerten sich die von Mandelsloh späterhin auch über den Herzog selbst wegen Nichteinhaltung mehrerer offener, besiegelter Briefe, die sie von ihm und der Herrschaft Lüneburg besässen [5].

Nachdem die Fehde mit dem Bischofe von Hildesheim etwa ¾ Jahr gedauert hatte, vermittelte Herzog Otto eine Tagfahrt zu Hameln (11. Nov.), zu welcher auch Herzog Albrecht ritt [6]. Doch weder bei dieser, noch bei der folgenden Tagfahrt zu Pattensen (27. Nov.) kam es zu einer Aussöhnung [7]. Erst im Frühjahr 1380, vielleicht schon auf einer Anfangs Januar 1380 zu Hannover mit dem Bischofe gehaltenen Zusammenkunft [8], oder auf der Tagfahrt zu Burgdorf (12. Jan.) gelang es durch Vermittelung des Herzogs Otto den Schiedsrichtern, Ritter Dietrich von Alten, Lippold von Freden und Werner von Bartensleben, eine Sühne zu errichten. Am 25. April 1380 verzichteten darauf die Herzöge Wenzel, Albrecht, Bernhard und die von Reden,

1) Sudendorf, V., Einleitung S. CXV u. f.
2) Daselbst, Einleitung S. CXVII u. S. 173 ss.
3) Volger, U.-B. der Stadt Lüneburg, II., S. 308.
4) Sudendorf, V., S. 179 s u. 311; Einleitung S. CXXI.
5) Daselbst VI., S. 133 ss.
6) Daselbst V., S. 174 s.
7) Daselbst S. 174 ss.
8) Daselbst S. 177 s.

dann am 5. Juni auch die Herzoge Friedrich und Heinrich auf Schloss Coldingen zu Gunsten des Bischofs. Nabershausen, das Schloss des Letzteren, sollte aber gebrochen werden [1]).

Zu Beginn des Jahres 1380, oder kurz vorher, unternahm die Stadt Hannover aus unbekannter Ursache einen Zug gegen Schloss Ohsen, das damals dem Grafen von Everstein und dem Edelherrn von Homburg gehörte. Ludolf Juncher, Vogt zu Neustadt, war dazu mit einigen Reisigen geworben worden, denn sie erhielten am 8. Januar Ersatz für erlittenen Schaden. Es ist auffallend und für die damalige Zeit charakteristisch, dass, obwohl der Graf von Everstein ein Bundesgenosse des Herzogs war, die Stadt zum Zuge gegen Ohsen herzogliche Reiter erhalten konnte [2]).

Der Herzog begann das Jahr mit einer Friedenshandlung, indem er den Herren von Campen am 1. Januar Schloss Bordenau verpfändete. In dem betreffenden Reverse sicherten sich die von Campen vor Schaden durch die Clausel, dass, solange die Herzöge nicht ihrer Verpflichtung hinsichtlich der Pfandsumme und der Baukosten nachgekommen wären, sie keinen herzoglichen Amtmann auf dem Schlosse ·dulden· würden.

Am 15. Januar ritt Herzog Albrecht nach Walsrode, um mit dem Domdechanten von Bremen, Johann von Zesterfleth, zu verhandeln [3]). Diese Tagfahrt betraf entweder die Horneburger, oder — was wahrscheinlicher — die von Mandelsloh. Domdechant Johann, bald darauf Bischof von Verden und vielleicht damals schon präsumtiver Nachfolger des Bischofs Heinrich (v. Langelage) war mit dem Erzbischofe Albrecht von Bremen in Streit gerathen, weil dieser durch masslose Verschwendung das Erzbisthum in Schulden stürzte und sich selbst durch sein weibisches Wesen lächerlich machte. Als der Domdechant Johann dieserhalb den Erzbischof zur Rede stellte, und unwahre Behauptungen über ihn verbreitete [4]), ward er vom Erzbischofe vertrieben, worauf es zwischen beiden zu einer heftigen Fehde kam. Auf jeden Fall war der Domdechant ein Feind des Erzbischofs und anscheinend auch ein Gegner der von Mandelsloh, welche bekanntlich zum grössten Aerger der Domherren und Stiftsmannen das ganze Stift Bremen pfandschaftlich innehatten und auch sonst im Stifte einflussreiche Stellungen bekleideten.

Die im Vorjahre begonnene Fehde gegen die Horneburger war noch nicht beendigt. Es kehrten am 16. und 24. Januar Reiterschaaren, u. a. Barthold von Hohnhorst mit 26 Pferden, vielleicht von einem Zuge heimreitend, aus dem Stifte Bremen nach Celle zurück [5]). Am 15. April kam es endlich zu einer Sühne zwischen den Herzögen Wenzel, Albrecht und Bernhard einerseits, und den Burgmannen von Horneburg [6]) und denen von der Kuhla auf Kuhla andererseits. Diese versprachen, nie Feinde der Herzoge zu werden, ihnen vielmehr beide Schlösser gegen Jedermann, mit Ausnahme des Erzbischofs, zu öffnen u. s. w. [7]). Aber auf Treue und Glauben war bei den Horneburgern nicht zu rechnen. Kaum war die Sühne geschlossen (15. April) und auch von den Söhnen des Gottfried von Borch besiegelt (6. Mai), so erhoben

[1]) Sudendorf, V., S. 211 u. f.

[2]) Daselbst, Einleitung S. CXX.

[3]) Daselbst S. 177 u.

[4]) v. Kobbe, Geschichte der Herzogthümer Bremen und Verden, 1824, II., S. 196.

[5]) Sudendorf, V., S. 178;   dieser Barthold v. Hohnhorst betheiligte sich seinerzeit an der Beraubung der Mandelsloh'schen Besitzung zu Kirchwalsede.

[6]) Diese waren: Ritter Meinrich, langer Friedrich, Bertold, Friedrich (genannt Schrummeke) und Johann Schulte, Gottfried und Iwan v. Borch, Moritz Marschalck und Heinrich v. d. Osten.

[7]) Sudendorf, V., S. 208, 211;   bei Irrungen zwischen dem Herzoge und dem Erzbischofe wollten die Horneburger neutral bleiben.

sie sich abermals gegen den Herzog und verbanden sich zu dem Zwecke mit Heinrich Scharpenberg auf Schloss Broebergen und mit mehreren Mannen des Stiftes Bremen. Albrecht zog darauf vor den »Damm« zu Broebergen, und obwohl er denselben anscheinend nicht gewinnen konnte [1]), bezwang er dennoch die Horneburger und ihre Verbündeten und veranlasste sie am 3. August, die Sühne vom 15. April nochmals anzuerkennen. Auch Heinrich Scharpenberg trat dieser Sühne bei [2]).

Wie schon im Artikel 12 der Mandelsloh'schen Klage (vergl. S. 51) zum Ausdruck gebracht wurde, leisteten die von Mandelsloh dem Herzoge bei seinen Zügen in das Stift Bremen, auf Grund von Versprechungen, Beistand. Allein der Herzog belohnte ihre Treue mit schnödem Undank, denn nicht nur schloss er sie von der vorerwähnten Sühne mit den Horneburgern aus, sondern liess es auch geschehen, dass Herzogliche die von Mandelsloh wiederholt beraubten. Dies geht zur Genüge aus den weiteren Klagepunkten der von Mandelsloh hervor, welche lauten:

(Artikel 13.) »Da er (der Herzog) in das Stift Bremen zog, das uns zum Pfande gesetzt war, that er uns und den Unserigen, die zu vertheidigen uns mit Recht gebührt, grossen Schaden an Todten, Gefangenen und Beute, sodass wir dadurch an 1000 löthige Mark Schaden haben.«

(Artikel 14.) »Geben wir ihm (dem Herzoge) Schuld, dass Heinrich von dem Heimbruch und andere seiner Gesellen und Diener aus Winsen ritten und unseres Herrn (des Erzbischofs) von Bremen Strassen, die uns verpfändet sind, plünderten, und darauf Kaufleute fingen, ihnen das Ihrige nahmen; auch Bokeler, unsern Vogt, und Dietrich von Bardenfleth fingen, ihnen ihre Habe abgewannen und sie schatzten, sodass wir und die Unsrigen einen Schaden von 200 löthige Mark haben.«

(Artikel 15.) »Geben wir ihm (dem Herzoge) Schuld, dass seine Amtleute und seine Diener Hermann von dem Kerkhove fingen und ihm seine Habe raubten, namentlich 5 Pferde und 2 Gefangene, die unser Diener und Knecht waren, wodurch wir 200 löthige Mark Schaden haben.«

(Artikel 16.) »Da er (der Herzog) den Damm zu Broebergen gewinnen wollte, nahm er uns 17 Pferde und plünderte uns 3 Dörfer, sodass wir 200 löthige Mark Schaden haben [3]).«

Der Herzog stellte zwar seine Mitwissenschaft in Abrede und forderte Nennung der Thäter. Dass diese Schäden den Brüdern von Mandelsloh während der jüngsten Fehden gegen die Mannen des Stiftes aber thatsächlich verursacht wurden, geht aus dem letzten Klagepunkte bezüglich der Gefangennahme Hermanns von dem Kerkhove hervor. Dieser erscheint nämlich unter jenen 13 Rittern und Knappen, welche gelegentlich der Sühne (3. Aug.) den Herzögen Wenzel, Albrecht und Bernhard Urfehde schwuren und damit aus der Gefangenschaft, in die sie gerathen waren, entlassen wurden [4]).

[1]) Sudendorf V, S. 212;   denn das Schloss war damals sehr stark.

[2]) Daselbst S. 213 u. f.; zur Sühne verpflichteten sich: die v. Schulte und v. Borch, Moritz v. Marschalk, Heinrich v. d. Osten, Heineke Scharpenberg und Claus v. d. Kuhla; Urfehde schwuren: Meinrich und Johann Schulte, Gottfried v. Borch, Claus v. d. Kuhla, Otto v. Badendeth, Arnold v. Stade, Christian v. d. Loeth, Johann v. d. Hagen, Ulrich Visselhovede, begehnde und Hermann v. d. Kerkhove, Helmich Snoy und Gerhard Schutte.

[3]) Daselbst VI., S. 133.

[4]) Nur wenige Regierungshandlungen der sächsischen Herzoge finden sich aus dem Monate September 1380 vor. Sie betreffen die Sühne Albrechts mit dem Bischofe von Hildesheim, sowie den Abbruch des Schlosses »Nabenshausen«, welcher, gemäss Sühnevertrag vom 27. Aug. bis 29. Sept. durchgeführt sein sollte, aber nicht sobald erfolgte. Dies hatte heftige Reclamationen seitens Albrechts an den Herzog Otto zur Folge, der sich für den Abbruch verbürgt hatte. — Am

Die von Mandelsloh hatten wohl nicht Zeit, sich der vorerwähnten Räubereien wegen schon jetzt über den Herzog zu beklagen, oder waren von seiner Urheberschaft noch nicht überzeugt; möglich auch, dass der Herzog sie einstweilen noch zu beruhigen wusste. Als sie aber bald nach der Horneburger Sühne (3. Aug.), noch mit dem Herzoge verbündet, gegen die Stadt Bremen eine ernste Fehde begannen, ahnten sie jedenfalls noch nicht, dass derselbe sie schliesslich, den Hannoveranern und Bremern zu Gefallen, im Stiche lassen werde. Bevor wir jedoch zu dieser segen, »Bremer Fehde« selbst übergehen, wollen wir ihre muthmassliche Veranlassung prüfen.

Die Stadt Bremen war gleich den anderen Städten unausgesetzt bestrebt, ihre Unabhängigkeit zu kräftigen und namentlich dem Handel und der Schiffahrt neue Wege zu öffnen. Dieses Ziel, sowie vielfache Störungen durch mächtige Nachbaren musste naturgemäss zu Fehden führen, weil gutwillig niemand, — am allerwenigsten in einer so recht- und gesetzlosen Zeit, - seine vermeintlichen oder wirklichen Rechte aufzugeben geneigt war[1]. Die Erlangung der freien Schiffahrt auf der Leine hatte die Stadt Hannover jahrelang im Auge behalten; sie war Zweck des Krieges gewesen, den 1376 Herzog Albrecht für die Stadt Hannover und gegen die von Mandelsloh führte. Die freie Schiffahrt lag auch im Interesse der Stadt Bremen, und deshalb möchte diese gern der Stadt Hannover behülflich sein, den am 7. Januar 1376 geschlossenen Handelsvertrag endlich perfect zu machen. Auch das Bestreben der Stadt Bremen, ihre städtische Herrschaft über das Gebiet der unteren Weser durch Erwerbung von Schlössern (Langwedel u. andere) zum Schutze der Schiffahrt auszudehnen, musste zu schweren Kämpfen führen, namentlich gegen die von Mandelsloh, deren Schlösser hauptsächlich an und zunächst der Weser lagen. Ausserdem besassen bekanntlich die Brüder Heineke, Dietrich und Statius von Mandelsloh das ganze Stift Bremen mit etwa 10 Schlössern und Gebieten, sowie das Stift Verden zu Pfande[2]. Diese Machtentfaltung zu einer Zeit, wo Fürsten, Herren und selbst Städte gewohnheitsmässig, meistens zum Zwecke des Raubens, Fehden führten, brachte die 3 Brüder vielfach in Conflicte; ihre Besitzungen wurden Gegenstand häufiger Angriffe, Pfandschlösser wurden ihnen vorenthalten, Gefälle nicht ausgezahlt, u. s. w. Die vielen Anfeindungen, die sie namentlich von den zahlreichen Gegnern des Erzbischofs, — darunter dem Domdechanten Johann von Zesterfleth —, zu erdulden hatten, mochten Anlass geben, ihre Pfandsummen zurückzufordern. Als ihnen dieselben nicht ausbezahlt wurden, verbanden sie sich mit dem Herzoge Albrecht gegen die Horneburger, gegen die Mannen des Stiftes und die Stadt Bremen[3], wofür der Herzog denen v. M. zu ihren Rechten und namentlich zu ihrem Gelde zu verhelfen versprach (vergl. Seite 51). Auch an die Stadt Bremen, obwohl sie mit ihr nach einem chronikalen Zeugniss Freundschaft geschlossen hatten, erhoben sie Ansprüche, namentlich auf das Schloss und die Vogtei Langwedel, welches seit 14. Juli 1376 der Stadt Bremen verpfändet

21. Sept. verpfändeten die sächsischen Herzoge die eine Hälfte des Schlosses Neustadt (über dessen Nichtauslieferung sich Dietrich v. Mandelsloh vor Kurzem so heftig beschwerte) dem Ritter Brand v. d. Hus, ebendemselben, mit welchem Richard v. Mandelsloh Schloss Rehburg gemeinsam inne hatte. In dem Reverse des Ritters Brand, für den sich u. a. auch Harbard und Statius v. Mandelsloh (Statius' Sohn) verbürgten, war vorgesehen, dass Gottschalk v. Reden als herzoglicher Vogt die andere Hälfte in Besitz nehmen sollte (Sudendorf, V., S. 216).

[1] Anscheinend aus der gleichen Ursache hatten die v. Mandelsloh Fehde gegen Minden: 1369, 1372, 1400, 1410; gegen Stift bezw. Stadt Bremen: 1381, 1396, 1400 u. s. w.; gegen Herzog Albrecht bezw. Stadt Hannover: 1376, 1378, 1381, 1383, 1384, 1385; gegen die Herzoge Bernhard und Heinrich: 1396, 1402 und in späteren Jahren.

[2] Sudendorf, VI., S. 132 ff.

[3] Daselbst.

war und von dem langen Friedrich Schulte verwaltet wurde. Dass diese Ansprüche[1] begründet waren, beweist eine Urkunde vom 10. Mai 1381, in welcher die beiden städtischen Amtleute auf Langwedel, die Knappen Friedrich Schulte und Johann Korbhake bekennen, vom Rathe zu Bremen Schloss Langwedel für so lange erhalten zu haben, bis der Rath an Dietrich von Mandelsloh, Heinrich von Langelage (Langeigen) und Siegfried Soltau 3000 Mark lüb. ausbezahlt hat; geschähe dies bis nächsten Johannistag (24. Juni 1381) nicht, so wollten sie das Schloss den drei Genannten ausliefern[2]. Die Nichtgewährung der Mandelsloh'schen Forderung auf die Vogtei Langwedel scheint die nächste Veranlassung ihres Einfalles in diese Vogtei gewesen zu sein. Er bildete gleichsam den zweiten Theil der Fehde, die Herzog Albrecht gemeinsam mit denen von Mandelsloh gegen die Mannen des Stiftes und die Stadt Bremen führte. Der erste Theil, — die Fehde gegen die Mannen —, wurde, wie erwähnt, durch die Sühne vom 3. August beendet, in welche Albrecht seine Verbündeten (die von Mandelsloh) jedoch nicht mit eingeschlossen hatte.

Die Bremer Fehde wird am ausführlichsten in der bremischen Chronik von Gerhard Rynesberch und Herbord Schene beschrieben. Diese berichtet: »Am 2. November 1381 (rectius 1380) hatten sich die Brüder Heineke, Dietrich und Statius von Mandelsloh, die Brüder Gerhard und Ortgies Klenke, die Brüder Ulrich und Werner Behr, Bertold von Landesberg, Johann Gropeling, Arnold von Weyhe, Culemann und die Burgmannen von Drackenburg versammelt. Sie zogen aus Drackenburg mit 100 Giefenern[3] und mit 40 Schützen ins Stift Bremen, ritten über die Weser durch die Furth oberhalb Thedinghausen und beschädigten die Vogtei zum Langwedel mit Raub, Brand und Plünderung. Da liess der lange Friedrich Schulte, Vogt zum Langwedel, an die Glocken schlagen und liess den Rath (zu Bremen) bitten, dass seine Gewaffneten, zu Fuss und zu Pferde, eiligst nach Thedinghausen kämen. Dort fanden sie den langen Friedrich mit einem guten Haufen[4]. Und die Burgmannen zu Thedinghausen mussten mitjagen und der Rath bat den langen Friedrich, dass er die Jagd »bestellte« (Heerführer sei). Unterdessen kam ihnen eine so grosse Hülfe zu, dass sie stärker wurden als die Feinde. Als sie da den Feinden nachjagten, da liessen diese die Beute liegen und warfen von sich, was sie beim Plündern erbeutet hatten. Die von Bremen folgten ihnen bis vor Blendern[5]. Als die Feinde durch die Holzung zur Hecke hinaus wollten und wohl zwei Aecker Landes weit gekommen waren, hielten sie wegen Müdigkeit ihrer Pferde. Das war ihr Plan, denn sie konnten nicht anders. Da jagte der lange Friedrich Schulte allein mit nur 30 Leuten und wartete nicht auf sein ganzes Gefolge, denn die Jagd war wohl eine Meile lang. Als dies die Feinde sahen, da ritten sie ihnen wieder unter die Augen. Der Rathsherr Arnd Donelde[y] hatte die Hut der Bürger und that mit etwa 20 derselben sofort einen Ausfall. Als der lange Friedrich die Feinde sah, da befahl er endlich umzukehren und rief: »Die Feinde sind uns zu stark, wir wollen wieder hinter die Hecke, da wollen wir dann abfallen.« Bevor sie aber umkehren konnten, wurden sie gefangen und geschlagen. Die Feinde rannten zugleich mit den Bremern wieder durch die Hecke und diejenigen unter diesen, die den Plan des langen Friedrich nicht kannten, noch seine Worte gehört hatten und ihren Freunden unter die Augen kamen, die flohen alle. Gefangen wurden Herr Johann Slamestorp, Probst zu Hadeln, der lange Friedrich Schulte, 4 Burgmänner

---

[1] Diese Ansprüche bestanden anscheinend noch im Jahre 1500.
[2] Bremisches U.-B. von Ehmck und Bippen, IV., S. 7.
[3] = leicht bewaffnete Reiter.
[4] = Haufen reisiger Leute.
[5] Kirchdorf Blender, n. von Hoya

9

von Thedinghausen, Herr Friedrich von Walle, Herr Arnd Doneldey, Herr Brand Scorhar, Herr Johann Loze, Rathsherren, Herr Johann Hemeling der Jüngere, Johann Hadermissen, Heinrich der Vryge, Johann der Harte, Lammeke von Roden, Claves Paal, Johann Tyling, Sprencke und andere Knechte, bei 5. — Herr Hinrich Gronyng und Johann, Hemelings Knecht, blieben beide todt. Die vorgenannten Bürger lösten sich binnen einem Vierteljahr mit 1000 Mark löthigen Silbers.«

»Inzwischen schloss der Rath mit dem ganzen Stifte Bremen einen Bund, sodass er mit Leichtigkeit 300 leicht bewaffnete Leute haben konnte. Da nahmen sie zuerst den Brüdern von Mandelsloh alle ihre Besitzungen im Stifte Bremen, denn dieselben hatten Antheil wohl an 10 Schlössern. Das alles wurden die von Mandelsloh verlustig, denn obgleich sie mit dem Rathe der Stadt Freundschaft geschlossen hatten, handelten sie gar übel gegen die Stadt.«

»Noch hatten sie da heimlich 30 leicht Bewaffnete mit, das meldete ihr Schreiber, den die Stadt fing und anderes nahm.«

»Unterdessen sagte Herzog Albrecht der Stadt (Bremen) auf, beschädigte Achim und andere Dörfer in der Vogtei zum Langwedel. Aber die Bremer fielen dagegen mit 300 leicht Bewaffneten in das Herzogthum ein und verübten dort einen zehnmal grösseren Schaden mit Raub und Brand. Sie nahmen Walsrode ein und legten es in Asche. Darauf eroberten sie die Drackenburg und brannten sie nieder bis auf die Erde. Dann zogen sie mit Büchsen und Belagerungswerk vor Twischenzee (Zwitschen) und wollten das Schloss belagern. Da flohen die Brüder Ulrich und Werner Behr und setzten das Schloss selbst in Brand. Hierneben thaten sie diesen einen allzugrossen Schaden. Nachdem der Krieg dreiviertel Jahr gedauert hatte, wurde er mit einer Sühne beendet. In diesem Kriege gewannen die Bremer mit Büchsen und Bliden das Schloss Brochergen [^1]), welches damals sehr stark war. Es wurde bestimmt, dass es der Stadt Bremen ein offenes Schloss sein sollte. Auch gewann die Stadt das halbe Schloss Hederkesa und die halbe Herrschaft.«

Nicht uninteressant ist auch die kurze gereimte Chronik von Johann Renner, welche über die Fehde folgendes berichtet:

»Vam Adel quam ein groth Schaar
»Int Stift gerandt, und heben dar
»Bremen gar grothen Schaden bracht.
»De Bremers togen uth mit Macht
»Bedwungen den van Mandeschlo,
»Den van der Drackenborch dartho,
»De van Brockborch und de Behren,
»Van Berkes mit andern mehren.
»Van Luneborch de Forste quam, —
»Und de Junkern tho Hulpe nam,
»Fell hir int Stift mit Folke groth,
»Sin Lant wort wedder market bloth.
»Derwegen sick tho Frede gaff
»Also de Krieg is afgeschaft.«

[^1]) Der Heinrich Scharpenberg, welcher sich wohl an dem Einfalle des Herzogs in die Vogtei Langwedel betheiligt haben mag.

Zur näheren Zeitbestimmung dieser Fehde ist es erforderlich, die erstgenannte Bremer Chronik mit den vorhandenen urkundlichen Daten zu vergleichen. Der Chronist sagt: »Nachdem der Krieg ¾ Jahr gedauert, wurde er mit einer Sühne geschlossen«. Da diese Sühne am 10. Mai 1381 stattfand [1], so irrt die Chronik und nach ihr Sudendorf, wenn sie den Beginn der Fehde auf den 2. November 1381 verlegen, vielmehr ist der Haupteinfall der von Mandelsloh, und namentlich die den Bremern zugefügte Schlappe am Blenderholze, auf den 2. November 1380 anzusetzen. Die Feindseligkeiten dürften aber, weil die Fehde ¾ Jahr dauerte, schon im August oder September 1380, also bald nach der Sühne des Herzogs mit den Mannen des Stiftes (3. Aug.), ihren Anfang genommen haben. Die zahlreichen gefangenen Bremer, die sich, nach andern Berichten, mit 10 000 löthigen Mark lösen mussten, erhielten ¾ Jahr später, — etwa zu Anfang Februar 1381 —, die Freiheit wieder. Es scheint aber, dass die 4 gefangenen Burgmannen zu Thedinghausen, — zum Theile wenigstens —, sich schon früher loskauften; denn am 7. Januar 1381 versprachen die Knappen Dietrich Amendorp und Johann Korlehake, als Amtleute auf Thedinghausen, während der Dauer des gegenwärtigen Krieges, der Stadt Bremen auf Thedinghausen je zehn bewaffnete Leute auf eigene Kosten im Dienste des Bremer Rathes zu halten [2].

Herzog Albrecht hatte anfangs dem Kriege unbetheiligt zugesehen; dann aber sandte auch er der Stadt Bremen den Fehdebrief [3], fiel Ende 1380 oder Anfang 1381 (December-Januar) in die Vogtei Langwedel ein und beschädigte Achim u. s. w.

Die Bremer rüsteten sich zum Widerstande. Nachdem sie, um freie Hand zu bekommen, 1381 den Grafen Otto von Hoya am 5. Februar [4] vermocht hatten, ihrer Stadt Freundschaft und Schutz zu versprechen, verbanden sie sich mit dem ganzen Stifte, sodass sie mit grosser Uebermacht zu Felde ziehen konnten.

Allein die Herren von Mandelsloh liessen sich nicht so leicht aus dem Lande vertreiben. Sie hielten noch am 23. März, wie eine Urkunde meldet, Schloss Bremervörde und andere Kirchengüter besetzt [5]; geriethen aber bald dadurch in eine sehr bedrängte Lage, dass das ganze Stift den Bremern zu Hülfe kam. Schon mit dem Tode des Bischofs Heinrich von Verden († 18. Januar 1381) hatte sich ihre Lage verschlimmert, weil bekanntlich der neue Bischof Johann von Zesterfleth ein Feind des Erzbischofs von Bremen war und daher auch Feind der von Mandelsloh werden musste. Diese waren ohnehin mit dem Stifte Verden in Streit gerathen, als bischöfliche Burgmannen sie in ihren Besitzungen zu Kirchwalsede und Schaafwinkel beraubten [6] (vergl. S. 48).

Herzog Albrecht betheiligte sich nach seinem Zuge gegen Achim nicht weiter an dem Kriege. Ihm mochte der Kampf zu ungleich und ein Gewinn dabei aussichtslos scheinen. Wie sehr es übrigens im Lande Bremen gährte und die Misstimmung sich auch gegen den Herzog

---

[1] Bremisches U.-B., IV., S. 6.
[2] Daselbst S. 1.
[3] Vielleicht nach dem 2. November, — der Schlappe der Bremer.
[4] Bremisches U.-B., IV., S. 1.
[5] Daselbst S. 2; an jenem Tage traf der Domherr Reinbert v. Münchhausen eine schiedsrichterliche Entscheidung über einen Streit zwischen dem Kapitel und den Vicaren zu St. Anscharii wegen der Kosten für Ausrüstung und Sold einiger Bewaffneter, welche sie auf Bitten des Bremer Rathes behufs Austreibung der das Schloss Vörde und andere Kirchengüter besetzt haltenden Knappen v. Mandelsloh aus der Bremer Diöcese angeworben hatten.
[6] Sudendorf, VI, S. 129 ff. u. 131 ff.

richtete, zeigt uns ein Schreiben seines Vogtes Woldeke, der sich sogar auf dem Schlosse Moisburg unweit der Elbe nicht mehr sicher genug fühlte, und deshalb den Rath zu Lüneburg dringend um mehr Reisige und Speise bat, »denn das ganze Stift Bremen sei feindlich, sodass niemand mehr aus dem Lande und vom Schlosse käme« [1]). Selbst der Erzbischof gerieth in grosse Gefahr; er ward von seinen Mannen und Städtern aus dem Lande getrieben und verdankte seine Rückkehr nur allein dem Beistande seines Stiftsamtmannes, des Grafen Adolf von Holstein [2]).

Herzog Albrecht bekümmerte sich unterdessen um andere Dinge, und überliess es denen von Mandelsloh mit den Bremern fertig zu werden. Nachdem er Ende Februar vermuthlich einem Turnier am Hofe zu Münden beigewohnt hatte [3]), schlossen er und die Herzöge Wenzel und Bernhard am 3. März mit der Stadt Braunschweig zwei sehr wichtige Bündnisse ab, von denen das eine ein Schutz- und Trutzbündniss im Allgemeinen war, das andere aber, gegen die von Veltheim gerichtet, die Eroberung ihres Schlosses Gifhorn bezweckte [4]). — Er hatte die Schlappe nicht vergessen, welche die Herren von Veltheim seiner Truppe (Feb. 1379) auf der Heide bereitet hatten. Zahlreiche Briefe an den Bischof von Hildesheim, an Braunschweig, nach Gifhorn an die von Veltheim, an den Grafen von Hoya, nach der Rotenburg u. s. w. und eine Tagfahrt mit Herzog Otto zu Sarstedt in der Zeit vom 6. bis 17. März lassen erkennen, dass Herzog Albrecht Wichtiges im Schilde führte. Den Einfall des Bremer Kriegsheeres voraussehend, hielt er am 6. März eine Tagfahrt mit dem Bischofe von Verden, den Bremern und den von Mandelsloh, wobei der Bischof (Johann von Zesterfleth) wohl den Vermittler spielte [5]). Da eine Einigung nicht erzielt wurde, so sorgte der Herzog zunächst für besseren Schutz seines Schlosses in Celle und liess seine Gemahlin mit den Töchtern für längere Zeit in Winsen a. d. Luhe residiren, wohin eine Reiterschaar ihnen das Geleite gab. Eine andere Reiterabtheilung, unter Ritter Berthold von Rutenberg, Willbrand Knigge und Anderen, traf, vielleicht aus dem Bremischen heimkehrend, am 17. März in Winsen a. d. Aller ein und ritt zum Herzoge nach Lüneburg und Celle, wo sie am 25. März Pfandquittung erhielten [6]). Man kann daraus schliessen, dass vor jenem Tage der Einfall der Bremer geschah, welchem, wie schon erwähnt, Walsrode, Drackenburg, Twischenzee und Broebergen zum Opfer fielen. Auch ward jene Hälfte des Schlosses und der Herrschaft Bederkesa, welche dem Dietrich von Mandelsloh gehörte, von den Bremern erobert [7]). So ihrer ausgedehnten Besitzungen im Stifte Bremen beraubt, von gewaltiger Uebermacht bedroht und vom Herzoge Albrecht verlassen, sahen sich die Brüder Heineke, Dietrich und Statius von Mandelsloh genöthigt, der immer dringender werdenden Forderung der Stadt Hannover, und wohl auch Bremens, endlich gerecht zu werden. Sie gelobten am 27. März 1381, die Bürger der Stadt Hannover, deren Leute und Gut auf dem Wasserwege zwischen Bremen und Hannover, und die zur Herstellung eines Fahrwassers zwischen Hannover und der Aller ausgeführten und noch zu unternehmenden Arbeiten zu schützen [8]). So

---

[1]) Volger, II., S. 155.

[2]) Sudendorf, V., Einleitung S. CXLI.

[3]) Daselbst V., S. 232 39.

[4]) Daselbst S. 230 u. f.

[5]) Daselbst S. 223 2.

[6]) Daselbst S. 223 24, 224 3, 4, 11, 13.

[7]) Diese Hälfte überlieferte am 18. Mai 1382 die Stadt Bremen dem Stiftsamtmanne Grafen Bernhard v. Schaumburg. Bremisches U.-B., IV., S. 14.

[8]) Sudendorf, V., S. 241. — Am 28. März söhnte sich Albrecht mit Salzwedel nach vorausgegangener Fehde aus, und am 30. März bescheinigte Heinrich v. Reden die Bezahlung seiner Forderung vermuthlich über die Verwaltung des Schlosses Ricklingen, welches ihm jetzt vielleicht abgenommen wurde.

war endlich der Lieblingswunsch der Stadt Hannover der Erfüllung nahe und Herzog Albrecht einer seit 10 Jahren übernommenen Verpflichtung enthoben. Aber noch ein weiterer Zeitraum von fast 10 Jahren verging, ehe Hannover sich der völlig freien Schiffahrt auf der Leine erfreuen durfte. Als Gegenleistung übernahm vermutlich die Stadt die Vermittlung der Sühne zwischen den Bremern und den Brüdern von Mandelsloh. Auch der Herzog erwies sich Letzteren entgegenkommender als zuvor. Drei Tage nach jenem Ereignisse (30. März) verpfändeten die sächsischen Herzöge den Brüdern Gebhard und Johann von Sahlern und zu treuer Hand dem Lippold von Saldern und Dietrich von Mandelsloh die Vogtei Lauenrode für 400 löthige Mark [1], und 2 Tage später (1. April) hielt der Herzog auf der Bischofsbrücke bei Dorfmark mit dem Bischofe von Verden und den Herren von Mandelsloh eine Tagfahrt [2]. Hier mag der Herzog seinem Versprechen gemäss es versucht haben, zwischen dem Bischofe und denen von Mandelsloh einen Vergleich anzubahnen, der aber nicht zu Stande kam, weil Letztere das Anerbieten des Bischofs nicht befriedigte [3].

Noch eine Zeitlang scheint der Krieg zwischen den Bremern und denen von Mandelsloh seinen Fortgang genommen zu haben, bis sich endlich am 10. Mai 1381 die Knappen Heineke, Dietrich und Statius mit dem Capitel, den Städten, der Mannschaft und den Landen des Stiftes Bremen, wegen alles Geldes, dass sie im Schlosse Vörde (Bremervörde) und in anderen Schlössern des Stiftes hatten, aussöhnten, und versprachen, aus den in ihren Händen befindlichen Verschreibungen des Erzbischofs Albrecht und des Stiftes nicht weiter zu klagen. »Alles, was in der Fehde geschehen ist, sollte hiemit verglichen sein« [4].

Die von Mandelsloh zogen den Kürzeren, weil der Herzog sie im Stiche liess. Ohne sie in die Sühne aufzunehmen, söhnte er sich mit den Bremern und Stiftsmannen aus und verband sich sogar, wie wir später sehen werden, mit diesen gegen die von Mandelsloh [5]. Dass diese Sühne des Herzogs, obwohl eine Urkunde darüber nicht vorhanden ist, wirklich vollzogen wurde, beweist der Umstand, dass schon am 7. Juni Knappe Johann Korfehake mit seinen Gesellen (Bremern) im Dienste des Herzogs stand. Uebrigens hielt der Herzog am 14. Juni mit den Bremern eine Tagfahrt zu Soltau, ohne die von Mandelsloh, ab [6]. Während er also diese ihrem Schicksale überliess, sich weder um deren Sühne mit den Bremern, noch um die dem Lande Lüneburg zugefügten grossen Verwüstungen kümmerte, weil sie ihm selbst keinen Schaden brachten, rüstete der Herzog zu neuen Zügen. Mit rastlosem Eifer ritt er zu Tagfahrten, bald zu den Bischöfen von Verden und Hildesheim, bald zum Herzoge Otto, dem Herzoge von Berg und dem Grafen Erich von Hoya (29. Juni zu Neustadt), oder er sandte Briefe an benachbarte Herren. Es galt wohl Hülfstruppen zu erlangen, um den Ausfall der Mandelsloh'schen zu ersetzen.

Nachdem der Herzog seine Truppen am 18. Mai versammelt hatte [7], zog er Tags darauf nach Braunschweig, wo sich ihm die Bürger der Stadt anschlossen. In der Frühe des 20. Mai

---

[1] Sudendorf, V., S. 241.   Es nahmen anscheinend weder der Herzog noch die Stadt Hannover Anstand, die Vogtei in Dietrichs Hand zu sehen.
[2] Daselbst S. 214 pf.
[3] Daselbst VI., S. 131 41 u. 133 19.
[4] Bremer U.-B., IV., S. 6.   Aus dieser Urkunde geht auch hervor, dass die v. Mandelsloh ihre Forderungen wegen schon früher Klage geführt hatten.
[5] Sudendorf, VI., S. 132 42.
[6] Daselbst V., S. 228 39 u. 229 9 - 230 35, 36.
[7] Daselbst S. 227 19.

erschien er vor dem Schlosse Twieflingen, gewann dasselbe im ersten Sturme und liess es rein ausbrennen. Auch die Magdeburger hatten zu diesem Zuge ihre Kriegsleute entsandt, doch kamen sie zu spät. Schon am nächsten Tage kehrte Herzog Bernhard mit 40 Reitern, und am 22. Mai auch Albrecht nach Celle zurück[1]. Das Heer wurde, wie es scheint, einstweilen entlassen. Als dann Herzog Otto Schloss Twieflingen wieder aufbauen wollte, machten die Braunschweiger die Mauern und Gräben dem Erdboden wieder gleich.

Alsbald sammelte Albrecht wieder seine Söldner; diesmal zum Zuge gegen die Schlösser Gifhorn (die v. Veltheim) und Glentorf. Fehdebriefe gingen nach Gifhorn ab, darunter jener des Knappen Johann Korlehake, Bremischen Vogtes zum Langwedel. Dieser kam mit seinen Gesellen (Bremern) am 7. Juni nach Celle, woselbst die Zahl der Krieger immer mehr anwuchs; sie scheinen den Herren von Veltheim durch Sengen und Brennen grossen Schaden zugefügt zu haben, konnten jedoch das Schloss nicht gewinnen[2].

Am Montag, den 8. Juli, führte Herzog Bernhard die »guten Leute« vor Glentorf, von wo aus die Braunschweiger ebenfalls manche Beunruhigung erfahren haben mochten. Bernhard brannte Glentorf nieder, konnte das Schloss aber nicht erobern. Erst am 17. August wurde dieses von Albrecht mit Sturm genommen[3].

Die nächste Fehde galt dem Herzoge Otto. Auch Graf Erich von Hoya fand sich dazu mit 24 Reitern in Celle ein. Während der Graf mit anderen »innen hütete«, ritt Albrecht am 9. September mit 50 Reitern nach Braunschweig, um dieser Stadt und dem Herzoge Friedrich zu Hülfe zu kommen[4]. Die Bürger Braunschweigs hatten nämlich von Schlosse Wolfenbüttel aus, beziehungsweise von Seiten des Herzogs Otto, manche Drangsale zu erleiden. Zur Abhülfe bemächtigte sich Herzog Friedrich, im Einverständnisse mit den Braunschweiger Bürgern, des Schlosses durch List. Die Sage erzählt, Herzog Friedrich habe unter dem Vorwande, ihm blute die Nase, die Messe, die er mit Herzog Otto hörte, verlassen und sei hastig auf das Schloss geeilt, wo er die Zugbrücke aufgezogen, die Gefangenen und im Stocke sitzenden Bürger befreit und einen Speer mit einem Waffenhandschuh auf dessen Spitze ausgestellt habe. Auf dieses Zeichen sei der als Späher aufgestellte Reiter eiligst nach Braunschweig gesprengt, von wo dann die, in Folge Sturmläutens angesammelten Bürger nach Wolfenbüttel geritten seien, und dem Herzoge geholfen hätten, das Schloss zu erobern. Herzog Otto, durch diesen Handstreich völlig überrascht, liess sich über die Ocker setzen und entfloh.

Am 18. September übergab Herzog Friedrich Schloss Wolfenbüttel »in guter Freundschaft und Treue« der Stadt Braunschweig. Er war somit dort einziger Regent, während sein Bruder Bernhard, als präsumtiver Nachfolger der Herzöge Wenzel und Albrecht, von diesen häufig zu Regierungs-Handlungen zugezogen wurde. Letztere errichteten sodann (31. Oct.) mit dem Herzoge Friedrich und der Stadt Braunschweig ein Schutz- und Trutzbündniss auf 6 Jahre, und verpfändeten dieser Stadt die Schlösser Gifhorn und Fallersleben, obwohl sie das erstere noch gar nicht in der Gewalt hatten[5]. Diesen Erfolg verdankte Herzog Friedrich nicht so sehr dem versöhnenden Einflusse seiner Mutter, Albrechts Gemahlin, als vielmehr der listigen Politik Albrechts. Derselbe war nach jahrelangem vergeblichen Bemühen, trotz aller Kriege und Bündniss-

[1] Sudendorf, V., S. 227 u. Einleitung S. CXXXIII.
[2] Daselbst, Einleitung S. CXXXIV.
[3] Daselbst S. 230—233 und Einleitung S. CXXXVI.
[4] Daselbst, Einleitung S. CXXXVI.
[5] Daselbst S. 254.

verträge, in der Befestigung seiner Herrschaft kaum etwas weiter gekommen. Indem er nun zwischen den Herzogen Otto und Friedrich bittere Feindschaft schuf, trennte er eine Partei, die mit dem Bischofe von Hildesheim, der Stadt Braunschweig und zahlreichen mächtigen Anhängern ihm stets sehr gefährlich war.

Die Brüder Heineke, Dietrich und Statius von Mandelsloh konnten es nicht verschmerzen, dass Herzog Albrecht sie wiederholt in Kriege verwickelt hatte, um sie zu verderben. Sie führten deshalb über ihn ernste Klage. Bischof Gerhard von Hildesheim, der inzwischen zum Herzog in bessere Beziehungen getreten sein mochte, scheint die Vermittlung übernommen zu haben. Am 4. August kam es zwischen dem Herzoge, dem Bischofe und denen von Mandelsloh zu einer Tagfahrt, die aber wahrscheinlich resultatlos blieb, weil der Herzog schwerlich im Stande war, die den Mandelsloh schuldigen Summen und verursachten Schäden zu bezahlen; so sah er sich genöthigt, am 22. September die Erklärung abzugeben, dass er die Entscheidung der Klage dem Dompropste und dem Capitel zu Hildesheim unterstelle[1]. Aber dieser Ausweg verlief erfolglos; ebenso eine Unterredung, die der Herzog am 6. October mit den von Mandelsloh zu Winsen a. d. Aller hielt[2]. Es kam daher zur Fehde, zu welcher, wie die Mandelsloh in Artikel 12 ihrer späteren Klage behaupten, der Herzog sich mit ihren früheren gemeinsamen Feinden, den Bremern gegen sie (die Mandelsloh) verband. Den dadurch erlittenen Schaden bezifferten letztere auf 6000 löthige Mark[3].

Der Herzog liebte es, mit seinen bewährten Lüneburger Reitern überraschend im Felde zu erscheinen. Nachdem er an Sonntage, den 13. October, seine Truppen gesammelt, zog er tags darauf nach Neustadt — ohne Zweifel gegen die von Mandelsloh. In seinem Gefolge befanden sich Bertold von Hohnhorst und Hans von Munder mit ihren Gesellen. Am Mittwoch (16. Oct.) kehrte er nach Celle zurück[4]. Daselbst fand ein reger Zuzug von Rittern statt. Es kamen unter andern am 18. October die vom Schlosse Rethem, die von Alden und von Hademstorf; am Sonntag, den 27. October: Herzog Bernhard, Ritter Ludolf von dem Knesebeck, Hermann Beck, Hermann Spörcken, der lange Wilbrand und Burchard von Reden. Am Montag, den 28. October, ritt der Herzog mit den »guten Leuten« über Hannover in das Stift Hildesheim, von wo er am 31. October heimkehrte[5]. Dieser Zug galt dem Bischof oder dem Herzog Otto (zu Göttingen). Beide lagen damals mit dem Grafen Ludolf von Wunstorf in Fehde und besetzten die Stadt Wunstorf[6]. Albrecht, seit 22. Juni 1378 Schutzherr des Grafen, auch Pfandherr seiner Herrschaft, kam dem Grafen zu Hülfe. Doch zog der Bischof von Hildesheim seine Truppen aus Wunstorf zurück, theils weil sein Bruder Wedekind Bischof von Minden war, theils aus Ehrfurcht für den heiligen Peter, den Schutzpatron der Mindener Kirche, welche Antheil an der Stadt Wunstorf hatte. Noch drei Jahre später (15. Oct. 1384) beklagte sich Albrecht über den Herzog Otto, dass er ihm Wunstorf abgewann, welches er (Albrecht) »in nued unde in gheldet hätte[7].

Unterdessen dauerte der Zuzug der Mannschaft fort. Es trafen noch Johann Clüver, Johann Korlehake und Andere ein. Am 9. November ritt Albrecht mit seinen Verbündeten,

[1] Sudendorf, V., S. 246 u. 231 g.
[2] Daselbst S. 235 36.
[3] Daselbst VI., S. 132 42.
[4] Daselbst V., S. 236.
[5] Daselbst S. 237.
[6] Daselbst, Einleitung S. CXLV.
[7] Doebner, II., S. 343.

dem am 2. November in Celle eingetroffenen Herzog Albrecht von Mecklenburg, nach Neustadt; ihnen folgte am 12. November Christian Ilsed mit dem langen Willbrand von Reden über Hannover nach[1]. Obwohl Nachrichten darüber fehlen, so ist doch zu vermuthen, dass der Ritt den von Mandelsloh galt, ja, es ist nicht unwahrscheinlich, dass in dieser Fehde die Brüder von Mandelsloh Schloss Ricklingen einnahmen und ferner auch behaupteten[2]. Am Dienstag, den 12. November, anscheinend nach einem an demselben Tage geführten Scharmützel, kehrten die Herzöge nach Celle zurück[3]. Der Herzog von Mecklenburg ritt sodann am folgenden Tage (13. Nov.) in seine Heimath ab.

Zu Anfang des Jahres 1382 vollzog Herzog Albrecht einige Verpfändungen. So gab er am 25. Januar die Schlösser Dannenberg und Prezelle der Stadt Lüneburg in Pfand, und am 13. Juli die andere Hälfte des Schlosses Neustadt an die von Escherte, die Knigge und die Frese.

Nach kurzem Aufenthalte bei einem Turnier, das der Erzbischof Ludwig von Magdeburg in Kalbe hielt (15.—23. Febr.)[4], schloss Herzog Albrecht am 10. März 1382 mit dem damaligen Amtmann des Stiftes Bremen, dem Grafen Bernhard von Schaumburg, ein Bündniss auf 3 Jahre, in welchem unter anderem folgende Vereinbarung getroffen wurde: »Wenn im Lande Lüneburg geraubt und der Raub in das Stift Bremen gebracht würde, so soll der Vogt zu Bremervörde die Räuber mit aller Macht verfolgen und dafür sorgen, dass der Raub zurückgebracht werde[5].« Sudendorf irrt, indem er die Bremer Fehde in die Zeit des Frühjahres 1382 verlegt und danach die obige Massregel für eine gegen die von Mandelsloh gerichtete hält. Diese hatten damals keine Besitzungen mehr im Lande Bremen, konnten also auch keinen Raub mehr in das Stift schleppen. Die Vereinbarung war lediglich gegen die Stiftsmannen gerichtet, von denen die Horneburger sich von jeher durch ihre Zügellosigkeit bemerkbar gemacht hatten. Wie wenig übrigens solche Vereinbarungen fruchteten, ersieht man daraus, dass 5 Jahre später selbst die Vögte von Bremervörde sich des Raubes im Lande Lüneburg schuldig machten und der Erzbischof dafür Ersatz leisten musste[6].

Mit der Verpfändung des Schlosses Gifhorn (31. Oct. 1384) hatte Herzog Albrecht zugleich die Verpflichtung übernommen, dieses Schloss der Stadt Braunschweig erobern zu helfen. Auch mochte ihn hierbei der Wunsch leiten, an den Herren von Veltheim wegen des Ueberfalles auf der Heide (Febr. 1379) Vergeltung zu üben. Am 18. März sammelten sich viele Reiter in Celle. Drei Tage später traf auch Graf Erich von Hoya mit 40 Gewaffneten dort ein. Mit ihnen ritt Herzog Albrecht am 22. März vor Gifhorn und eroberte es[7]. Auch die Städte Hannover, Uelzen und Lüneburg sowie der Comthur des Johanniter-Ordens zu Süpplingenburg

---

[1] Sudendorf, V., S. 237 ₃₁ u. 238.

[2] Als Heinrich v. Reden am 30. März d. J. den sächsischen Herzogen nach Rechnungsablage die Bezahlung seiner Forderung bescheinigte, behielt er sich sein Recht wegen anderer Forderungen, über welche er ihre Schuldverschreibungen besitze, vor. Da nun Herzog Albrecht (1385) dem Dietrich v. Mandelsloh den rechtmässigen Besitz des Schlosses Ricklingen streitig machte, so war dieses entweder von Dietrich erobert — oder ohne Einwilligung des Herzogs eingelöst worden, indem je jene Forderungen dem Heinrich v. Reden ausbezahlte: Sudendorf, V., S. 212; VI., S. 132 ₃₀ u. 136 ₁₅.

[3] Sudendorf, V., S. 238 ₁₀. — Es war Gehmesch, am Tage nach einem Liebesfeste kein Fleisch zu essen.

[4] Daselbst VI., Einleitung S. LIII. — Der Erzbischof verunglückte hierbei (17. Feb.) in Folge falschen Feueralarms im Gedränge auf einbrechender Stiege und starb.

[5] Daselbst S. 5.

[6] Daselbst S. 193.

[7] Daselbst V., S. 270 u. VI., Einleitung S. LVII; — Gifhorn u. Fallersleben erhielt der Ritter Henning v. Wallmoden (29. Sept.).

leisteten der Stadt Braunschweig bei diesem Zuge Hülfe. Am 28. März kehrte Albrecht mit dem Herzoge Bernhard und dem Grafen von Hoya nach Celle zurück.

Herzog Albrecht schloss nun mehrere Bündnisse, welche zwar angeblich den Frieden bezweckten, in Wirklichkeit aber nur neuen Krieg vorbereiteten. Nachdem er sich mit dem Bischofe von Hildesheim ausgesöhnt hatte, schloss er, um freie Hand zu bekommen, mit ihm am 21. Mai ein Bündniss auf 4 Jahre, zum Zweck der Eintracht und des Friedens in ihren Ländern. Durch dieses Bündniss sollten offenbar Herzog Otto und die von Mandelsloh geschädigt werden. Ersterer bedrohte noch immer die Stadt und das Land Braunschweig vom Stifte Hildesheim aus. Er war mit dessen Bischof verbündet und namentlich der Ritterschaft des Stiftes mächtig. Am 26. Mai verband sich Albrecht mit dem Rathe und den Bürgern der Stadt Minden auf 3 Jahre, — beginnend am 24. Juni. Sie verpflichteten sich zu gegenseitiger Hülfe bei Belagerungen, nahmen jedoch den Bischof von Minden, den Grafen Otto von Schaumburg, — Herzog Albrecht, ausserdem noch den Grafen Erich von Hoya und dessen Brüder —, von dem Bunde aus. Am 15. Juli endlich schlossen die Herzöge Albrecht und Friedrich ein Bündniss mit dem Bischofe Friedrich von Merseburg, als erwähltem Bischof von Magdeburg. Wohl auf Ansuchen der sächsischen Herzöge, die den neuen Landfrieden nicht zu Stande brachten, sah sich König Wenzel veranlasst, dem Herzogthume Lüneburg einen dem »Westfälischen« ähnlichen Frieden zu verleihen (25. Juli): Es sollen gefriedet sein alle Kirchen, Kirchhöfe, Hausleute mit Leib und Gut, der Pflug mit Pferden und zwei Leuten auf dem Acker und alle wilden Pferde; ferner alle Kaufleute, Pilger und Geistliche mit Leib und Gut auf den Strassen. Fehde soll erst am 4. Tage nach ihrer Ankündigung begonnen werden. Die Herzöge sollen ermächtigt sein, benachbarte Fürsten und Herren und Städte in den Landfrieden aufzunehmen. Zuwiderhandelnde nach dem Urtheile der Fürsten, Herren, Freigrafen, Freien, Schöffen, Ritter, Knappen und Städte mit dem Strange hingerichtet werden u. s. w.«

Es ist auffallend, dass nicht auch die Städte Lüneburg, Hannover und Uelzen in diesen Landfrieden aufgenommen wurden. Möglich, dass ihnen das rechte Vertrauen dazu fehlte, nachdem sie in dem letzten, vom Herzoge gegebenen Landfrieden (1374), diesem von einer Fehde zur andern folgen mussten. Gewiss ist, dass diese Städte sich am 24. August[1]) mit Goslar, Hildesheim, Braunschweig und Helmstädt zu einem besonderen Bündnisse zusammen schlossen, das anscheinend gegen die Partei des Herzogs Otto gerichtet war. Letzteres erkennt man aus dem Umstande, dass, während die Abgesandten der Städte nach Abschluss des Bundes noch in Braunschweig versammelt waren, am folgenden Tage (25. Aug.) eine grosse Anzahl von Rittern und Knappen unter der Führung der Ritter Cord und Burchard von dem Steinberg, Heinrich von Bortfeld und Ordenberch Bock vor jene Stadt kamen, 17 Bürger erschlugen, 30 fingen und mit reicher Beute an Vieh abzogen[2]). An dieser Berennung Braunschweigs betheiligten sich auch die »Ritter« Stacies, Cord, Johann, Hencke und Herbord von Mandelsloh. Hass gegen den Herzog Albrecht, der sie fortgesetzt verfolgte, mochte sie in das Lager Herzog Otto's getrieben haben, der sich für die im Vorjahre erlittene Unbill an der Stadt Braunschweig rächen wollte. Die grosse Zahl der rittermässigen Männer, welche sich an diesem Ueberfalle Braunschweigs betheiligten, stellt die Grösse des Hasses gegen die sächsische Partei ins hellste Licht.

---

[1]) Sudendorf, VI., Einleitung S. LX.

[2]) Die Chroniken der deutschen Städte, VI., S. 75 u. 449; · · jene 17 Todte und 30 Gefangene verloren die Braunschweiger wahrscheinlich erst dann, als sie dem geraubten Vieh nachjagten. Die Knappen Heineke, Dietrich und Stacius v. M nahmen an diesem Ansturme anscheinend nicht Theil.

Um diese Zeit entbrannte auch im Westen eine kurze Fehde zwischen dem Grafen Otto von Hoya einerseits und dem Ritter Johann von Escherte, Vogt des Herzogs Albrecht, dem Knappen Conrad von Mandelsloh und anderen Knappen, andererseits. Die Ursache ihres Streites ist nicht bekannt; doch mochte er immerhin mit dem späteren Kriege gegen des Grafen Vetter, den Grafen Erich, im Zusammenhange stehen. Graf Otto wurde von seinen Feinden bis in die Stadt Hannover verfolgt, worüber es wegen Verletzung des Stadtrechtes zwischen den Verfolgern und der Stadt zu Misshelligkeiten oder gar Thätlichkeiten kam, die erst am 21. October dahin gesühnt wurden, dass der Ritter Johann von Escherte und die Knappen gelobten, den Rath und die Bürger zu Hannover wegen des Vorgefallenen weder zu beschuldigen, noch zu beschädigen.

Mit dem Erzbischofe von Bremen und den Bischöfen von Minden und Hildesheim standen die Brüder Heineke, Dietrich und Statius von Mandelsloh stets im besten Einvernehmen, und bewiesen dies durch die Dienste, welche sie ihnen als ihre Amtleute und Verwalter ihrer Schlösser leisteten. Als nun gegen Ende 1382, zwischen dem Bischofe von Minden und dem Grafen Erich von Hoya Streit entstand, befanden sich die 3 Brüder ohne Zweifel auf der Seite ihres Lehnsherrn, des Bischofs, zumal der Graf seit einiger Zeit im Dienste des Herzogs Albrecht stand und in dieser Stellung Feind der von Mandelsloh geworden sein wird.

Weil Graf Erich (21. Oct.), zum grossen Verdrusse des Bischofs und der Stadt Minden, im Gebiete des Stifts das Schloss Diepenau erbaute, verbanden sich Bischof und Stadt mit dem Bischofe von Hildesheim und dem Grafen Otto von Schaumburg gegen den Grafen Erich von Hoya [1]. Herzog Albrecht wäre nun nach dem Bündnissvertrage vom 26. Mai verpflichtet gewesen, der Stadt Minden Hülfe zu leisten, wenn er nicht, wie zuvor erwähnt, den Grafen Erich schlauer Weise von dem Bunde ausgeschlossen (d. h. nicht Feind desselben zu werden versprochen) hätte. Dafür leistete er ihm jedoch indirect allen möglichen Vorschub. Vorerst setzte der Herzog auf seinem Schlosse Rethem einen Vogt ein, um von dort aus Krieg führen zu können.

Es scheint den von Mandelsloh zu dieser Zeit gelungen zu sein, den Grafen Erich in ihre Gewalt zu bekommen. In der Gegenklage des Herzogs (1385), beschwert sich dieser nämlich darüber, dass die Mandelsloh, als sie seinen Vetter, den Grafen Erich fingen, schatzten und ihn Urfehde schwören liessen, seiner — des Herzogs, als eines Verwandten Einsprache, entgegen dem Landrechte, kein Gehör geschenkt hätten [2]. Obwohl die von Mandelsloh diese Einsprache in ihrer Klage bestreiten, so mag der Herzog sie immerhin am 8. Februar 1383 erhoben haben, denn an diesem Tage hielt er zu Rethem mit denen von Mandelsloh eine Tagfahrt [3]. Diese hatte, wenn die Annahme zutreffend ist, nichts anderes als die Befreiung des Grafen Erich zum Zwecke, welche jedoch erst nach Zahlung eines Lösegeldes und Leistung der Urfehde erfolgte. Unmöglich ist es aber auch nicht, dass der Herzog auf dieser Tagfahrt, die als ein Zeichen besseren Einvernehmens gelten kann, denen von Mandelsloh für die Freilassung des Grafen Erich die Schlichtung ihres Streites mit dem Bischofe von Verden versprach. Die Gründe für diese Annahme liegen in dem Artikel 10 der Klage vom 15. April 1385 [4], welcher später noch näher betrachtet werden wird.

Inzwischen gewann die Fehde gegen Graf Erich von Hoya an Ausdehnung. Am 1. März brachte der Bischof von Minden noch ein Bündniss mit dem Grafen Gerhard von Hoya und

[1] Sudendorf, VI., Einleitung S. LXIV.
[2] Daselbst S. 137 3
[3] Daselbst S. 51 1.
[4] Daselbst S. 131 4.

Bruchhausen, dem Grafen Gerhard, Sohn Otto's von Hoya, ferner mit dem Edelherrn Widekind von dem Berge und dem Rathe der Stadt Minden, gegen den Grafen Erich und seine Brüder Otto und Johann und ihre Helfer zu Stande[1]. Graf Erich, der sich durch dieses Bündniss äusserst bedroht sah, nahm seine Zuflucht zu seinem Verbündeten, dem Herzoge Albrecht. Dieser befand sich offenbar in fataler Lage, denn einerseits war er Erich zu Dank und Hülfe verpflichtet, andererseits durfte er sich mit dessen Feinden, die, wie der Edelherr von dem Berge[2] und andere, des Herzogs Bundesgenossen waren, nicht verfeinden. Doch war ein Auskunftsmittel bald gefunden. Graf Erich lieferte am 26. März dem Herzoge sein Schloss Drackenburg aus und veranlasste ihn dadurch, dem Grafen Gerhard von Hoya und Bruchhausen am 16. Juni Fehde anzusagen[3]. Albrecht war durch Drackenburg in den Besitz eines vierten festen Punktes gelangt, welcher neben dem Schlosse Rethem die Besitzung des Grafen Gerhard, die sogen. niedere Grafschaft Hoya, stark bedrohte. Ausserdem setzten die Schlösser Drackenburg, Rethem, Celle und Neustadt, welche die Mandelsloh'schen Besitzungen völlig umschlossen, den Herzog in den Stand, die von Mandelsloh mit Erfolg anzugreifen, beziehungsweise ihren Stammsitz abermals zu belagern. Der Herzog ging auch gleich ans Werk, verproviantirte die Schlösser Rethem und Drackenburg, rüstete zum Kriege gegen den Grafen Gerhard und gleichzeitig zu einem Zuge in die Altmark. Und noch einem 3. Unternehmen, welches, wie schon angedeutet, von den 4 Schlössern aus in Scene gesetzt werden sollte, galten seine Vorbereitungen, nämlich der Belagerung der Schlösser Mandelsloh und Ricklingen. Das vordem Mandelsloh'sche Schloss »Kettenburg«[4], welches dem Herzoge überflüssig schien, liess er abbrechen und verwandte, wie es scheint, das disponible Material zum Ausbau der Fortificationen der Schlösser Neustadt und Rethem. Gleichzeitig liess er unweit Celle eine neue Burg die »Hoppenburg« errichten[5].

Unterdessen waren die Bürger von Minden in die obere Grafschaft Hoya eingefallen, griffen (nach Hermann v. Lerbeck) am 3. April 1383 Uchte an, plünderten die Einwohner und brannten das Weichbild nieder. Wie der Chronist meint, wäre es ihnen in der folgenden Nacht ein Leichtes gewesen, auch das dortige Schloss zu gewinnen[6].

Nachdem der Herzog am 6. Juni zu Winsen a. d. Aller Heerschau gehalten hatte, zog er nach Rethem. Nach Celle, dem Sammelpunkte neuer Mannschaft, kamen am 11. Juni aus Rethem seine Mannen mit etwa 60 Pferden[7]. In Eile wurden grosse Vorräthe aus Hildesheim, Braunschweig und anderen Orten, namentlich Häringe, Bier und Hafer nach Celle und Rethem gesandt[8]. Am 22. Juni unternahm der Herzog von Rethem aus einen Ritt, der gegen den Grafen Gerhard von Hoya gerichtet sein mochte. Hierbei ward Ulrich Haverbier gefangen genommen, welcher am 13. Juli Urfehde leistete. Einen Monat später (20. Juli) ritt Albrecht abermals,

---

[1] Sudendorf, VI., Einleitung S. LXVIII.

[2] Dieser Edelherr war seit einiger Zeit nicht mehr in unmittelbarer Nähe des Herzogs.

[3] Sudendorf, VI., S. 51 u. und Einleitung S. LXIX.

[4] Nach Manecke, Beschreibung der Städte u. s. w., II., 399 war Kettenburg im Besitze der v. Mandelsloh und wurde vom Bischofe Johann von Verden erobert und zerstört. (Vergl. Sudendorf, VI., Einleitung S. LXXI). Dies dürfte im Juli 1383 geschehen sein, womit also gleichsam die Belagerung Mandelslohs eingeleitet wurde.

[5] Sudendorf, VI., Einleitung S. LXX u. f.

[6] Daselbst, Einleitung S. LXIX.

[7] Ferner fanden sich in Celle ein: die v. Huslage, v. Bartensleben, Henning v. Wallmoden, Aschwin v. Sablern, Conrad v. Marenholtz und andere.

[8] Sudendorf, VI., S. 51. — Am 23. Juni erhielten Beyer v. Rössing u. Reyneke Holtgreve Pfandquittung, während Volkmar v. Wallenstedt mit 7 Gewaffneten zum Herzoge kam.

vermuthlich gegen den Grafen von Hoya [1]), mit dem er sich gleich darauf aussöhnte. Danach begab sich der Herzog am 29. Juli von Rethem nach Celle [2]).

Während auf diese Weise Herzog Albrecht den Grafen Gerhard beschäftigte, waren die Mindener Bürger vor das Schloss Diepenau gezogen und hatten es mit Hülfe des Bischofs von Hildesheim und des Grafen Otto von Schaumburg erobert und niedergebrannt. Nicht weit vom Schlosse Uchte erbauten sie dann das Schloss »Petersvorde«. Graf Erich von Hoya aber, dem es unmöglich war, der Uebermacht Widerstand zu leisten, war hinterlistiger Weise des Nachts in die Vorstadt der Fischer in Minden eingefallen, ward aber, nachdem er dieselbe zum Theil eingeäschert hatte, von den Fischern vertrieben [3]).

Am 1. August, also wenige Tage nach der Aussöhnung des Herzogs mit dem Grafen Gerhard, ward zwischen dem Bischofe von Minden, der 2 Tage danach starb, und dem Grafen Erich eine Sühne errichtet. Kurz vorher (15. Juli) war auch zwischen den Herzögen Friedrich und Heinrich (Herzog Bernhard befand sich in Schweden) und der Stadt Braunschweig einerseits, und Otto dem Quaden andererseits ein Vertrag geschlossen, worin alle obwaltenden Irrungen gesühnt wurden [4]).

Die somit eingetretene Ruhe benützte Albrecht zu neuen Thaten; denn kaum war die Fehde gegen den Grafen Gerhard ihrem Ende nahe, als Herzog Albrecht seine Soldatesca zu einem neuen Zuge sammelte. Bei Eschede hielt er am 14. Juli Heerschau, drang dann in die Altmark bis Salzwedel vor, kehrte aber schon am 21. Juli nach Celle zurück [5]). Schon seit Mitte Mai hatte Albrecht auf dem Schlosse Bodenteich die Vorbereitungen zum Kriege gegen die Altmark getroffen. Es galt unter anderem, die von Quitzow in der Mark Brandenburg zu züchtigen, gegen welche die Stadt Lüneburg in Fehde lag, aber nichts ausrichten konnte.

Die Quitzow hatten hiebei den Bürgermeister Dietrich Springintgut und einige Lüneburger Bürger gefangen und geschatzt. In Folge dessen gebot, auf Veranlassung der sächsischen Herzöge, König Wenzel am 2. Juli 1383 zu Prag den Hauptleuten und Städten in der Priegnitz und in der Mark Brandenburg ernstlich und fest bei einer Poen von 1000 Mark löthigen Goldes, die von Quitzow zur Rückzahlung der Schatzungsgelder anzuhalten. Diese aber breiten sich mit der Rückzahlung des ihrer Meinung nach ehrlich erworbenen Gutes nicht.

Schloss Bodenteich wurde mit Proviant versehen und der Zuzug von Mannschaften begann [6]). Am 27. August traf der Herzog selbst in Bodenteich ein. Die Zahl der Söldner wuchs daselbst von Tag zu Tag, auch Graf Otto von Hoya fand sich dort mit seinen Mannen über Dorfmark, welches er am 21. September passirte, ein. In den folgenden Tagen unternahm Albrecht seinen zweiten Zug gegen Salzwedel. Es fand ein Treffen statt, worauf der Herzog am 25. September Abends wieder in Celle eintraf [7]). Beide Züge hatten schwerlich den erstrebten Erfolg, denn die Rüstungen auf den Schlössern Bodenteich und zu Lüchow nahmen ihren Fortgang.

Zu dem dritten Zuge suchte Albrecht Genossen. Nachdem er zu diesem Zwecke den Erzbischof von Magdeburg vergeblich in seiner Residenz sondirt hatte, fanden seine Werbungen

[1] Sudendorf, VI. S. 51 u. 50.
[2] Daselbst S. 52 p.
[3] Daselbst, Einleitung S. LXXIII.
[4] Daselbst S. 50.
[5] Daselbst S. 41 p, p.
[6] Die Gebrüder Post trafen mit 10 Pferden ein; auch Vößberg, Ketelhake, Heinrich Voss, Fischer, die v. Cramm u. a. m.
[7] Sudendorf, VI. S. 44 pp. • Schon am 16. Sept. hatte der Herzog die »Märkischen niedergelegen« (das. S. 70 36.)

bei dem Bischofe von Hildesheim Gehör. Dieser kriegerische Herr liess dem Worte sogleich die That folgen, indem er am 13. October der Stadt Salzwedel den Fehdebrief sandte. Am 23. October ritt der Herzog mit seinen Mannen[1]) nach Bodenteich; auch Herzog Bernhard fand sich dort ein. Da nach kurzer Abwesenheit von Bodenteich der Herzog mit Eberhard von Marenholtz und 60 Reitern am 27. October wieder dorthin zurückkehrte, so scheint er vor diesem Tage den dritten Schlag gegen Salzwedel geführt zu haben und zwar mit Erfolg, denn am 28. October kamen die Rathsherren dieser Stadt nach Bodenteich, anscheinend um Frieden zu schliessen, worauf der Herzog am 29. nach Celle zurückkehrte[2]).

Am folgenden Tage (30. Oct.) ritt Albrecht zu einer Tagfahrt mit dem Bischofe von Hildesheim, von welcher er noch an demselben Tage heimkehrte[3]). Am 1. November hielt er zu Winsen a. d. Aller Heerschau. Dort und in Burgwedel sammelten sich die Truppen, denen sich die Edelherren von Homburg zugesellten[4]). Den Herzog beschäftigten noch zu sehr die Dinge im Osten seines Landes. Häufig ritt er nach Bodenteich und Lüchow, von wo er erst zu den Weihnachtstagen in den Kreis seiner Familie zurückkehrte[5]). Am 29. December traf er zu längerem Aufenthalt in Rethem ein.

Das Jahr 1384 begann mit neuen Rüstungen, namentlich auf dem Schlosse Lüchow. Der Zuzug der Reisigen, die von Celle, Neustadt und Rethem kamen, hielt bis zum 3. Februar an. Gleich darauf machte die Besatzung Lüchow's unter dem Vogte Johann von Escherte einen Einfall in die Altmark und brannte Mahlsdorf (bei Dambeck) nieder[6]).

Des ewigen Kampfes müde, und um den Landfrieden besser als bisher halten zu können, schlossen die Städte Braunschweig, Goslar, Lüneburg, Hildesheim, Hannover, Halberstadt, Quedlinburg und Aschersleben am 5. Februar eine Landfriedensvereinigung, auf die Dauer von 10 Jahren. Sie bildete den Anfang jenes grossen Städtebundes, welcher 10 Jahre später unter dem Namen »Sate« oder »grosser Lüneburger Bunde« das Land in neue schwere Verwickelungen stürzte, an deren Lösung mitzuwirken unser Dietrich von Mandelsloh an hervorragender Stelle berufen wurde. Alsbald (14. Feb.) traten dieser Vereinigung die Herzöge Friedrich, Bernhard und Heinrich von Braunschweig-Lüneburg, Albrecht von Sachsen (-Lüneburg), der Bischof von Halberstadt, die Grafen von Regenstein und Wernigerode, die von Wallmoden, von Oberg, von der Asseburg und von Marenholtz bei. Später wurden aufgenommen: der Erzbischof von Magdeburg (31. März), der Bischof von Hildesheim (4. April) u. a. m.[7]).

Inzwischen setzte Herzog Albrecht, unbekümmert um die Sehnsucht des Volkes nach Frieden, den Krieg gegen die Altmark fort. Am 16. Februar fiel sein Vogt, Ritter Johann

---

[1]) Unter den Söldnern werden die Gesellen des Grafen v. Everstein genannt, ferner die Knigge, Post und Corlebeke mit 14 Reitern.

[2]) Sudendorf, VI., S. 44 u. f. und Einleitung S. LXXIX.

[3]) Daselbst, Einleitung S. LXXXI.

[4]) Daselbst, Einleitung S. LXXXII.

[5]) Daselbst, Einleitung S. LXXXV: anscheinend fand noch am 22. Dec. ein Treffen in der Altmark statt.

[6]) An diesem Zuge nahmen u. a. der junge Herzog Heinrich, Magnus' Sohn, die Edelherren v. Homburg, Beier v. Rössing, Hermann Jargesse, Burchard v. Lutter, die Knigge, Post, Rantenborn und die Esperke Theil, welch Letztere in Bodenteich Geld erhielten, um ihre verletzten Harnische einzulösen, ferner Johann Terney, die Vressann, Hildemar Schenk, Plate, Henning v. Wallmoden, Gerhard v. Bothmer, Rudolf v. d. Eck u. a. m. Sudendorf, VI., Einleitung S. LXXXIX.

[7]) Sudendorf, VI., Einleitung S. XC; nicht auch Herzog Otto, der, zu sehr Feind Albrechts, sich lieber dem Westfälischen Landfrieden anschloss (daselbst S. 120).

von Escherte, von dem Schlosse Lüchow aus in die Altmark ein, brannte Seehausen ab und brachte dessen Bürgern eine schwere Niederlage bei. Der Herzog selbst befand sich damals in Gotha. Er war am 8. Februar nach Neustadt geritten und von dort am 12. Februar nach Celle zurückgekehrt. Tags darauf eilte er (zum Turnier?) nach Gotha[1]. Zuvor wollte er sich wohl von dem Fortgange der Belagerung Mandelsloh's überzeugen. Am Tage nach seiner Rückkehr von Gotha (1. März) zog ein Theil der Besatzung von Celle nach Hudemühlen, während ein anderer nach Lüchow ritt. Ob der erstere zu einer Unternehmung gegen die von Mandelsloh bestimmt war, lässt sich nicht feststellen.

Auch im März hielt der Zuzug der Reisigen nach dem Schlosse Lüchow an, welches nun der Ausgangspunkt der weiteren Fehdezüge in die Altmark war. Unter anderen trafen daselbst Rudolf Klenke, die von Bodenteich, ferner Curd von Mandelsloh und Rudolf von der Eck mit je drei Bewaffneten ein. Am 18. März fiel der Ritter Johann von Escherte mit den Hauptleuten und etwa 70 leicht bewaffneten Reitern in die Altmark ein und kehrte noch am selben Tage mit 51 Gefangenen und mit Beute beladen nach Lüchow zurück.

Ueber die weiteren Ereignisse in der Altmark fehlen leider genügende Nachrichten, weil die Verzeichnisse der Ausgaben auf den Schlössern Celle und Lüchow mit dem 2. März, beziehungsweise 4. Juni schliessen[2].

Während dieser Fehdezüge in der Altmark traf Herzog Albrecht insgeheim die schon berührten Vorbereitungen, um die Macht der Herren von Mandelsloh zu brechen. Die Schlösser Brackenburg, Neustadt, Rethem und Celle (mit der neu erbauten »Hoppenburg«), welche die Mandelsloh'schen Besitzungen in weitem Kreise umschlossen, wurden verproviantirt und insbesondere ihre Befestigungen verstärkt, wozu in der Zeit vom Juli 1383 bis Februar 1384 viele Bauleute beschäftigt wurden. Eine rege Verbindung durch Zu- und Abreiten von Mannschaften deutete darauf hin, dass eine wichtige Unternehmung geplant war[3].

Hermann von Lerbeck, der zeitgenössische Chronist der Bischöfe von Minden, berichtet: »Herzog Albrecht (er nennt ihn fälschlich Magnus) habe im Jahre 1383 die Belagerung der Burg Mandelsloh begonnen und diese habe ein Jahr lang gedauert. Die Einnahme sei an demselben Tage (1384) erfolgt, an welchem ein Jahr später (1385) Herzog Albrecht durch einen Steinwurf tödtlich getroffen worden sei[4].«

Hat diese Belagerung wirklich stattgefunden, wie die Klageschrift der von Mandelsloh zu bestätigen scheint[5], so wäre ihr Beginn allerdings in das Frühjahr 1383 zu setzen, denn Herzog Albrecht zog am 16. April 1385 vor Ricklingen und starb zwischen dem 13. Mai und 24. Juni d. J. Demnach irrt Lerbeck in der Zeit, indem er wahrscheinlich die Vorbereitungen zur Belagerung für diese selbst hielt.

Wir erinnern uns, dass mehrere Jahre zuvor die Brüder Heineke, Dietrich und Statius von Mandelsloh ohne jeden Grund auf ihren Besitzungen zu Kirchwalsede und Schaafwinkel von bischöflich-verden'schen Amtleuten zu Rotenburg um 75 Stück Ochsen und Kühe, 15 Pferde und 2 gefangene Leute beraubt wurden (vergl. S. 48). Dieses Frevels wegen waren sie mit dem Bischofe von Verden in Streit gerathen, der, je länger dieser sich weigerte, Ersatz zu leisten,

[1] Sudendorf, VI., Einleitung S. XCI u. f.
[2] Daselbst S. 36, 69, 85, 89.
[3] Daselbst S. 51 u. f.
[4] Daselbst, Einleitung S. LXXVII.
[5] Daselbst S. 132.

desto mehr die Erbitterung der von Mandelsloh steigerte. Dieser Groll erhielt später neue
Nahrung, als die von Mandelsloh hinsichtlich ihrer auf dem Stifte Verden ruhenden Pfandsummen
seitens des Bischofs Heinrich (von Langelage) nicht befriedigt wurden. Herzog Albrecht hatte
noch vor der Bremer Fehde (1380) versprochen, ihnen zur Erlangung der auf Bremen und Verden
haftenden Summen behülflich zu sein [1]. Wie er dieses Versprechen hinsichtlich des Stiftes
Bremen einlöste, ist bekannt; er überliess sie ihrem Schicksale (vergl. Seite 51 u. f.). Als dann
derselbe Bischof am 13. Januar 1381 starb, übertrugen sich die Misshelligkeiten auf dessen Nachfolger, den Bischof Johann (von Zesterfleth), welcher als Feind des Erzbischofs von Bremen und
der von Mandelsloh schwerlich gewillt war, die Verpflichtungen seines Vorgängers anzuerkennen,
oder gar seine Residenz Rotenburg den Herren von Mandelsloh auszuliefern. Auch hier blieben
die Versuche des Herzogs, den Streit, soweit von solchem überhaupt die Rede sein kann, zu
schlichten, ohne Erfolg, denn mit dem Rechte, das ihnen dieser Bischof durch den Herzog anbot,
waren die von Mandelsloh nicht zufrieden [2]. Es scheint vielmehr, dass man letztere abermals
um die Pfandsummen [3] bringen wollte, und diesen Zweck mit dem in jener Zeit sehr beliebten
Mittel zu erreichen hoffte, dass man die Gläubiger zu einer Rechtsverletzung zu verleiten suchte.
War es im Stifte Bremen möglich gewesen, die von Mandelsloh um die Pfandsummen zu bringen
und sie von den Schlössern zu vertreiben, so war dies auch im Stifte Verden möglich. Ein
Anlass zum Einschreiten gegen sie war ja bald gefunden, und um für die vielleicht schon im
Gange befindliche Belagerung Mandelslohs einen Vorwand zu haben, verbanden sich Bischof
Johann von Verden, Herzog Albrecht von Sachsen und Graf Otto von Hoya am 14. August 1384
auf die Dauer der nächsten 10 Jahre mit der Verpflichtung zu gegenseitigem Schutz und Vertheidigung ihrer Länder [4]. Ob und welche geheime Abmachungen zwischen dem Bischofe und
Albrecht damals ausserdem bestanden haben mögen, ist nicht bekannt; gewiss ist, dass der
Herzog die sogenannten »Verdenschen Lehen«, worunter auch Schloss Rotenburg inbegriffen war,
vom Bischofe zu Lehn trug und daher wünschen mochte, die von Mandelsloh aus diesem Lehn
möglichst bald zu verdrängen.

Wie wenig aufrichtig übrigens der Herzog hierbei zu Werke ging, geht daraus hervor,
dass wenige Tage vor Abschluss dieses, gegen die Mandelsloh gerichteten Bündnisses, Dietrich
von Mandelsloh (12. Aug.) sich noch im Gefolge des Herzogs befand [5]. Da nun Dietrich unter
den Mannen des Herzogs und neben dessen Feldhauptmann, dem Ritter Johann von Escherte,
genannt wird, so ist die Annahme berechtigt, dass Dietrich den Herzog auf dessen Zügen gegen
Salzwedel (Altmark) begleitete und dafür noch immer eine Lösung seiner Streitsache, mit dem
Bischofe von Verden, durch den Herzog erhoffte. Wie diese zu Ungunsten der von Mandelsloh
ausfiel, wurde bereits erwähnt. Dennoch hörten Letztere nicht auf, den Bischof des Pfandes
wegen zu mahnen. Auch unterliessen sie nicht, in ihren Klageschriften den Bischof, namentlich
seine Amtleute auf der Rotenburg und andere Mannen, des erwähnten Raubes und sonstiger
Beeinträchtigungen wegen zu beschuldigen und, in der damals üblichen derben Weise, öffentlich
zu schmähen.

[1] Sudendorf, VI., S. 132 ss.
[2] Daselbst S. 132 ss.
[3] Von denen allein auf dem Schlosse Rotenburg mindestens 8000 Mark ruhten; vergl. Sudendorf, V., Einleitung S. CXXXI.
[4] Sudendorf, VI., S. 77; — auch den Befehdungen der von Mandelsloh in den Jahren 1375 und 1376 ging ein
Landfriedensbündnis (vom 15. Aug. 1374) voraus.
[5] Daselbst S. 42 ss.

Unter jenen, die sich am Raube betheiligt hatten und von denen von Mandelsloh in ihrer Klageschrift namhaft gemacht wurden, befand sich auch Johann von Otterstedt[1]). Dieser, sowie Lippold von der Helle, der herzogliche Vogt Lippold und Johann Clüver, welch' letzterer schon während der Bremer Fehde (1380/81) mit den von Mandelsloh in Hader lag[2]), erwiderten darauf (1384) mit noch gröberen Beschuldigungen[3]). In einem öffentlichen Schreiben klagten Erstere, dass Heineke und Statius ihnen treulos und meineidig geworden seien, Recht und Tagfahrten verweigert, Unwahres über sie verbreitet hätten u. s. w.; und Johann Clüver, der Aeltere, beschuldigte Dietrich von Mandelsloh, die versprochene Tagfahrt nicht gehalten zu haben, nach welcher derjenige von ihnen, dem eine Unthat nachgewiesen werden könne, gehängt werden solle. Deshalb bäte er alle Herren und guten Leute, dass sie Dietrich und dessen Gesellen hängen möchten.

Dieses an Fürsten, Herren, Freie, Ritter, Knappen und Städte gerichtete öffentliche Schreiben, offenbar eine Entgegnung auf die Mandelsloh'schen Anklagen, hatte nach damaliger Sitte den Zweck, Stimmung gegen die von Mandelsloh zu machen. Für den Herzog war dies Schreiben ein erwünschter[4]) Anlass, um mit doppeltem Eifer an die Niederwerfung dieser Familie heran zu treten.

Was nun das Pfand des Bischofs von Verden betrifft, so bestand dasselbe aus einigen, nicht näher zu bestimmenden Schlössern nebst Land des Stiftes, namentlich aus dem Schlosse Rotenburg und gelangte bekanntlich durch Verwandte des vormaligen Bischofs Heinrich (von Langelage), † 13. Januar 1384, für hohe Summen in den Besitz der von Mandelsloh[5]). Am 13. Januar 1384 ertheilte Dietrich von Mandelsloh dem Sievert Soltau und dem Dietrich von Welstorf Vollmacht, mit Heinrich von Langelage, einem Verwandten des verstorbenen Bischofs, wegen des bischöflichen Pfandes zu unterhandeln, wobei er versprach, dasjenige zu halten, was sie mit ihm vereinbaren würden[6]). Doch auch hier gelang ein Ausgleich nicht. Erst nach dem Tode des Herzogs Albrecht († 1385) und kurz vor dem des seit längerer Zeit in Lüneburg und dann auf dem Schlosse Rotenburg krank daniederliegenden Bischofs Johann[7]), bewilligte letzterer im Jahre 1386 die Einlösung des Schlosses Rotenburg und anderer Güter von den Brüdern von Mandelsloh um 11000 Mark[8]), womit die Rechtmässigkeit der Mandelsloh'schen Forderungen jedenfalls anerkannt wurde. Rotenburg, mit dem Lehen der Verdener Kirche, kam hierauf (3. Aug. 1386) an Herzog Wenzel[9]), nachdem zuvor, wie erwähnt, Herzog Albrecht mit diesen Gütern belehnt worden war.

Als die von Albrecht seit einer Reihe von Jahren übernommene Vermittelung erfolglos blieb und die von Mandelsloh sich abermals um grosse Summen gebracht sahen, überzogen sie, wie man trotz mangelnder Nachrichten annehmen kann, in berechtigter Erbitterung, die bischöf-

[1] Sudendorf, VI., S. 129 36.

[2] Bremer Urk., VI., S. 6.

[3] Sudendorf, VI., S. 104.

[4] Vielleicht von ihm selbst inspirirt.

[5] Sudendorf, V., Einleitung S. CXXX.

[6] Königl. Staats-Archiv Hannover, Copiar VI., 11, Nr. 1275. — NB. Sievert Soltau und Heinrich v. Langelage standen schon i. J. 1380 81 (Bremer Fehde) mit Dietrich v. M. in Verbindung, indem sie an Langwedel gemeinsam 3000 Mark zu fordern hatten.

[7] † 10. Dec. 1388; Sudendorf, VI., S. 129 41; Mithof, Kunstdenkmale, V., S. 91.

[8] Sudendorf, IX., S. 15 32. — Nach Harenberg, Gandersheim scheint die Einlösung 1386 stattgefunden zu haben.

[9] Leibniz, S. S. Rer. Brunsw. T. II, S. 230.

lichen Besitzungen mit Raub und Brand. Der Herzog selbst macht dies wahrscheinlich, indem
er in seiner Gegenklage sagt:

»Wir stehen mit dem Bischofe und dem Stifte Verden im Bunde und sind seiner Schlösser
und Lande mächtig und es gebührt Uns, sie zu vertheidigen u. s. w. Auch waren Wir auf seinen
Tagfahrten, auf welchen er versprach, den von Mandelsloh jenes Recht zu geben, welches ihnen
zugesprochen würde; doch wollten sie dieses Recht von ihm nicht nehmen. Darauf thaten sie
dem Bischof und den Seinigen durch Raub, Brand und Todtschlag grossen Schaden — .
deshalb mahnte Uns der Bischof an Unsere Verpflichtung (Bündnissvertrag vom 14. August 1383),
ihm Hülfe zu leisten, und wegen dieses Unrechts wurden Wir und alle jene, die in ihren Klagen
genannt sind, und mit uns vor Ricklingen waren, ihre (der von Mandelsloh) Feinde[1].«

Der Einfall der von Mandelsloh in bischöfliches Gebiet kann hiernach erst nach dem
14. August 1383 erfolgt sein. Aber der Herzog hatte schon früher seine Vorbereitungen zur
Belagerung Mandelsloh's getroffen[2].

Zunächst unternahmen die Herzöge Albrecht und Bernhard und ihre Verbündeten, nämlich
der Herrenmeister des Johanniter-Ordens in Sachsen, Ritter Bernhard von der Schulenburg,
ferner die Ritter Christian Bock, Ludolf und Paridam von dem Knesebeck, von Neustadt oder
einem anderen Schlosse aus ihre wahrscheinlich in das Frühjahr 1384 fallenden Züge. Sie verwüsteten durch Raub und Brand die Mandelsloh'schen Dörfer: Mandelsloh, Eilvesse, Osterwald,
Horst, Engelbostel, Seelze, Garbsen, Gümmer, Weetze, Kloster Marienwerder, entweihten deren
Kirchen und Friedhöfe[3] und verursachten andere grosse Schäden. Sie gewannen endlich, wenn
Lerbeck's Angabe richtig ist, in der Zeit vom 16. April bis 28. Juni 1384 das Schloss zu
Mandelsloh, und äscherten die dortigen Mandelsloh'schen Höfe ein, sodass den Brüdern
von Mandelsloh dadurch an 3000 Mark löthigen Silbers Schaden erwuchs[4]. Auch die Vorburg
Ricklingen wurde niedergebrannt; die Burg selbst konnten die Feinde jedoch nicht gewinnen.
Der Bischof Johann von Verden, der Urheber der Fehde, hatte sich insofern an derselben betheiligt,
dass er die Mandelsloh'sche Feste zu Kettenburg, wie schon erwähnt, einnahm und zerstörte[5].

Zur Zeit dieser Begebenheiten löste der Herzog von den Brüdern von Mandelsloh die
Vogtei Lauenrode ein und übertrug dieselbe am 4. Juli der Stadt Hannover, nachdem diese die
Pfandsumme (100 löthige Mark) aufgebracht hatte[6].

[1] Sudendorf, VI, S. 132 u.

[2] Man darf sich unter der damaligen Belagerung nicht immer eine vollständige Einschliessung der Burg mit Belagerungswerk und Geschützen, die damals noch sehr selten waren, vorstellen; vielmehr bestand dieselbe in einer Bewachung
der Zugänge auf weitem Umkreise, um durch Ueberfälle, Aushungern, u. s. w. die Besatzung zur Uebergabe zu zwingen.

[3] Wie arg die Verwüstungen der Kirchhöfe gewesen sein mögen, kann man aus einem fast 160 Jahre später
abgefassten »Abscheidt, der Kirchen zu Mandelslo gegeben« vom Jahre 1543 entnehmen, in welchem die Kirchen-Visitatoren
erklären, dass »der Kirchoff schendlich zu Mandelslo verwüstet und aufs unerhörtst deformirt« sei (Zeitschr. des Hist. Vereins
f. Nieders. Jg. 1857, S. 344).

[4] Sudendorf, VI, S. 131 u.

[5] Mithoff, Kunstdenkmale, IV, S. 110; NB. Ist mit dieser Feste das »Schloss« Kettenburg identisch, so fand
ihre Zerstörung schon (Juli?) 1383 statt

[6] Sudendorf, VI, S. 104 u. 110. — Manche Geschichtsschreiber glaubten in der Einlösung der Vogtei die Ursache
der Feindschaft zwischen dem Herzoge und den v. Mandelsloh finden zu müssen. Diese Annahme ist jedoch irrig, weil die
Feindschaft viel älter war. Dass die Stadt Hannover von den v. Mandelsloh, als Besitzern der Vogtei, Bedrückungen zu
erdulden hatte, ist nicht wahrscheinlich, weil I. 1383 die 3 Brüder v. M. dem Hospitale St. Spiritus zu Hannover ihren
Schutz versprachen und dem Müller der Trepenmühle zwischen Lauenrode und dem Damm[?] erlaubten, das nöthige Holz zu
fällen; auch existirte damals die Burg zu Lauenrode nicht mehr. Zweck der Einlösung der Vogtei war vielleicht: die
v. Mandelsloh zu schädigen, der Stadt hingegen für ihre Mithülfe in der jüngsten Fehde erkenntlich zu sein.

Noch immer hielt die Fehde des Herzogs gegen die Mandelsloh an. Um Letztere zur Uebergabe (der Burg Ricklingen?) zu zwingen, beabsichtigte der Herzog ihnen die Zufuhr abzuschneiden. Er bat deshalb den Rath zu Hildesheim, dieser möge den Mandelsloh keine Speise, Futter oder sonstige Unterstützung zukommen lassen. Hildesheim erwiderte darauf zwischen dem 11. September und 20. December 1384[1], die Stadt würde dieser Aufforderung gern nachkommen; doch weil der Herzog geschrieben habe, »die Rathsherren möchten ihm zu den von Mandelsloh behülflich sein,« so bäten sie um Auskunft darüber, wie diese Worte gemeint seien? Bekanntlich stand das seinem Bischof ergebene Hildesheim dem Herzoge Albrecht meist feindlich gegenüber. Dass dieser nun an Hildesheim jene Aufforderung stellte, mag als Beweis eines besseren Einvernehmens zwischen ihm und der Stadt gelten, welches Albrecht nun benützte, um an die Stadt die erwähnte Forderung zu stellen. Aber der schlaue Herzog bedurfte augenblicklich einer Vermittlung, um die von Mandelsloh zu beruhigen, da zwischen ihm und dem Herzog Otto zu Göttingen eine neue heftige Fehde entbrannt war. Ein kurz vorher (23. Aug.) mit dem Landgrafen Hermann von Hessen geschlossenes Bündniss verpflichtete ihn, diesem gegen Otto Hülfe zu leisten[2].

Alsbald fiel Albrecht in das Land Göttingen ein und bedrängte, wie es den Anschein hat, die Stadt Einbeck. Darüber beklagte sich Herzog Otto in einem Schreiben an Albrecht, worin er diesen an sein am 23. October 1377 geleistetes Gelübde, sich mit seinem (Ottos) Lande und Leuten nicht zu befassen, erinnerte, und ihn aufforderte, seinem Versprechen gemäss, als ein »biederer« Mann zu handeln, da er sonst bei Herren, Rittern und Knechten Klage führen müsse (Aug.)[3]. Dieses Schreiben verfehlte seinen Zweck, denn Herzog Otto fiel nun seinerseits, nachdem er dem Herzoge Albrecht des Abends zu Winsen a. d. Luhe Fehde angesagt hatte, in das Land Lüneburg ein, durchjagte in der Nacht die weite Heide und überfiel am folgenden Morgen den Herzog in Celle, nahm die Stadt ein, konnte das Schloss aber nicht gewinnen[4].

Das allgemeine Bedürfniss nach Ruhe, welches in dem Abschlusse des grossen Land-friedens (5. Febr.)[5] zu Tage trat, machte dieser Fehde anscheinend ein Ende, wenn auch noch eine Zeitlang verging, bevor die streitenden Parteien sich herbeiliessen, den Weg der Vermitt-lung zu suchen. Der Rath zu Hildesheim übernahm es zwar — freilich etwas widerwillig — den Ausgleich zwischen Herzog Albrecht und seinen Feinden anzubahnen. In einem Beschwerde-schreiben vom 15. October, in welchem sich Albrecht noch über Gewaltthätigkeiten und Friedens-brüche des Herzogs Otto aus dem Jahre 1378 beschwerte, ersuchte er den Rath zu Hildesheim, diesen Herzog zur Genugthuung zu veranlassen. Auf dieses Schreiben vertheidigte sich Otto, in 2 an den Rath zu Hildesheim gerichteten Briefen vom 22. October, folgendermassen: Als er am 14. October vor Hannover eine Tagfahrt mit dem Herzoge Albrecht gehalten, habe er diesem

---

[1] Doebner, U.-B. der Stadt Hildesheim, II., S. 351.

[2] Sudendorf, V., S. 39, VI., S. 102 u. 107; — R. Frh. v. Uslar-Gleichen, Beiträge zu einer Familiengesch. der Freih. v. Uslar-Gleichen, S. 61. — In der Fehde des Erzbischofs Adolf von Mainz gegen den Landgrafen Hermann von Hessen war Herzog Otto Ersterem — obgleich anscheinend widerwillig — zur Hülfeleistung verpflichtet. Der Landgraf, durch zahlreiche Bundesgenossen des Erzbischofs bedroht, fand in Herzog Albrecht von Sachsen einen kräftigen Beistand.

[3] Sudendorf, VI., S. 108.

[4] Doebner, II., S. 350 u. 315. — In wie grosser Gefahr Albrecht mit den Seinen damals sich befand, erhellt aus dessen Beschwerdeschrift an den Rath zu Hildesheim (15. Oct., worin er sagt, Herzog Otto habe ihm die Stadt Celle ab-gewonnen und ihm auch Leben und Gut nehmen wollen, ferner, dass Herzog Otto ihm Abends zu Winsen a. d. Luhe Fehde angesagt und schon am folgenden Morgen Celle gewonnen habe, welches doch 11 Meilen von Winsen entfernt sei.

[5] Sudendorf, VI., Einleitung S. XC.

eine Zusammenkunft halben Wegs zwischen Hannover und Gandersheim zur Beilegung der schwebenden Misshelligkeiten angeboten, und vorgeschlagen, dass, wer dabei im Rechte bliebe, dem anderen verzeihen, und dieser dann das Gleiche thun solle. Allein Albrecht habe diesen Vorschlag zurückgewiesen. In dem anderen Schreiben beschuldigte ihn Otto, dass er die Sühne gebrochen habe und deshalb für ihn solange als treulos und meineidig gelte, bis er zur bestimmten Zeit mit ihm verhandelt habe[1].

Da die wechselseitigen Beschuldigungen der Gegner in weiteren an den Rath zu Hildesheim gerichteten Schreiben vom 22. October und 1. November[2]) nicht aufhörten, musste die Thätigkeit des Rathes solange wirkungslos bleiben, bis es gelang, zwischen Albrecht und zahlreichen seiner kleinen, aber in der Gesammtheit doch gefährlichen Feinden, Verhandlungen anzuknüpfen, für welche, wie es scheint, Albrecht selbst die Vermittlung des Rathes zu Hildesheim gesucht hatte.

Der Rath erwiderte nämlich, in der Zeit vom 9. bis 26. Januar 1385, auf ein bezügliches 1385 Gesuch des Herzogs, dass die Stadt zwar gewöhnlich sicheres Geleit nicht gebe, dagegen Fürwort, Einmahnung und Beisitzung (bei den Verhandlungen) innerhalb der Stadt gern gewähre. Auch würde sie den Herzog gegen Behelligung (Unvoghe) beschützen, so gut sie könne, dieser solle aber weder des Stiftes Feinde, noch des Stiftes und der Stadt verfestete Leute, noch diejenigen mit sich bringen, die der Stadt unehrlich Kühe raubten. Auch die Städte dazu vorzuladen, dürfe die Stadt sich nicht unterstehen, es sei denn, dass der Herzog sich zuerst mit dem Bischofe von Hildesheim, ihrem Herrn, aussöhne. Auch Herrn Johann von Escherte würde die Stadt gegen »Unvoghe« bewahren, gleich dem Herzoge[3]).

Nach diesem für die damaligen Verhältnisse charakteristischen Schreiben erliess der Rath an die von Mandelsloh und einige Ritter des Stiftes Hildesheim die Aufforderung, dem Herzoge Recht zu stehen. Da, wie zu vermuthen, Dietrich von Mandelsloh sich hierzu gewillt erklärte, konnte der Rath am 3. Februar dem Herzoge mittheilen, dass Dietrich und die erwähnten Ritter zu einer Tagfahrt bereit seien[4]).

Um diese Zeit ermächtigten die Brüder Heineke, Dietrich und Statius von Mandelsloh durch ein undatirtes Schreiben den Rath zu Hildesheim, in ihrem Namen Verhandlungen mit Herzog Albrecht anzuknüpfen. Weil Letzterer von ihnen sage, sie seien wortbrüchig geworden und wollten nicht thun, wozu sie verpflichtet seien, so solle die Stadt nun ihrer mächtig sein, dass sie vom Herzoge nehmen »und ihm geben wollen, was sich gebühre, wozu sie von Ehre und Recht verpflichtet seien und sich übrigens auch schon erklärt hätten,« u. s. w. Der Rath versprach darauf, vermitteln zu wollen[5]).

In der Zeit vom 3. Februar bis 15. April fanden überall Sühneverhandlungen zwischen Fürsten, Herren, Mannen und Städten statt, sodass es schien, dem Lande würde endlich nach jahrelangen Kriegen der ersehnte Frieden wiedergegeben. Obgleich König Wenzel sein Möglichstes that, um den Landfrieden weiter zu kräftigen, indem er am 23. März verschiedene Urkunden ausstellte, die namentlich dem Herzoge Albrecht die Mittel bieten sollten, allen ver-

[1]. Doebner, II, S. 347.
[2]. Daselbst S. 348 u. f.
[3]) Daselbst S. 354.
[4]) Daselbst Anmerkung.
[5]. Daselbst S. 372 u. Anmerkung 1.

festeten Leuten zur Aufnahme in den Landfrieden den Weg zu bahnen [1]), so gebürt doch dem Rathe zu Hildesheim das hohe Verdienst, die Parteien so weit geeinigt zu haben, dass ein Schiedsgericht über die fast zojährigen Irrungen, zwischen dem Herzoge und den Herren von Mandelsloh, entscheiden konnte. Dasselbe sollte aus den Grafen Otto von Hoya und Bruchhausen als Obmann, dem Grafen Ludolf von Wunstorf und dem Ritter Brand von dem Hus als Richter bestehen [2].

Die von Mandelsloh hatten schwerlich Ursache, diesen Herren ihr Vertrauen zu schenken, denn die beiden Grafen waren Bundesgenossen des Herzogs und gelegentliche Feinde der von Mandelsloh; der Ritter Brand von dem Hus aber, welcher zwar neben dem Ritter Cord von Mandelsloh auf dem Schlosse Rehburg sass, stand seit einiger Zeit im Dienste des Herzogs.

Die beiderseitigen Klageschriften wurden verhandelt, worauf am 15. April der Schiedsspruch des Grafen Otto von Hoya erfolgte [3]. Derselbe forderte von den von Mandelsloh in der Hauptsache, dass sie den rechtmässigen Besitz des Schlosses Ricklingen nachweisen. Ferner, weil sie behaupten, sie seien mit dem Herzog in Fehde gerathen und hätten das Schloss in die (nachfolgende) Sühne mit einbezogen, so sollen sie diese beweisen [4]. Hat der Herzog mit ihnen aber nicht um das Schloss, sondern um andere Dinge Krieg geführt, so müssen sie ihm das Schloss einräumen und die Schäden ersetzen, die sie ihm von dem Schlosse aus, ohne Verwahrung ihrer Ehre (d. h. Fehdebrief), verursacht hätten — —. In weiteren Artikeln werden sodann die von Mandelsloh zum Ersatz der Schäden verurtheilt, die sie bei verschiedenen, nicht näher bezeichneten Anlässen verübt haben sollen, — falls sie die Sühne, auf welche sie sich stets berufen, nicht beweisen können. Endlich wurde auch der Reichsacht gedacht, und entschieden, dass, obwohl die von Mandelsloh durch dieselbe rechtlos geworden seien, sodass niemand verpflichtet wäre, ihnen gegenüber Rechenschaft abzulegen, der Herzog, wie er wolle, sich dieses Rechtsmittels nicht bedienen solle. Bezüglich ihrer Einwendung, sie seien mit Unrecht in des Reiches Acht gebracht worden, werden die von Mandelsloh mit ihrer Rechtfertigung an das Reich gewiesen [5].

Aber der Herzog liess den Brüdern von Mandelsloh keine Zeit, die Beweise für den rechtmässigen Besitz des Schlosses Ricklingen, sowie für die errichtete Sühne [6] und andere ihrer Behauptungen zu erbringen. — Dass sie in ihrer Klage seiner Macht spotteten, mochte Albrecht erbittert haben [7] und darin der Grund zu finden sein, dass er schon am Tage nach dem Schiedsspruche (16. April) plötzlich vor der Burg Ricklingen erschien und ihre Belagerung begann. Es sollte die letzte That seines vielbewegten Lebens sein. Albrecht ward von einem schweren Blidensteine, der ihm die eine Hüfte zerschmetterte, tödtlich getroffen und starb bald darauf auf seinem Schlosse in Neustadt am Rubenberge.

Ein Denkmal aus grauem Sandstein bezeichnet die Stätte seiner Verwundung. Es steht bei dem Dorfe ‹Schloss Ricklingen› an der Leine, auf niedrigem Hügel, von wo aus der Herzog

---

[1] Sudendorf. VI., S. 124 u. ff.

[2] Daselbst S. 127.

[3] Daselbst S. 136 u. ff.

[4] Daselbst S. 138 ss. Die ‹ Mandelsloh stellen zwar in Abrede, dem Herzoge versprochen zu haben, ihr Schloss Mandelsloh zu brechen.

[5] Diese Sühne wurde anscheinend auf der Tagfahrt am 8. Februar 1353 vollzogen (vergl. S. 60.

[6] Daselbst S. 131 ss.; daselbst sagen die v. Mandelsloh: Zu dem 9. Male Artikels sprechen wir mit dem Herzoge zu, dass er stand nach unserm Leben, Gut und Ehren und er hatte uns Alles abgewonnen, **wenn er gekonnt hätte**, obwohl ein Theil von uns in seinem Rathe sassen und mit ihm verbündet wären.

den Angriff auf die Burg geleitet haben mag. Der Stein, welcher den Herzog angeblich tödtete, ein brauner Kiesel von 35 cm Länge und 20—25 cm Höhe und Breite, liegt, von eisernen Klammern gehalten, auf dem Denksteine. Dieser selbst zeigt an der Aversseite das Reliefbild des knieenden Herzogs, der, in voller Rüstung, betend dargestellt ist. Die Reverseseite enthält gleichfalls eine knieende und betende Figur im langen, wallenden Mantel. Sie scheint den Herrenmeister des Johanniter-Ordens, Ritter Bernhard von der Schulenburg im Ordenskleide darzustellen, der bekanntlich dem Herzoge bei der Belagerung Mandelsloh's und Ricklingen's Hülfe leistete. Ueber dieser Figur befindet sich folgende Inschrift: »Afo 1385 iare nerteyen nacht na Paschen do togen de van lunenborch mit örem heren hertogen albrechte to sassen vor de borch to rickelinge uppe de van mandelse dar so wart hertoge albrechte geworpen mit eynem blyen dat se afl togen vnde hertoge albrecht de starff dar van« [2]).

Diese Inschrift ist wichtig, weil sie die einzige sichere Nachricht der Begebenheit liefert. Danach zog Herzog Albrecht, — weil Ostern im Jahre 1385 auf den 2. April fiel —, am 16. April, einem Sonntag, vor die Burg. Gleich darauf scheint er von jenem Steine getroffen zu sein, und die Lüneburger zogen, ohne die Burg gewonnen zu haben, ab während der Herzog auf seinem nahegelegenen Schlosse zu Neustadt a. R. bald darauf verschied[3]).

Der Sturm auf die Burg Ricklingen und der Tod des Herzogs lieferten den Stoff zu vielen Erzählungen, Romanen und Dichtungen, in welchen, entgegen der Wahrheit, die von Mandelsloh meist als arge Raubritter geschildert werden[4]). Als eine sympathische Erscheinung begrüssen wir in einigen dieser Erzählungen eine Sophie von Mandelsloh, Dietrichs Tochter, welche an der Seite ihres Vaters dessen Burg Ricklingen heldenmüthig vertheidigen half und so geschickt die Bilde richtete, dass deren Geschoss den Herzog traf[5]).

Allgemein wird angenommen, Albrecht sei am 28. Juni verschieden[6]). Seine Leiche wurde am Abend des folgenden Tages im Kloster St. Michaelis zu Lüneburg feierlich bei-

---

[1]) Der Denkstein wurde stets in Ehren gehalten. Herzog Friedrich Ulrich liess das steinerne Schutzdach darüber errichten, wie dies aus nachfolgender Inschrift auf dem Fusse des Ueberbaues hervorgeht: »Auf Bevehl vnd Guedige Begern Der Durchlevchtigen Hochgebornn Fuersten vnd Hern Hern Friederich Ulrich Hertzogk ze Braunschwengk vnd Luneborch Meines Genedigen Fürsten vnd Herrn Habe Ich George von Reierke Oberster Levtnamet vnd Drost zum Schloss Ricklinge diesen Alten Stein Wieder Renoviren vnd Dies Steinern Dach Mid Den Seiten Avfs Nevge zem Gedechtnes Darauf Machen Lasen 1617 Ihm Sebdember Gemacht.« Eine spätere Ausbesserung bezeugt nachfolgende auf den Pfeilern angebrachte Inschrift: »Dieses Monument ist auf Königl. und Churfürstl. Hannoverischen Cammer Befehl in anno 1722 Renoviret mit ölfarbe angestrichen und mit einem Gelinde umgeben.«

[2]) Detmars Chronik, I, S. 330 besagt: Do de hertoge vor dem slote lach, do warp en mit ener bliden unde warp den hertogen in den Anoken, dat he nedder störte unde levede nicht lange darna. Nach anderen Christisten wurde dem Hertoge ein Stein abgeschlagen. Nach Pratje, Altes und Neues a. w., XI., S. 13 soll auch ein Ritter Jens v. Holle vor der Burg geblieben sein; desgl. ein Herr v. Reden, wie aus den am Denkstein befindlichen Wappen geschlossen wird.

[3]) In dem Romane Die Ricklinger von A. v. der Elbe (Auguste v. d. D. geb. M.) stellt die Verfasserin Dietrich v. Mandelsloh als Bruder- und Gattenmörder hin, obwohl historisch nachweisbar ist, dass ihn sowohl Brüder als Gattin überlebten.

[4]) Das im Volksmunde noch heute und häufig geführte Sprüchwort: »Yi sind Rickelinge noch nich overl« (gleichsam eine Warnung für solche, die den Tag vor dem Abend loben), wurde in vielen Erzählungen in dem Sinne gedeutet, dass die v. Mandelsloh die Landstrasse mit Raub derart unsicher gemacht hätten, dass davon sogar dieses Sprüchwort entstanden sei. Nun waren aber die v. M. nur etwa 3 Jahre (1382—1385) im Besitze Ricklingens und während dieser Zeit fast beständig selbst die Angegriffenen. Sollte das Sprüchwort nicht vielmehr in die Zeit entstanden sein, als die Herren v. Reden auf dem Schlosse Ricklingen sassen (1370—1382), da wenigstens über Raubereien des Heinrich v. Reden Klagen seitens des Bischofs von Hildesheim und des Herzogs selbst vorliegen, — oder ist der Ursprung in eine noch frühere Zeit zu verlegen?

[5]) Pfefinger, Braunschw. Lüneburg. Hist., I, S. 275; Doebner, U.-B. der Stadt Hildesheim, H. S. 360. Herzog Albrecht lebte noch am 13. Mai.

gesetzt[1]). Mit ihm sank ein Fürst von ausserordentlicher Thatkraft in der Blüthe seiner Jahre in das Grab. Von der Nachwelt zwar als Hort des Friedens geehrt, war er in Wirklichkeit meist selbst der Friedensstörer. Sein Tod bezeichnete für Lüneburg das nahe Ende der sächsischen Herrschaft, — für die von Mandelsloh war er eine Erlösung von langer Pein.

Fast 10 Jahre lang hatte diese Familie um die Erhaltung ihres Besitzstandes gekämpft. Mandelsloh, einst ein mächtiger Edelsitz, lag in Trümmern; von zahlreichen Schlössern verdrängt, ihrer Pfandsummen und anderer Güter beraubt, hatten die Brüder Heineke, Dietrich und Statius von Mandelsloh den für damalige Verhältnisse ganz enormen Schaden von 30000 Mark löthigen Silbers erlitten[2]). Dass ihnen bald darauf Schloss Ricklingen abgenommen wurde, steht fest, doch weiss man nicht, ob es im Wege der Verhandlung oder durch Auslösung geschah[3]). Völlig grundlos ist die Angabe einiger Chronisten, die Mandelsloh seien aus dem Lande vertrieben worden. Sie blieben nicht nur im Lande, sondern gelangten alsbald bei Herren und Städten zu höherem Ansehen als zuvor und betheiligten sich in hervorragender Weise an den Friedenswerken derselben.

Am 25. April[4]), also kurz nach der Belagerung Ricklingens, söhnten sich die Brüder Heineke, Dietrich und Statius mit dem Rathe und den Bürgern der Stadt Hannover, wegen des Ueberfalles zwischen der Mordmühle[5]) (Landwehrschenke) und Brunings Garten aus. Sie versprachen, dieses Vorfalles wegen an Niemanden ferner Forderungen stellen, noch Jemanden solche gestatten zu wollen. Auch mit ihrem früheren Feinde, dem Grafen Erich von Hoya, hatten sie sich wieder vertragen, denn dieser verlieh ihnen am 7. Februar 1386[6]) einen Burgmannssitz zu Stolzenau und Graf Otto von Hoya, beziehungsweise Herzog Friedrich von Braunschweig vertrauten die Schlösser Altbruchhausen und Freudenberg (1388) dem Heineke von Mandelsloh an, welcher ausserdem eine »freie« Erblehnburg nebst Vorburg zu Schlüsselburg besass und »persona grata« des Bischofs von Minden war[7]). Auch mit dem Erzbischof von Bremen und dem Bischof von Verden muss eine Aussöhnung stattgefunden haben, denn wir finden Heineke von Mandelsloh bald darauf wieder als Vogt auf dem erzbischöflichen Schlosse Bremervörde und als Amtmann des Stiftes Bremen (1387), und der Bischof von Verden liess endlich (1386), wie schon erwähnt, die vielumstrittene, auf dem Schlosse Rotenburg haftende Pfandsumme den von Mandelsloh auszahlen. Ferner sehen wir um diese Zeit die Schlösser Hallermund und Rehburg, etwas später auch noch Wölpe und Calenberg im Pfandbesitze der von Mandelsloh.

Der alternde Herzog Wenzel, Albrechts Oheim, ergriff auf Drängen der Stadt Lüneburg die Zügel der Regierung. Er besass dazu weder Thatkraft, noch Geschick. Dies mochte Herzog Albrecht wohl bedacht haben, als er, dem Tode nahe, dem Rathe zu Lüneburg empfahl, den Herzog Bernhard, Magnus' zweiten Sohn, als ihren Landesfürsten anzunehmen[8]). Aber die

[1]) Entgegen seinem Wunsche, Sudendorf. VI. Einleitung S. LXIII.
[2]) Totalsumme aller in der Klage vom 15. April 1385 angegebenen Schadenziffern.
[3]) Vermuthlich im Wege der Verhandlung, weil wir gleich darauf den Ritter Brand v. dem Hus, welcher Rehburg mit Cord v. Mandelsloh gemeinsam inne hatte, auf dem Schlosse Ricklingen sehen; 70 Jahre später (1454) finden wir wieder einen Cord v. Mandelsloh auf letzterem Schlosse.
[4]) Sudendorf, VI, S. 138.
[5]) Südlich von Hannover, auf halbem Wege zwischen Linden und Arnum, gelegen.
[6]) v. Hodenberg, Hoyer U.-B., I., Nr. 285 u. 286.
[7]) Daselbst No. 297 u. 300; Staats-Archiv zu Münster, Nr. 239. Rep. 183. Nr. 408.
[8]) Pfeffinger, I., S. 308 u. a. O.

Stadt mochte dadurch neue Verwickelungen und vor Allem die Rache der jungen welfischen
Herzöge befürchten, auch war sie wohl nicht geneigt, die Mitherrschaft gerade jetzt aus den
Händen zu geben, wo ihre Rathsherren bemüht waren, durch einen Sülzvertrag die noch immer
60000 Mark betragenden Schulden herabzumindern. Die Rathsherren unterstützten deshalb den
»gütigen« und »friedsamen« Herzog Wenzel in jeder Hinsicht. Nachdem dieser sich mit
Bernhard zu Uelzen, von den daselbst versammelten Ständen, hatte huldigen lassen, hielt er am
11. Juli seinen Einzug in Lüneburg, wo er mit Auszeichnung und Geschenken empfangen wurde[1].

Bestrebt, die eigene Herrschaft und den Frieden zu festigen, schloss Wenzel (28. Juli)
mit dem Bischof von Hildesheim ein Bündniss gegen den Herzog Otto zu Göttingen, einem
der ärgsten und mächtigsten Feinde der sächsischen Herrschaft. Aber weder dieses Bündniss
noch die folgenden Verträge mit den welfischen Herzögen hinsichtlich der Erbfolge in Lüneburg, noch die eheliche Verbindung der Herzöge Friedrich und Bernhard mit Wenzels Töchtern
Anna und Margarethe (1386) konnte verhindern, dass sich die gegenseitigen Beziehungen immer
mehr zum Nachtheile Wenzels verschoben. Denn schon am 6. December einigten sich die
Herzöge Friedrich, Bernhard und Heinrich[2] zu Celle unter der Aegide ihrer Mutter, der
Herzogin Catharina, mit feierlichen Eiden dahin, dass sie treu zu einander stehen, jede Gefahr
miteinander theilen und alles, was sie besässen und noch gewinnen würden, auf ihre gemeinsame Rechnung nehmen wollten. Auch Herzog Otto näherte sich wieder seinen jungen Neffen.
Er entsagte am 6. Januar 1386 der Feindschaft gegen Hildesheim und nahm diese Stadt in 1386
seinen Schutz[3], worauf er sich am 4. Februar mit den Herzögen Friedrich und Heinrich aussöhnte. Letztere versprachen ihm sogar die Oeffnung des Schlosses Wolfenbüttel und gelobten,
es in Niemandes Gewalt, selbst nicht in jene ihres Bruders Bernhard gelangen zu lassen; auch
verbanden sie sich mit Otto gegen die Stadt Braunschweig. Der Anlass zu diesem Bündnisse
lag anscheinend in der Auslieferung der Schlösser Gifhorn und Fallersleben an Cord von
Marenholtz, seitens der Städte Braunschweig und Lüneburg (14. Oct.)[4].

Inzwischen traten die Gegensätze zwischen den sächsischen und welfischen Herzögen
immer deutlicher hervor. Wegen des Schlosses in Celle war es zwischen Wenzel und der Herzogin
Catharina zu Zwistigkeiten gekommen, die der Burgermeister Lüneburgs, Dietrich Springintgut,
vergeblich auszugleichen suchte. Als der Krieg unvermeidlich schien, versuchte die Stadt
Lüneburg ein letztes Mittel. Sie versammelte auf dem Schlosse zu Neustadt a./R. die Grafen
von Hallermund und Wunstorf und mehr als 120 Ritter und Knappen des Landes, sowie die
Rathsherren der Städte Lüneburg, Hannover und Uelzen. Am 27. Februar[5] sprach diese Versammlung der Herzogin-Wittwe Catharina ihr Bedauern darüber aus, dass zwischen ihr und
dem Herzoge Wenzel Uneinigkeit bestünde. Die Versammlung hätte deshalb dem Herzoge
ihre Vermittlung angetragen, in Folge dessen er dieselbe auch angenommen und versprochen
habe, der Herzogin weiter kein Unrecht zuzufügen. Sie möge deshalb das Gleiche thun, damit
Land und Leute nicht durch Zwietracht ins Verderben geriethen u. s. w. In einem 2. Schreiben
d. d. Neustadt am 28. Februar[6] an die Herzöge Friedrich und Heinrich äusserten sich die

---

[1] Havemann, Geschichte der Lande Braunschweig und Lüneburg. I., S. 516.
[2] Der 4. Bruder, Otto, hatte sich inzwischen dem geistlichen Stande gewidmet.
[3] Doebner, U.-B. der Stadt Hildesheim, II., S. 373.
[4] Volger, U.-B. der Stadt Lüneburg, II., S. 376.
[5] Daselbst S. 380.
[6] Daselbst S. 381.

Versammelten in ähnlichem Sinne und boten ihre Vermittlung an. Doch umsonst   am 9. Juni schlossen diese Herzöge mit Otto, dem Quaden, ein Bündniss gegen Herzog Wenzel, behufs Wiedereroberung der Herrschaft, der Stadt und des Landes Lüneburg.

Die Herrschaft Lüneburg traf Gegenmassregeln. Am 19. Juni vermittelten Graf Ludolf von Wunstorf, die Ritter Gebhard von Saldern, Brand von dem Hus und Gottschalk von Reden, zwischen ihr und dem Grafen Moritz von Spiegelberg einen Vergleich hinsichtlich der Schlösser Hachmühlen und Hallermund, welche der Herrschaft offen sein sollten. Da aber auf Hallermund die von Mandelsloh sassen, so sollte der Graf versuchen, diese mit Güte von dem Schlosse zu bringen. Gelänge dies nicht, so solle Hallermund der Herrschaft Lüneburg gegenüber jeder Gefahr ausgesetzt bleiben. Vermittele es aber der Graf, dass die Herrschaft, trotz der Feindschaft der von Mandelsloh, vom Schlosse unbeschädigt bleibe, so solle dieses vor der Herrschaft sicher sein[1]. Das Bestreben, diese, den Welfen ergebene Familie von den Schlössern zu verdrängen, trat also wieder hervor. Auch ein alter Feind der Mandelsloh und Freund der sächsischen Herzöge, der Edelvogt Wedekind von dem Berge, welcher schon 10 Jahre zuvor an der Belagerung Mandelslohs theilgenommen hatte und dafür vom verstorbenen Herzoge Albrecht mit dem Schlosse Rehburg belehnt worden war, hegte dieselbe Absicht. Er konnte es den von Mandelsloh nicht verzeihen, dass sie nicht nur Rehburg in Besitz behielten, sondern sogar ihre Macht auf Schlüsselburg ausdehnten, wodurch dem Edelvogt die Ausdehnung der eigenen Herrschaft, nach Norden, versagt blieb. Er versuchte deshalb (13. März) die von Mandelsloh von der Schlüsselburg zu verdrängen[2]. Zu diesem Zwecke bot er dem Bischof Otto von Minden, seinem Bruder, 200 Mark Bielefeldischer und Herfordischer Pfennige an „to hulpe de Slotelborch to entweiude van den van Mandelsloh"[3], jedoch ohne Erfolg, denn nicht nur blieben die Letzteren im Besitze der Schlüsselburg, sondern sie gewannen später auch noch Schloss und Amt zum Petershagen dazu[4].

Es scheint, dass Heineke von Mandelsloh sich damals in Minden eines besonderen Ansehens und der Gunst des Bischofs erfreute, denn er befand sich auf des letzteren Seite, als dieser und die Stadt Minden dem Bischof von Osnabrück Fehde ansagten[5].

Der auf Drängen der Stände des Landes am 25. Juni zu Stande gekommene Vergleich des Herzogs Wenzel und seiner Söhne Rudolf, Albrecht und Wenzel mit den Herzögen Friedrich, Bernhard und Heinrich verhütete einstweilen noch den Ausbruch der Feindseligkeiten.

Anscheinend war dieser Vergleich ohne Heinrichs Einwilligung geschlossen worden, denn dieser befand sich damals in Pommern. Seine Verlobung mit Sophia, der Tochter des dortigen Herzogs Wratislav (31. Juli) mochte dazu beitragen, den jungen, leidenschaftlichen Prinzen zu energischen Thaten anzuregen. Unabhängiger als seine Brüder, auch heftigeren Temperaments als diese, erhob Heinrich, von seiner Mutter und seinem Bruder Friedrich ermuthigt, lebhaften Widerspruch gegen den Vertrag, durch den er seine Erbrechte nur der Form nach gewahrt sah. Er bemächtigte sich des Schlosses Warpke und begann von hier und von Celle aus die Fehde gegen die Herrschaft Lüneburg. Von Mannen des Hochstifts Hildes-

---

[1] Sudendorf, VI., S. 136.

[2] Original im Königl. Staatsarchive zu Munster, Fürstenthum Minden, Nr. 225, Rep. 153, Nr. 389.

[3] Daselbst Nr. 408.

[4] Daselbst, Stadt Minden, Depositum Original Nr. 163.   Am 29. Januar 1380 stellte Heineke v. Mandelsloh dem Junker Simon v. d. Lippe einen Geleitsbrief gegen die Stadt Minden aus.

heim namentlich von den Herren von Steinberg, von Schwichelt, von Sehlenstedt und anderen
kräftig unterstützt, drang er plündernd bis vor die Thore Lüneburgs (1387)[1]. Aber das Kriegs- 1387
glück schien ihm abhold zu sein, denn am 7. Januar trafen die Stände des Landes (Prälaten,
Mannschaft und Städte) die Vereinbarung, dass die Herzöge Wenzel, sein Sohn Rudolf, sowie
Bernhard und deren Erben die Herrschaft zu gleichem Rechte besitzen sollten; und wenige
Tage danach (11. Januar) vermittelten der Graf Otto von Hoya und der Bürgermeister Dietrich
Springintgut zwischen Wenzel, seinem Sohne Rudolf und Herzog Bernhard einerseits, der
Herzogin Catharina und ihren Söhnen Friedrich und Heinrich andrerseits, einen bis zum
23. December giltigen Vergleich. Als Bürgschaft für die Erhaltung des Friedens sollte Heinrich das Schloss Warpke, zur treuen Hand des Rathes zu Lüneburg, dem Ludolf von Estorff
ausliefern. Wäre der Hader bis zum Christtage nicht beigelegt, so solle das Schloss dem Herzoge zurückgestellt werden. Weil aber der Vergleich vom 7. Januar die Herzöge Friedrich
und Heinrich gänzlich von der Erbfolge in Lüneburg ausschloss und König Wenzel die Rückgabe des Schlosses Warpke an Herzog Heinrich verbot[2] (6. Febr.), so steigerte sich des Letzteren
Erbitterung aufs Neue, worauf die Stadt Lüneburg in ihrer Besorgniss, den Frieden gestört zu
sehen, sich beeilte, jenen Vergleich vom 7. Januar zu widerrufen (14. Apr.)[3].

Indessen auch dieses Mittel, sowie alle folgenden Unterhandlungen, versagten. Neuerdings sammelten sich die stets fehdelustigen Mannen aus dem Stifte Hildesheim auf dem Schlosse
Celle, welches die Herzogin Catharina ihrem Sohne Heinrich überlassen hatte. Dieser forderte
nun, dem Vertrage gemäss, Schloss Warpke zurück und da er kein Gehör fand, griff er wieder
zu den Waffen. Da gelang es, auf einem der Züge, vermuthlich im September, den Rittern Cord
von Steinberg und Hans von Schwicheldt, sich des Herzogs Bernhard zu bemächtigen[4]. Er
ward auf die Bodenburg gebracht, wo er einige Zeit in enger Haft zubringen musste. Vergeb- 1388
lich suchten Fürsten, Herren und Mannen eine Sühne herbeizuführen, vergeblich bot der Rath
zu Lüneburg dem Bischofe von Hildesheim 300 Mark als Belohnung, falls es ihm gelänge,
zwischen den sächsischen und welfischen Herzögen eine Einigung zu erzielen (13. Januar 1388).
Dennoch wurden die Vorbereitungen zum Kriege von beiden Seiten mit Eifer fortgesetzt. Bei
Winsen a/d. Aller lag Herzog Wenzel mit grossem Volke; er liess daselbst eine Feste bauen
(befestigtes Lager?)[5] und belagerte von dort aus das Schloss Celle. Ihm kamen der Bischof von
Minden, die Grafen von Schaumburg, Hoya, Regenstein (Reinstein), Sternberg u. a. m., zu
Hülfe, während die Herzöge Friedrich und Otto dem bedrängten Heinrich ihre Hülfstruppen
sandten und die Stadt Braunschweig der Stadt Lüneburg Fehde ansagte (31. März).

Um die Osterzeit, als eben die Belagerung Celles vollendet schien, erkrankte plötzlich
Herzog Wenzel und starb am 15. Mai[6]. Dieser neue Unfall der sächsischen Partei hinderte
die Verbündeten jedoch nicht, die Belagerung von Celle fortzusetzen.

Während Heinrichs Mutter die Vertheidigung des Schlosses Celle heldenmüthig leitete,
eilte er selbst nach Wolfenbüttel, von seinem Bruder Friedrich neue Hülfstruppen zu holen.
Hastig sammelte dieser die Streiter. Auf 800 Wagen führte er eine ansehnliche Schaar Leicht-

[1] Havemann, Geschichte der Lande Braunschweig und Lüneburg. I, S. 517.
[2] Volger, II. S. 420, u. III, S. 12.
[3] Sudendorf, VI., S. 192.
[4] Havemann, I., S. 518.
[5] Korneri Excerpta chron. apud Leibnit, pag. 100.
[6] Wie einige Chronisten meinen an Gift.

bewaffneter und Armbrustschützen nach Celle[1]. Am Fronleichnamstage (28. Mai 1388) brachen die Brüder von Celle auf gegen den Feind, der bei Winsen ein befestigtes Lager bezogen hatte. Leicht hätte dieser dem Treffen ausweichen können; um jedoch die Lüneburger zur Annahme des Kampfes zu zwingen, hatten ihre Anführer die Aller-Brücke hinter der Aufstellung abtragen lassen. Dies gereichte ihnen zum Verderben. Es kam zu einem erbitterten Kampfe. Auch der Heldenmuth des Grafen Otto von Hoya, welcher, als er die Lüneburger fliehen sah, dem Feinde mit dem Rufe entgegenstürmte: »Marter Gottes, soll man die Bärenklaue (Hoya'sches Wappen) fliehen sehen!?« konnte nicht verhindern, dass die Braunschweiger mit ihren Schützen einen glänzenden Sieg davontrugen. Mehr als 100 Adelige, darunter die Grafen von Regenstein und Brunkhorst, wurden erschlagen, manche von den Flüchtigen fanden in der Aller den Tod, aber der weitaus grösste Theil ward gefangen; darunter Bischof Otto von Minden, die Grafen Otto von Hoya und Bruchhausen, und Otto von Schaumburg, sowie mehr als 300 Ritter und Knechte. Auch Hermann von Mandelsloh befand sich unter den gefangenen Lüneburgern[2]; ferner betheiligten sich auf Seite der Lüneburger an dem Kampfe die Knappen Cord, Jordan und Dietrich von Mandelsloh (aus Rumbeshorn?), da ihnen das, für geleistete Kriegsdienste schuldige Geld vom Rathe zu Lüneburg am 23. November entrichtet wurde[3]. Ob auch die Brüder Heineke, Dietrich und Statius — namentlich ersterer — an dem Kampfe bei Winsen theilgenommen haben, ist nicht bekannt, aber möglich; denn als Graf Otto von Hoya und Bruchhausen wegen seiner Gefangenschaft dem Herzoge Friedrich 4000 löth. Mark schuldig bleiben und dafür seine Schlösser Alt-Bruchhausen und Freudenberg zum Pfande setzen musste, überlieferte der Graf diese Schlösser, am 11. November, Herrn Ulrich Behr[4] und dem Knappen Heineke von Mandelsloh, welche Herzog Friedrich, vielleicht wegen ihrer Hülfeleistung, zu Amtleuten dieser Schlösser bestellt hatte. Der Graf musste auch versprechen, falls Heineke sterben sollte, einen seiner Brüder (Dietrich oder Statius) an Heinekes Stelle anzunehmen[5]. Auf Seite der Braunschweiger zeichneten sich besonders Kurt von Steinberg und Hans von Schwicheldt, sowie der Bürgermeister von Braunschweig, Hermann von Vechelde, aus, welcher auf dem Schlachtfelde zum Ritter geschlagen wurde.

Mit diesem Treffen war der Herrschaft der sächsischen Herzoge und der Stadt Lüneburg endgiltig ein Ziel gesetzt. — das Erbe Heinrichs des Löwen, nach 18 Jahre langen Fehden, wieder in den Besitz seiner Nachkommen gelangt. Nachdem schon durch den Tod des Herzogs Wenzel die Hoffnung auf Erhaltung der sächsischen Herrschaft bei den Lüneburger Machthabern stark gesunken war, brach sich nach dem Tage bei Winsen die Ueberzeugung durch, dass eine glückliche Durchführung des Kampfes nicht mehr zu erwarten sei. Es kam zu Friedensverhandlungen, und eine Reihe von Verträgen regelte die Aussöhnung der Herzöge, die Theilung der Beute und der Gefangenen, zwischen den siegreichen Herzögen und ihren Anführern, den Rittern Kurt von Steinberg und Hans von Schwicheldt (11. Juni), die Auslösung der Gefangenen seitens der Stadt Lüneburg, die Auslösung der verpfändeten Schlösser (1. Juli, sowie die Theilung der Lande Braunschweig und Lüneburg (30. Juni,

[1]. Havemann, I., S. 521 f.
[2]. Gf. Oeynhausens Nachlass v. Mandelsloh.
[3]. Daselbst.
[4]. Ritter Ulrich Behr, ein Kampfgenosse der Brüder v. Mandelsloh, in der Bremer Fehde und bei anderen Gelegenheiten.
[5]. v. Hodenberg, Hoyer U.-B., I., S. 186 u. 187.

Herzog Friedrich, auf Lüneburg verzichtend, erhielt das Herzogthum Braunschweig nebst einer Reihe Lüneburger Schlösser[1]; Den Herzögen Bernhard[2] und Heinrich aber fiel das Herzogthum Lüneburg zu[3].

Der letzte Krieg hatte der Stadt Lüneburg abermals so grosse Summen gekostet, dass 1389 ihre Schuldenlast auf 173 000 Mark gestiegen war. Zahllosen Forderungen, wie Auslösung der Gefangenen, Auszahlung rückständigen Soldes, Ersatz für verlorene oder verdorbene Pferde, Rüstungen, Waffen u. s. w. musste sie gerecht werden. Sie sah sich deshalb veranlasst, eine neue Salinensteuer auszuschreiben und von der Stadt Braunschweig die Freilassung der Gefangenen zu fordern. Der Steuer wegen gerieth Lüneburg mit dem Domcapitel zu Lübeck in Conflict, welches den Bann über die Stadt verhängte[4]; mit der Stadt Braunschweig aber entspann sich ein heftiger, langwieriger Streit, der endlich, nachdem auch der Schiedsspruch der Herzöge keine Einigung erzielte (11. April), durch Vermittelung der Städte Goslar, Göttingen, Hannover, Hildesheim und Minden und des Abtes Hermann von Riddagshausen, am 15. Juli 1389 beigelegt wurde[5].

Während Lüneburg in seiner allbekannten Opferwilligkeit die Wunden des Krieges zu heilen suchte, benutzte die Stadt Hannover den Umschwung der Dinge und das Entgegenkommen der neuen Herzöge dazu, für die endliche Erfüllung ihres Lieblingswunsches, der »freien« Schiffahrt auf der Leine, wieder thätig zu werden. Aber ohne ein Opfer ihrerseits sollte das Werk nicht gelingen. Die Stadt musste sich wohl oder übel dazu verstehen, den Anliegern der Leine für die Gewährung des »Wasserweges« eine Entschädigung zu zahlen. Am 18. April 1389 gestatteten Eberhard von Marenholtz, der Aeltere, und seine Söhne und am 10. October d. J. Balduin von Girndau und dessen Söhne den Bürgern von Hannover einen ewig freien Wasserweg durch ihr Wehr zu Bothmer, beziehungsweise zu Girndau, und wurden dafür von der Stadt Hannover durch Geld entschädigt. Nachdem sodann am 1. November die Herzöge Bernhard und Heinrich der Schiffahrt und dem Wasserwege ihre Schutzbriefe ertheilt hatten, »baten sie das Kloster Mariensee, auch dieses möge der Stadt Hannover den freien Wasserweg durch sein Wehr bei Wulfelade einräumen. Am 2. Februar 1390 kam das Kloster 1390 diesem Ansuchen gegen eine städtische Abgabe von 12 Pfund hannov. Pfennige und 2 Tonnen Haringen, sowie unter der Bedingung nach, dass die Schiffsleute und ihre Knechte gehalten seien, beim Oeffnen und Schliessen der Schleusen dem Müller zu helfen und dass der Rath zu Hannover für etwaige Beschädigungen aufkomme[6].

Die Verhandlungen mit den Herren von Mandelsloh zogen sich jedoch in die Länge. Anscheinend hatten sich der Rath und die Bürgerschaft Hannovers neuerdings Uebergriffe gegen die von Mandelsloh erlaubt, denn am 22. Februar 1390 verglichen sich die Brüder Heineke, Dietrich und Statius von Mandelsloh wegen ihnen zugefügten Schadens und sonstiger Irrungen mit der Stadt[7]. Sie versprachen, bis zum 6. April 1393 für Hannover getreulich Fürsprache

[1] Sudendorf, VI., S. 225.

[2] Die Stadt Lüneburg zahlte für die Befreiung des Herzogs Bernhard aus der Gefangenschaft 8000 Mark und lösete den Herzögen die Schlösser aus, die sie einst für 20000 Mark an sich gebracht hatte.

[3] Am 15. Juli bestätigten Bernhard und Heinrich ihre Aussöhnung mit den Ständen des Herzogthumes Lüneburg und den sächsischen Herzögen, worauf am 17. und 22. Juli die Huldigung seitens der Städte stattfand.

[4] Jürgens, Geschichte der Stadt Lüneburg, S. 42.

[5] Volger, III., S. 138.

[6] Vaterländ. Archiv, Jahrg. 1834. II., S. 238 f.

[7] Sudendorf, VII., S. 9.

11*

einzulegen, die Stadt zu beschirmen, ihren Bürgern und Dienern auf den Mandelsloh'schen Schlössern Zuflucht und Schutz zu gewähren, gegen eine Abgabe von 12 Pfund hannov. Pfennigen, zahlbar am nächsten 3. April und an jedem 25. December der Jahre 1390, 1391 und 1392 [1]. An demselben Tage (22. Feb.) gestatteten sodann die genannten 3 Brüder einen ewig freien Wasserweg durch ihr Wehr und durch die Mündung der Schleuse (Müden) bei ihrer Mühle zu Dienstorf [2], und überall sonst auf der Strecke zwischen Bremen und Hannover, wo sie darüber gebieten können. Die Schiffsleute und ihre Knechte sollten aber dem Müller beim Oeffnen und Schliessen der Schleusen behülflich sein. Die von Mandelsloh gelobten auch, falls die Leine ihren Lauf ändere, der Schiffahrt nicht hinderlich, sondern förderlich sein zu wollen u. s. w. [3]. So war endlich, nach zojährigen Bemühungen, aller Zwist um die Anlage des »Wasserweges« beigelegt [4].

In den folgenden Jahren (1390—1392) finden wir die Herzöge Bernhard und Heinrich eifrig bestrebt, dem Lande den langentbehrten Frieden wiederzugeben. Sie wurden dabei von den Ständen und namentlich von der Stadt Lüneburg bestens unterstützt und fanden sogar bei der Aufforderung zur Ausschreibung einer Beede, um das Lösegeld für Herzog Bernhard herbeizuschaffen, willige Unterstützung (13. Januar 1390). Am 18. Januar errichteten sie mit ihrem Oheime, dem Herzoge Otto, ein Bündniss, worin vereinbart wurde, dass künftige Irrungen zwischen ihnen oder ihren Unterthanen zu Bodenwerder durch ein Schiedsgericht geschlichtet werden sollten, und bestellten zu Schiedsrichtern den Ritter Brand von dem Hus und Dietrich von Mandelsloh. Wenn diese keine Entscheidung finden könnten, solle der Ritter Ernst von Dotzem als Obmann richten [5].

Von nun an sehen wir Dietrich von Mandelsloh bei den Friedenshandlungen der Herzöge als deren Treuhändler oder Bürgen auftreten [6]. Auch bekleidete er bei ihnen die Stelle eines Rathes.

---

[1] Sudendorf, VII., S. 403; 12 Pfund hannov. Pfennige = circa 176 Mark Deutsche Reichswährung.

[2] Bei Dienstorf befindet sich der sogenannte Mühlenhof, in dessen Nähe vor etwa 30 Jahren noch alte Pfähle gefunden worden, vermuthlich Ueberreste jener Wassermühle.

[3] Zur Zeit unserer Geschichte lief die Leine, wie das hohe Ufer zeigt, hart an Mandelsloh und Dienstorf vorüber; heute ist sie weit von diesen Orten entfernt (über 500 Meter).

[4] Diese Verträge, und namentlich der den Städten am 14 September 1392 von den Herzogen ertheilte Stadtbrief, zeigen deutlich, dass die v. Mandelsloh ein Recht hatten, sich der willkürlichen Anlage des Wasserweges zu widersetzen. Nichtsdestoweniger werden noch heute Stimmen laut und wird die Meinung allgemein vertreten, dass das Vorgehen der 3 Brüder v. Mandelsloh ein grosses Unrecht gewesen sei. Fünfzig Jahre später (1440) kam es dieses Wasserweges wegen zwischen Herzog Wilhelm und der Stadt Hannover einerseits und den Herzogen Otto und Friedrich, Bernhards Söhnen, andererseits zum Kriege, weil Letztere der Schiffahrt Hindernisse in den Weg legten (v. Heinemann, II., S. 184).

[5] Sudendorf, X., S. 232; VII., S. 1.

[6] Beispielsweise am 18 Dec. 1390, 17. Jan 1391, 24 März 1392 daselbst X., S. 137, VII., S. 35, 74. Auch seine Brüder Heineke und Statius sind wiederholt als Schiedsrichter und Bürgen thätig: 25. April 1391, 9. Okt. 1391, 23. Feb. 1392, etc.

II. Dietrich von Mandelsloh als Vorsteher und Beschützer der Lüneburger Sate.

Die Landfrieden-bestimmungen des Königs Wenzel für die Herrschaft Lüneburg (1382 und später) hatten sich in diesem Lande, trotz der Sehnsucht seiner Bewohner nach geordneten Zuständen, nicht einführen lassen, weil Herzog Albrecht, obwohl vom Könige mit der Befestigung des Landfriedens betraut, doch allzusehr selbst Urheber des Krieges und der Fehden war. Die Stände des Landes, namentlich die Städte, besassen zu seinem Landfrieden so wenig Vertrauen, dass letztere es vorzogen, sich zu einem Städtebunde zu vereinigen (24. August 1382, 5. Februar und 10. Juli 1341), »damit der Landfrieden«, wie sie sagten, »besser als bisher gehalten werde«.

Als des Herzogs letzter Fehdezug und sein Tod im Frühjahre 1385 die Landfriedens- und Sühne-Verhandlungen jäh unterbrochen hatten, schlossen sich die Stände seinem Nachfolger, dem Herzoge Wenzel, um so enger an in der Hoffnung, dass dieser »friedsamer Fürst« den Frieden verbürgen werde. Den ewigen Anfeindungen war Wenzel aber nicht gewachsen. Wie aus einem Schreiben des Bürgermeisters Dietrich Springintgut hervorzugehen scheint, war er der Regierung überdrüssig und nahe daran, dem Lande für immer den Rücken zu kehren, wenn ihn nicht die Stände, und namentlich die Stadt Lüneburg in jeder Hinsicht unterstützt hätten. Mit seinem Tode aber und dem für die welfischen Waffen so glücklichen Entscheidungskampfe bei Winsen (28. Juni 1388) hatte der Friede ohne Zweifel eine festere Grundlage gewonnen. Auf beiden Seiten zeigte sich denn auch ein Entgegenkommen, wie nie zuvor — leider jedoch war es nicht aufrichtig gemeint, weil noch das gegenseitige Vertrauen fehlte.

Die Stände des Landes gewährten den Herzögen Bernhard und Heinrich, auf ihre Bitten, die ausserordentliche Beisteuer von 50000 Mark, zum Zwecke der Auslösung mehrerer verpfändeter Schlösser und Zölle. Dafür mussten ihnen aber die Herzöge ganz bedeutende Zugeständnisse machen, die nachmals zu einer Quelle neuer erbitterter Kämpfe wurden. Am 14. und 20. September 1392 bestätigten sie den Prälaten, Städten und Landeseingesessenen in besonderen Urkunden (Prälaten-, Städte- und Gemeinenbrief) ihre Rechte und Freiheiten. Zu diesen gehörte das Recht der Befestigung der Städte, sowie der Anlage bequemer Wasserwege, letztere jedoch mit dem Vorbehalte, dass die Anlage mit Einwilligung derjenigen geschehe, auf deren Grund sie gemacht werden sollte. Es mag als Zeichen eines erweiterten Rechtsbegriffes betrachtet werden, dass die Schiffahrts-Anlage nicht mehr der Willkür der Städte anheim gestellt blieb.

Mit der Bestätigung früher erworbener Privilegien begnügten sich die Stände jedoch
nicht, sie wollten selbst die Mittel in der Hand haben, die Herzöge nöthigenfalls zur Erfüllung ihrer Versprechungen zu zwingen. Deshalb liessen sie sich von ihnen den »Satebrief«
geben (20. Sept.), welcher fortan die Grundlage eines Landfriedensbundes, »Sate«[1]) genannt,
bilden sollte, dessen wesentlichste Bestimmungen folgende waren:

»Die Herzöge errichten mit ihren Unterthanen einen erblichen, ewigen Frieden mit
dem Versprechen, sie bei ihren Rechten erhalten und gegen Gewalt und Unrecht beschirmen
zu wollen. Keinem Mitgliede der Sate wollen die Herzöge Unrecht thun lassen. Brechen sie
selbst oder ihre Amtleute etc. die Sate, was sie jedoch mit Vorsatz nicht thun wollen, so wollen
sie nach einem auf Freundschaft oder Recht gegründeten Erkenntniss aller Satesleute, oder der
meisten von ihnen, innerhalb der nächsten 8 Wochen Vergütung leisten. Unterlassen die
Herzöge dies, so wollen sie am ersten Tage nach den 8 Wochen unaufgefordert in die Stadt
einreiten und darin Einlager so lange halten, bis sie Vergütung geleistet haben werden.
Kommen sie nicht zum Einlager, oder verlassen sie Hannover, bevor sie Vergütung geleistet
haben, so sollen der Rath zu Lüneburg und die Satesleute alle Renten, Gülten, Pflichten und
Gerechtsamen, welche in Lüneburg den Herzögen gehören, sofort in Beschlag nehmen und sie
so lange zum Nutzen der Mitglieder der Sate verwenden, bis die Herzöge dem Rathe und den
Satesleuten 50000 Mark lün. Pfennige wiedergegeben haben, welche ihnen die Prälaten, Mannschaft (Ritterschaft), Städte, Land und Leute in der Herrschaft Lüneburg dafür, dass die
Herzöge ihnen diese Sate gönnen und sie treulich halten wollen, geliehen haben — — .
Falls von den Herzögen oder ihren Erben und Nachfolgern oder von Jemanden, für den sie verantwortlich sind, die Sate gebrochen wird, von ihnen aber weder die Vergütung nach Erkenntniss der Satesleute geleistet, noch das Einlager für den Satebruch gehalten wird, noch die
50000 Mark zurückgegeben werden, oder falls die Herzöge oder die mit ihnen Genannten fortfahren, einem Mitgliede der Sate Unrecht zu thun, ohne auf das Erkenntniss der Sate zu achten,
oder darnach Vergütung zu leisten, so erlauben und befehlen die Herzöge ihren Mannen und
Bürgern, dass dieselben dann, ohne Furcht von ihnen oder von sonst Jemandem darüber zur
Verantwortung gezogen zu werden, so lange zur Abwehr des Unrechtes vereint bleiben und
sich mit den Schlössern und Städten, die sie innehaben, so lange behelfen, bis die Herzöge
oder ihre Mitgenannten eines der genannten drei Stücke erfüllt und auch für den Satebruch
Vergütung geleistet haben werden — . Wird aber die Sate einem Mitgliede derselben
von einem andern Unterthanen der Herrschaft gebrochen, so sollen zwei der Satesleute innerhalb
zweier Wochen, nachdem sie dazu aufgefordert, es den Herzögen anzeigen. Helfen diese dann
nicht innerhalb der nächsten 4 Wochen in Freundschaft, oder nach dem Rechte, so sollen die
Satesleute innerhalb zweier Wochen darnach den Satebrecher auffordern, innerhalb 4 Wochen
Vergütung zu leisten. Thut er es nicht, so darf ihn jedes Mitglied an seiner Person und seinem
Gute behindern; auch darf der Satebrecher von niemandem in Schutz genommen werden ;
leistet er aber innerhalb 4 Wochen Genugthuung, so soll er straflos bleiben — . Die Herzöge befehlen allen jenen, welche von ihnen Schlösser besitzen, dass sie diese niemandem ausliefern oder verkaufen, der nicht die Sate beschworen habe. Die Mitglieder der Sate verpflichten
sich, falls sie zu Satesleuten (Ausschuss-Mitgliedern) gewählt werden, die Wahl anzunehmen und
der Sate zwei Jahre lang vorzustehen . Die Satesleute (16 an Zahl) verpflichten sich

---

[1] Sate = Satzung, Gesetz.

durch Eid, ihr Vorsteheramt nach Wissen und Gewissen zu verwalten, dem Armen wie dem Reichen in gleicher Weise zu seinem Rechte zu verhelfen, und sich dabei nie durch Gunst, Hass, Furcht oder andere Rücksichten leiten lassen zu wollen . Sie wollen dagegen wegen ihrer Erkenntnisse gegen Satebrecher, oder anderer Gelegenheiten wegen, weder von den Herzögen noch von sonst jemandem zur Verantwortung gezogen wer es dennoch thut, als Satebrecher behandelt werden . Die Herzöge befehlen allen ihren Unterthanen, keinem nachfolgenden Herrn zu huldigen, noch zu den Schlössern, Weichbilden, Städten, etc. zuzulassen, bevor er die Sate beschworen, oder aber die auf der Sate ruhenden Summen (50 000 Mark) völlig zurückbezahlt hat; falls letzteres geschähe, oder die Sate von den Herzögen gebrochen würde, soll doch die Sate ewig gültig bleiben — .

Es ist erklärlich, dass die Herzöge, welche mit dieser Sate sich selbst und ihre Landeshoheit der Controle und dem Gericht ihrer Unterthanen auslieferten, hiezu nur durch die Nothlage gezwungen wurden. Ihnen war es für den Augenblick um die Befestigung ihrer Herrschaft zu thun, wozu sie der 50000 Mark, zum Zwecke der Einlösung mehrerer Schlösser und Zölle, bedurften. Waren früher so viele ähnliche, mit feierlichen Eiden beschworene Bündnisse gebrochen worden, so konnte auch diesem Bunde ein baldiges Ende vorausgesagt werden.

An dem Tage, an welchem die Herzöge den Satebrief beschworen (20. Sept.), traten viele Grafen und Mannen mit ihren Schlössern dem Bunde bei, unter ihnen Dietrich von Mandelsloh mit den Schlössern Wölpe und Calenberg[1]. Ihrem Beispiele folgten (9. Oct.) die Städte.

Es versteht sich, dass Dietrich von Mandelsloh, nach den schlimmen Erfahrungen der verflossenen Jahren, ein eifriges Mitglied der Sate wurde, weil er in dieser das einzige Mittel sehen musste, sein Besitzthum gegen den täglichen Krieg zu schützen. Dass er von der Ritterschaft, als einer der ersten, in den Ausschuss der Sate gewählt ward (29. Sept.), verdankte er seinem hohen Ansehen.

Der Ausschuss (die Satesherren, Satesrichter, Satesleute, Vorsteher der Sate) war folgendermassen gebildet: a) Von der Ritterschaft bei dem Deister, bei der Aller und bei der Leine: Ritter Ortgis Klenke, die Knappen Dietrich von Mandelsloh, Gottschalk von Reden, Henning Knigge und Johann von Bervelde. b) Von der Ritterschaft bei Lüneburg: die Knappen Ludolf von Estorff, Paridam von dem Knesebeck und Segeband Vos. c) Von den Bürgermeistern: Johann Lange, Heinrich Vischkule, Albrecht von der Molen und Johann Hoyemann aus Lüneburg, Burchard Tetze und Martin Lude aus Hannover, Bernhard Brassche und Heinrich Redeber aus Uelzen.

Schon wenige Monate nach dem Abschlusse der Sate gingen die Herzöge ans Werk, 1303 sich von den drückenden Fesseln derselben zu befreien. Im März 1303[2], als sich der Satebund eine festere Grundlage zu geben suchte, liefen zahlreiche Klagen über Friedensbrüche der Herzöge ein. Diese antworteten mit einer Gegenklage, worin sie die Stadt Lüneburg beschuldigten, ihnen den Kalkberg vorzuenthalten, und die Pfandbriefe über die ausgelösten Schlösser und Zölle zu hoch angeschlagen zu haben, und demgemäss forderten, dass der Rath darüber in Hannover Rechenschaft ablege[3]. Als dieser seine Boten dahin abgesandt hatte, lauerten herzog-

---

[1] Calenberg gemeinsam mit Werner v. Alten.
[2] Sudendorf, VII., S. 164 ß
[3] Daselbst S. 175.

liche Reiter diesen auf und würden sie ohne Zweifel gefangen haben, waren sie nicht unter starker Bedeckung geritten [1]).

Während zwischen den Herzögen und der Stadt Lüneburg Verhandlungen gepflogen wurden, fielen die von Veltheim aus dem herzoglichen Schlosse Isodenteich über Lüneburger Bürger her, nahmen diese gefangen und raubten ihnen Pferde und Kühe. Die Herzöge, sich der Herren von Veltheim annehmend, setzten, behufs Schlichtung des Streites, eine Tagfahrt zu Celle fest. Aber das Vertrauen in ihre Aufrichtigkeit war dahin — die Sateherren gingen nicht darauf ein. Nun ersuchten die Herzöge den Ritter Brand von dem Hus und Dietrich von Mandelsloh, als ihre Schiedsrichter, zwischen Lüneburg und den Veltheims einen 14tägigen Frieden zu vermitteln (3. Juni), und baten zu diesem Zweck, dem Ritter Heinrich von Veltheim für die Tagfahrt in Hannover (8. Juni) sicheres Geleit zu erwirken [2]). Nach langen erfolglosen Verhandlungen, und nachdem auch ein Urtheil des ersten Satesrichters, des Ritters Ortgis Klenke, keine Einigung erzielt hatte (10. Juni), ward endlich die Angelegenheit durch den königlichen Hofrichter, Grafen Johann von Spønheim, beigelegt (5. Nov.). Unterdessen war eine ganze Fluth von Klagen über Satebrüche, Vorenthaltung von Gütern, Raub u. s. w. theils gegen die Herzöge, theils gegen die Mannen, Städte und Klöster, bei den Vorstehern der Sate eingelaufen. Die Zahl der mit der Sate Unzufriedenen, nämlich jener, die sich in ihrem gewaltthätigen Thun behindert sahen, wuchs beständig. Sie wurden Feinde des Bundes und ihre Anfeindungen richteten sich zunächst gegen die Satesleute. Diese sahen sich dadurch veranlasst, bewaffnete Mannschaften (Contingente) zu halten [3]), und weil die Gesetzmässigkeit der Sate, namentlich von Seiten der Geistlichkeit, mit welcher sich die Herzöge stets auf guten Fuss zu stellen wussten, angezweifelt wurde, so ward beim Könige Wenzel die Bestätigung der Sate eingeholt (26. Juli). Selbst die Auflösung des Bundes, unter Rückzahlung der Anleihe von 10000 Mark seitens der Herzöge, ward von den Satesleuten (21. Juli) in Erwägung gezogen und diesbezüglich eine Versammlung zu Bissendorf auf den 25. Juli Morgens vereinbart.

Die fortgesetzten Feindseligkeiten der Herzöge, und die Fruchtlosigkeit der Verhandlungen mit ihnen, veranlassten (27. Nov.) jene Sateherren, welche, wie Dietrich von Mandelsloh, bei den Herzögen die Rathswürde bekleideten, dieselbe niederzulegen,   um den, auf Geheiss der Herzöge, von ihnen der Sate geleisteten Eid, mit Ehren und Recht halten zu können. Dadurch aber zogen sie sich den Hass der Herzöge zu. Schon trafen die Sateherren für einen eventuellen Krieg ihre Vorbereitungen durch Bereitstellung Bewaffneter, Verproviantirung einiger Schlösser (6. Dec. 1303, 6. Jan. 1304), sowie durch Abschluss eines Bündnisses mit dem Herzoge Otto von Göttingen, dessen Sohne Otto, und den Grafen Moritz von Spiegelberg und Wilbrand von Hallermund (5. Jan.). Da gelang es, am 9. Januar, den Rittern Brand von dem Hus und Ludolf von Veltheim, sowie den Knappen Dietrich von Mandelsloh und Ludolf von Estorff, zwischen den Herzögen und den Sateherren einen Vergleich zu Stande zu bringen.

Die Einigung war indessen von keiner Dauer; die Unzufriedenheit der Herzöge wuchs in dem Masse, wie die Sate an Macht gewann, und als diese gar in dem Markgrafen Jobst von Brandenburg eine neue Stütze fand (7. Mai), rief dies den ernsten und gerechten Widerspruch der Herzöge hervor, die in dem Bündnisse mit ihrem Feinde eine Verletzung der Sate erblickten. Als dann zum Schutze der Sate auch die Grafen Otto und Adolf von Schaumburg in dieselbe

[1] v. Heinemann, II., S. 164.
[2] Sudendorf, VII., S. 197.
[3] Daselbst S. 212.

(25. Aug.) aufgenommen wurden, von welchen Graf Otto, seit Magnus' Tode, den Herzögen verhasst war, griff Letzterer zum Schwerte und die Fehde gegen einzelne Mitglieder der Sate begann.

Die gesammten Mitglieder der Sate, darunter Dietrich von Mandelsloh, hatten schon am 25. und 28. Juni die Erklärung abgegeben, nach Ablauf der 2 Jahre mit nächstem 20. September ihres Amtes enthoben sein zu wollen. Am 25. Juli fand deshalb die Neuwahl statt, welche folgendes Ergebniss hatte: Es wurden gewählt:

a) Aus der südlichen Ecke des Landes: Graf Moritz von Spiegelberg, die Ritter Adolf von Holte, Ulrich Behr, die Knappen Junger Wilbrand von Reden und Werner von Alten.

b) Aus der nördlichen Ecke: Ritter Werner von Bodenteich, die Knappen Albert von Wustrow und Heinrich von Heimbruch.

c) Die Bürgermeister: Nicolaus Schonaker, Otto Garlop, Ditmar Dackel und Johann Semmelbacker aus Lüneburg, Johann Türcke und Engelbert Watervorer aus Hannover, Dietrich Lombeck und Gottfried von Elringdorf aus Uelzen.

Während von den früheren Ausschussmitgliedern Ritter Ortgis Klenke und Ludolf 1395 von Estorff sich alsbald der herzoglichen Partei anschlossen, blieb Dietrich von Mandelsloh der Sate treu, stand den neuen Vorstehern mit Rath und That zur Seite, und nahm an den Tagfahrten Theil, die bei der grossen Unsicherheit in den Heidegegenden mitunter sehr gefährlich wurden. Die neuen Sateslehler befanden sich in einer verzweifelten Lage. Fortgesetzt liefen bei ihnen Klagen über Gewaltthätigkeiten der Herzoge und deren Amtleuten ein. Namentlich erlitt Heinrich von Reden durch Raub und Brand grossen Schaden. Auch nahmen die Herzöge mehreren Sate-Mitgliedern die ihnen verpfändeten Schlösser ab und übertrugen dieselben Feinden der Sate[9]. Auf diese Weise verlor Dietrich von Mandelsloh das Schloss Welpe[9], nachdem schon vorher (8. Juni 1393) das Schloss Rehburg, welches lange Jahre im Pfandbesitz der Familie von Mandelsloh gewesen, in den der Herren von Münchhausen übergegangen war. Nun versuchten die Herzöge das Gleiche mit dem Schlosse Harburg, welches seinerzeit von dem Satebunde in Besitz genommen und, den Satzungen gemäss, einem Mitgliede der Sate, dem Segeband Vos, in Verwaltung gegeben war. Schon im Jahre 1394 hatten Mannen der Stifter Bremen und Verden, wahrscheinlich auf Anstiften der Herzöge, die Vogtei Harburg durch Raub und Brand heimgesucht[9]. Bekanntlich war der Erzbischof von Bremen ein Oheim, und der Bischof von Verden ein Bruder der Herzöge. Letztere übertrugen nun eine Hälfte des Schlosses Harburg dem, der Sate abtrünnig gewordenen Ritter Ortgis Klenke und dem Hennecke Beirhals, indem sie zugleich mit Segeband Vos, dem Vogte zu Harburg, wegen Auslieferung, beziehungsweise Einlösung des Schlosses, in Unterhandlung traten. Dagegen verwahrten sich aber die Satesleute entschieden (23. März 1395); sie bedeuteten dem Vogte, dass Ortgis Klenke kein Mitglied der Sate mehr sei, ihm daher das Schloss nicht ausgeliefert werden dürfe, und forderten ihn auf (14. April), sich von den Herzögen, als Satebrechern, loszusagen. Der Vogt stellte in Folge dessen die Verschreibungen zurück, überlieferte das Schloss den Satesleuten und der Stadt Lüneburg, worauf letztere und die Grafen von Schaumburg (9. Mai) den Dietrich von Mandelsloh zum Amtmann auf Schloss Harburg ernannten, und dieses selbst seinem Bruder Statius v. M. und dem Ritter Burchard von dem Bussche anvertrauten. Weil die Grafen von Schaumburg

---

[9] Sudendorf, VIII, S. 194.
[9] Daselbst.
[9] Daselbst VIII., S. 276, 316. (die v. Buborgen) 326, 327. Bekenntniss wider die Herzöge: Das. VIII., S. 18, 20.

12

sich zum Ersatz jener Kosten verpflichteten, welche nicht durch die Rente des Schlosses gedeckt werden könnten, so scheinen sie die nöthige Pfandsumme aufgebracht, und damit die nächsten Anrechte auf das Schloss erworben zu haben (9. Mai)[1].

So sahen die Herzöge das Schloss, dessen sie bedurften, um den Handel der Stadt Lüneburg lahm zu legen, in der Hand des Grafen Otto von Schaumburg, ihres alten Feindes, und des Dietrich von Mandelsloh, der durch seine Fähigkeiten und seine Macht einen bedeutenden Einfluss auf die Sate gewonnen hatte[2]. Gegen diese beiden Männer und die Stadt Lüneburg richteten sich nun zunächst die Feindseligkeiten der Herzöge. Mit ihrem Bruder, dem Erzbischof Otto[3] im Bunde, fielen sie, Mitte Juli 1345, in die Grafschaft Schaumburg ein, verwüsteten das Land und zwangen die Grafen, mit ihnen Sühne und Bündniss einzugehen (24. Sept.)[4].

Vermuthlich gegen Ende 1345 unternahm von dem Schlosse Winsen a. d. Luhe aus der herzogliche Vogt (Heinrich Herzog?) verschiedene Raubzüge; unter anderem nahm er den Bewohnern von Harburg einiges Vieh weg. Nachdem Statius von Mandelsloh auf Harburg vergeblich die Rückgabe des Raubes gefordert hatte, übte er an Eingesessenen zu Winsen a. d. Luhe Vergeltung, was von der Gegenpartei ausgenützt wurde, ihn des Raubes anzuklagen[5].

1346 Es galt nun (Anfang 1346), die Städte und Dietrich von Mandelsloh zu züchtigen, wobei den Herzögen die geringe Einigkeit der Satesherren sehr zu statten kam. Gestärkt durch ein Bündniss mit dem Könige Albrecht von Schweden, als Herzog von Mecklenburg (13. Febr.) und unterstützt von zahlreichen fehdelustigen Mannen, bemächtigte sich Herzog Heinrich am 19. Februar der Stadt Uelzen durch Handstreich. Er liess die Stadtbefestigung verstärken und in das Gudesthor Besatzung legen[6]. Hierauf schlossen die Herzöge Friedrich, Bernhard und Heinrich am 10. März[7] ein Bündniss zur Züchtigung der Stadt Lüneburg. Am 28. März kam es auf dem Zeltberge vor dem Bardowicker Thore zum Kampfe, in welchem die Bürger geschlagen wurden und ihr Bürgermeister Baselow den Tod fand[8]. Jetzt hielten die Herzöge den Zeitpunkt gekommen, die verhasste Sate zu sprengen. Demgemäss befahlen sie am 12. April dem Knappen Ludolf von Estorff, in ihrem Namen und »zum Besten des Landes«, der Sate aufzusagen.

Aber noch war ein Mann zu beseitigen, der einen gewaltigen Einfluss auf die Sate ausübte und dessen Rathschläge den Städten stets massgebend gewesen waren. Dieser Mann war Dietrich von Mandelsloh. Aelteren Chronisten zufolge lud Herzog Heinrich (23. April)[9] ihn auf Treu und Glauben zu einer Unterredung nach Seelze (westl. Hannover) ein. Ohne die

[1] Sudendorf, VIII, S. 42 f.

[2] Wie gross dieser Einfluss war, kann man aus einem an die Sateleute und den Rath zu Lüneburg gerichteten Schreiben ermessen, in welchem Dietrich v. Mandelsloh, obgleich selbst nicht mehr Vorsteher der Sate, dann der Bürgermeister und Satesvorsteher Otto Garlop und die Sateleute zu Hannover über ihr Erkenntniss gegen die Herzöge berichten. Daselbst VIII, S. 11 u. 16.

[3] Otto, Bischof von Verden, nach dem Tode seines Oheims, des Erzbischofs Albrecht, † 14. April 1345, zum Erzbischof von Bremen erwählt.

[4] Sudendorf, VIII, S. 61.

[5] Original im Stadtarchiv zu Lüneburg. Sudendorf VIII, S. 23 und 41.

[6] BaselPot S. 84; — Heinemann, Geschichte von Braunschweig und Hannover, II., S. 185.

[7] Sudendorf VIII, S. 93.

[8] Weyhe-Lemke, Aebte des Klosters St. Michael in Lüneburg, S. 77.

[9] Nach dem Necrologium der Verdener Kirche starb Knappe Dietrich v. Mandelsloh am 23. April. Dieses Necrologium ward um das Jahr 1525 von Domdechanten Heino v. Mandelsloh zu Verden geschrieben, wozu derselbe jedenfalls ältere Aufzeichnungen benutzte; vergl. Archiv des Vereins für Geschichte zu Stade, Heft 11, S. 146 f.

zu seiner Sicherheit nöthigen Massregeln zu beobachten, ritt Dietrich vertrauensvoll dorthin. Aber der treulose, von blindem Hass erfüllte Herzog scheute selbst den Mord nicht, um sich des mächtigen Beschützers der Sate zu entledigen und damit in den ersehnten Besitz des Schlosses Harburg zu gelangen. Er erstach ihn, nachdem Dietrich standhaft erklärt hatte, dem beschworenen Bunde treu bleiben zu wollen [1].

Obgleich dieser neue Gewaltakt Heinrichs im ganzen Lande die grösste Entrüstung hervorrief, verharrte die Sate, machtlos durch die Unentschlossenheit ihrer Vorsteher und Glieder, zunächst in Passivität. Nur die Städte Lüneburg und Hannover, letztere noch besonders dadurch aufgebracht, dass die Herzöge, den Satzungen der Sate zuwider, das Schloss Wilkenburg in der Nähe ihrer Stadt aufbauen liessen, ermannten sich zum Streite und schlossen am 5 und 10. Mai Bündnisse gegen die Herzöge, zum Zwecke gegenseitiger Vertheidigung [2] — weil Unrecht und die Gewalt, welche von den Herzögen Bernhard und Heinrich gegen Gelöbniss und Eid und von den Helfern derselben ihnen geschieht und noch geschehen wird — —. Rachedurst wegen der Ermordung ihres Bruders trieb Heineke und Statius von Mandelsloh in das Lager der Städte. Sie, nebst ihren Freunden Gebhard Schulte und Johann Corfeloke, gingen mit der Stadt Lüneburg ein gleiches Bündniss ein (29. Mai); seitens der beiden von Mandelsloh jedoch unter dem Vorbehalte, dass sie die Grafen Otto und Erich von Hoya ausnehmen, weil deren Feinde zu werden ihnen Gelöbniss und Ehre verbieten. Endlich rührten sich auch die Sateherren. Am 31. Mai forderten sie alle Mitglieder des Bundes auf, zum Schutze der Sate zusammenzustehen; doch hatte diese Aufforderung anscheinend wenig Erfolg. Dagegen schlossen sich die Brüder Johann, Richard und Engelbrecht von Mandelsloh, Richards Söhne, Statius von Mandelsloh, des Statius Sohn, auch Harbert, Curt und Statius, Heinckes Söhne, der Bewegung an. Während Statius von Mandelsloh, des Ermordeten Bruder, mit 30 Reitern nach Lüneburg ritt und dort zum Anführer der Reiterei erkoren ward, eilte sein Bruder Heineke mit anderen Mandelsloh, der Stadt Hannover zu Hülfe [3]. Grössere Unterstützung fanden die Städte bei ihren Verbündeten, dem Markgrafen Jobst von Brandenburg, seinen Amtleuten und seinen Städten Stendal, Salzwedel, Tangermünde, Gardelegen und Osterburg; beim jungen Herzoge Otto (cocles) zu Göttingen, Otto des Quaden Sohn; beim Grafen Otto von Schaumburg und seinem Sohne Adolf; beim Grafen Moritz von Spiegelberg; dem Edelherrn Heinrich von Homburg; den Rittern Burchard von dem Bussche, Adolf von Holte, Gebhard von Saldern, Johann Clüver, und den Knappen Friedrich und Albrecht von Wustrow; Werner, Curt, Brüning und Wilbrand von Alten, dem langen Wilbrand und Heinrich von Reden; Hermann Beck u. a. m. Die Hansestädte Lübeck und Hamburg sandten nahezu 700 Reiter, ohne die Fussknechte. Ferner kamen nach Lüneburg: Aschwin und Balduin von dem Knesebeck mit 58, Gerhard Mollendorf und Gerhard Borhagen mit 50 Reitern [4].

Bevor jedoch diese Streitkräfte kampfbereit waren, hatten die Herzöge im Sommer 1306 den Krieg mit Gluck fortgeführt. Sie waren in die Grafschaft Schaumburg eingedrungen und hatten dort viele Reisige ergriffen, die sie theils schatzen, theils auf der Burg Ricklingen in

---

[1] Das Chronicon Luneburgicum bei Leibnitz, S. S. III. Brunsv. II., S. 1352 berichtet: . . . Besunderen vorbaleke de Tyranne Hinrick den duchtigen knapen Dideryk van Mandelslo tho Tzelse by Hannover vor sick up eynen dach, dat he up loven quam. Tho dem reeth Hennek Hinrick sulvest, unde stack ehm mit dem schwerde dorch syn lyff up der stede doth, darumme dat he de sate unde eede holden, unde dem, de in der sate wehren, alve den stelen, ehres rechtes bystendich wesen wolde — —.

[2] Venturini, Handbuch der vaterländischen Geschichte, S. 467; Sudendorf, VIII., S. 98 u. f.

[3] v. Heinemann, II., S. 165 u. a. O.

[4] Vaterländisches Archiv, Jahrgang 1834. II., S. 264.

Gefangenschaft hielten. Von dort zogen sie zwischen dem 18. und 29. Juli gegen Hannover. Vor der sogenannten Mordmühle (südl. Hannover), kam es zum Kampfe [1], in welchem Herzog Heinrich anscheinend, trotz einiger Verluste, das Feld behauptete, worauf er dort einen Bergfried (Thurm) errichten liess.

An diesen Zügen der Herzöge, namentlich gegen Hannover, betheiligten sich auch die Brüder Cord, Berthold, Brand und Johann von Mandelsloh, des schwarzen Dietrichs Söhne. Dieselben, einer anderen Linie der Familie angehörend, waren schon früher (1391), vielleicht auf Veranlassung der Herzöge, neben Dietrich von Münchhausen, der Sate wegen, mit der Stadt Hannover in Fehde gerathen [2].

Von dem Schlosse Harburg, dessen sich die Herzöge nach der Ermordung Dietrichs von Mandelsloh bemächtigt hatten, und von dem Schlosse Winsen a. d. Luhe aus, belagerten sie Lüneburg, schnitten der Stadt die Zufuhr ab, indem sie Korn- und Salzschiffe erbeuteten, bei Dreckharburg die Schifffahrt auf der Ilmenau durch Pfähle und versenkte Schiffe sperrten und die Güter der Lüneburger verwüsteten. Sie nahmen Bürger gefangen, die sie an Händen und Füssen verstümmeln liessen. Bis unter die Mauern der Stadt zeigten die Leichen die Spuren des erbitterten Kampfes. In der Nacht schlich Herzog Heinrich mit seinen Knechten herbei, um das Gut der Bürger vor den Thoren der Stadt anzuzünden. Da gelang es Statius von Mandelsloh einen dieser Knechte, Namens Wensin, auf frischer That zu erschlagen.

In dieser grossen Bedrängniss kam der Stadt endlich die Rettung: mit starker Macht zogen die Hamburger und Lübecker vor das Schloss Harburg, während die Lüneburger durch einen kräftigen Ausfall den Feind zurückdrängten, die Schifffahrt auf der Ilmenau wieder frei machten und von Hamburg aus Lebensmittel in die Stadt schafften. Gemeinsam zwangen sie sodann die Herzöge zum Rückzuge auf Uelzen, belagerten Winsen a. d. Luhe zwar ohne Erfolg, und zogen, nachdem sie die dortige Gegend verheert hatten, vor Uelzen. Unterdessen stürmten die Hannoveraner und die von Mandelsloh den von den Herzögen bei Bissendorf aufgeführten Bergfried und die dortige Landwehr, zerstörten beide, und brannten Winsen a. d. Aller, Leveste unter dem Deister nebst den von den Herzögen aufgeführten Bergfried, bei der mehrgenannten Mordmühle (Hartmühle, später Landwehrschenke), nieder [3]. Der Krieg nahm für die Anhänger der Sate eine so günstige Wendung, dass es schon am 29. August unter Vermittlung des Herzogs Erich von Sachsen-Lauenburg, des Grafen Erich von Hoya und der Städte Braunschweig und Helmstedt zu einem dreijährigen Frieden (Waffenstillstand) kam, in welchem auch die von Mandelsloh und ihre Freunde (namentlich) eingeschlossen wurden [4].

Aber schon drei Monate nach Abschluss dieses von den Herzögen angelobten und verbrieften Friedens fielen diese mit ihren Verbündeten, ohne Verwahrung ihrer Ehre (d. h. Fehde anzukündigen), — um den 29. November —, in die Güter des Johann Clüver und des Statius von Mandelsloh ein und verursachten diesen einen Schaden von 1000 Lübecker Mark. Dann erst — so klagt Statius [5] — kündigten die Herzöge ihnen Fehde an, liessen Güter und Leute brandschatzen, und ihren Leuten, während des Friedens, den diese von den Herzögen erkauft

---

[1] Sudendorf, VIII, S. 111.

[2] Daselbst VII, S. 273; VIII, S. 111 ss u. d. S. 112 ss.

[3] Ventiroli, Handbuch der vaterländischen Geschichte, II, S. 497 ff. - s. Heinemann l. c. Jürgens, Geschichte der Stadt Lüneburg, S. 49 f.

[4] Sudendorf, VIII, S. 151.

[5] Herzog Heinrich stellt diesen Friedensbruch zu ar in Abrede. Sudendorf, VIII, S. 204.

hatten, einen Schaden von 2000 Mark zufügen. Hierauf belagerte Herzog Heinrich Ottersberg, das Schloss des Statius von Mandelsloh, und gewann es. Dabei wurden des Letzteren Güter verwüstet, ihm einige Knechte erschlagen und durch Raub, Brand, Gefangennahme, Todtschlag und Brandschatzung ein Schaden von mehr als 1000 Mark löth. Silbers verursacht. Dem Ritter Johann Clüver zwangen die Herzöge in dem Schlosse Ottersberg 3000 lüb. und 100 brem. Mark, sowie an den von Clüver und Statius v. M. gemachten Gefangenen, welche diese beiden Edlen wohl unbeschadet ihrer Ehre hätten beschatzen können, zum Nachtheile der Letzteren, 1200 Mark oder mehr ab).

Erzbischof Otto von Bremen, der seinem Oheime Albrecht († 14. April 1395) auf dem erzbischöflichen Stuhle gefolgt war, nahm während des Friedens gleichfalls die Gelegenheit wahr, um, seinen herzoglichen Brüdern zu Liebe, den von Mandelsloh grossen Schaden zuzufügen, was ihm um so leichter gelang, als Heineke und Statius von Mandelsloh seit einigen Jahren wieder in den Besitz erzbischöflicher Schlösser und Aemter gelangt waren. Auch der Bischof Otto von Minden war mit Anderen, ohne den von Mandelsloh Fehde anzusagen, gegen sie zu Felde gezogen[2]; desgleichen die Grafen von Hoya, die sich trotz des Vorbehalts der von Mandelsloh, nicht ihre Feinde werden zu wollen, nicht abhalten liessen, sie zu bekriegen[3]. Gross mag fürwahr der Schaden gewesen sein, den die von Mandelsloh damals auf ihren Gütern erlitten haben.

Aber nicht zufrieden mit den Erfolgen dieser Friedensbrüche, schlossen ihre Urheber noch folgenden Vergleich: Am 29. November 1396 verpflichteten sich der Erzbischof von Bremen, der Bischof von Minden, die Herzöge Friedrich, Bernhard und Heinrich, die Grafen Erich zu Hoya und Otto zu Hoya-Bruchhausen, sowie die Stadt Bremen, an Heineke und Statius von Mandelsloh, Zeit ihres Lebens, keine Schlösser in ihren Ländern und Herrschaften zu übergeben, noch denselben irgendwo Aufenthalt zu gestatten[4]. Diese für die Folge ganz wirkungslose Massregel lässt erkennen, dass die von Mandelsloh an dem damaligen politischen Leben hervorragenden Antheil nahmen und deshalb der herzoglichen Partei besonders verhasst sein mussten[5].

Langwierige Vergleichshandlungen folgten dem Friedensschlusse vom 29. August. Sie wurden vom Grafen Erich von Hoya, mehreren Rittern und Knappen und drei Bürgermeistern Braunschweigs im Auftrage der Herzöge und von fünf Bürgermeistern der Städte Lübeck und Hamburg im Namen der Stadt Lüneburg und ihres Anhanges geführt und konnten erst auf Grund eines im Juni 1307 geschlossenen provisorischen, und von den Parteien durch Bürgen gesicherten Friedens, zu einem Resultate gelangen.

Es würde zu weit führen, auf den Verlauf der Verhandlungen näher einzugehen, weshalb wir nur die Aussöhnung der Herzöge mit den von Mandelsloh näher ins Auge fassen wollen:

Der Rath zu Lüneburg hatte durch Vertrag übernommen, den Herzögen zu Ehren und zu Gefallen, den von Mandelsloh und ihren Freunden, die sich treu im Dienste der Stadt bewiesen hatten, zu Willen und Freundschaft, dem Dietrich von Mandelsloh aber, welcher der Stadt treuer Freund war, zur Seligkeit, eine beständige Vicarie im Dome zu Verden zu gründen und sie mit

---

[1] Sudendorf, VIII., S. 203, 210, 219 u. f.

[2] Daselbst S. 215

[3] Daselbst.

[4] Bremisches Urkunden-Buch, IV., S. 240.

[5] Wie angesehen die v. Mandelsloh als Verbündete waren, geht daraus hervor, dass Ritterbürtige sich nicht scheuten, gelegentlich einer Urfehde den Herzögen zu erklären, dass sie wieder mit den v. M. reiten würden, falls die Herzöge mit diesen in neuen Streit geriethen.

der Rente eines Wispels Salz auf der Saline zu Lüneburg zu beschenken. Das Patronatrecht (lehnware) über diese Vicarie (corporis christi) solle ewig bei den von Mandelsloh verbleiben. Ritter Origis Klenke[1]) soll die Erlaubniss des Domkapitels zu Verden zur Gründung der Vicarie auswirken, in der Domkirche den Altar dazu bauen und weihen lassen, auch Messbuch, Kelch und Messgewand anschaffen, wozu der Rath zu Lüneburg ihm, der alles dies den Herzögen und den von Mandelsloh zu Liebe auszurichten übernimmt, 50 Mark Pfennige zu Hülfe geben will. Hiermit soll der Unwille, der wegen Dietrich zwischen den Herzögen und den von Mandelsloh entstanden ist, gänzlich beseitigt sein. Die Herzöge sollen den von Mandelsloh alle Güter derselben, in und ausser der Herrschaft, wieder ausliefern und sie wie ihre anderen Mannen getreu vertheidigen. Auf beiden Seiten soll man alle Briefe vernichten, aus denen ein Rechtsbehelf für solchen Unwillen entlehnt werden könnte. Der Rath zu Lüneburg will für Dietrich von Mandelsloh ein Jahresgedächtniss in der Stadt Lüneburg stiften — — — [2]).

In der Uebereinkunft der beiderseitigen Schiedsrichter vom 19. Juni 1307 wurde sodann diesbezüglich noch folgendes vereinbart[3]: — — Die Herzöge sollen bis zum 29. Juli mit dem Erzbischofe Otto von Bremen, dem Bischofe Otto von Minden und dem Grafen Otto von Hoya[4] eine von diesen und von ihnen selbst zu haltende Tagfahrt verabreden, zu welcher die von Mandelsloh und ihre Freunde völlig sicher kommen können. Auf ihr sollen die Klagen der von Mandelsloh wider die Herzöge und die Gegenklagen in Freundschaft, oder nach dem Rechte, erledigt werden. Was aber die Klage wegen des Todes des Dietrich von Mandelsloh betrifft, so bleibt diese Sache bis zum nächsten 29. Juli ausgesetzt. Wird man alsdann über alles andere, so wird man auch wohl hierüber sich einigen. Die Herzöge sollen allen, die von den Städten Lübeck und Hamburg auf die Tagfahrt kommen, sicheres Geleit geben. Von der Stadt Lüneburg werden Herzog Otto von Braunschweig (zu Göttingen), Graf Otto von Schaumburg und sein Sohn Adolf, Graf Moritz von Spiegelberg, Junger Wilbrand und Heinrich von Reden, Werner, Conrad, Brüning und Wilbrand von Alten und der Rath und die Bürger von Salzwedel in den Frieden und in die Sühne eingeschlossen. Die Herzöge errichten einen, bis zum nächsten 29. Juli dauernden, Frieden mit dem Ritter Burchard Bussche, mit Heineke und Statius von Mandelsloh und mit den Freunden derselben. Ritter Burchard Bussche und die von Mandelsloh schliessen in den Frieden Werner von Alten, Gebhard Schulte den Jüngeren, Hermann Beck und Brüning von Alten namentlich ein. Die Herzöge nehmen den Erzbischof von Bremen, den Bischof von Minden und den Grafen Otto von Hoya und die Lande dieser drei Herren in den Frieden auf. Der Erzbischof und der Graf sollen den von Mandelsloh und dem Ritter Burchard Bussche, wie diese jenen, für den Frieden Sicherheit und Bürgen stellen. Den gegen die Aufnahme des Bischofs von Minden und einiger Anderer in den Frieden vom Ritter Burchard Bussche und von den von Mandelsloh gethanen Einspruch beseitigt Graf Erich von Hoya durch seine Bürgschaft. Die Herzöge sollen in den Irrungen des Ritters Burchard Bussche und der von Mandelsloh mit dem Erzbischofe von Bremen und dem Grafen von Hoya einen Tag zu Verden ansetzen, dahin sicheres Geleit verleihen und daselbst die Streitigkeiten zwischen den Genannten in Güte beizulegen versuchen. Ein anderer Tag soll am nächsten 15. Juli zu Hannover gehalten werden, um zu versuchen, ob zwischen den Herzögen und den von Mandelsloh, durch Vermittlung der

----

[1]. Bekanntlich früher (ersten) Satzrichter, dann Feind der Satz.
[2]) Sudendorf, VIII, S. 103 u. f.
[3]) Daselbst S. 215.
[4]) Diese drei Herren hatten bekanntlich die v. Mandelsloh bekriegt.

Herren und Freunde beider, ein gütlicher Vergleich wegen des Friedensbruches und wegen anderer Klagepunkte zu Stande kommen kann. Hilft dort keine Vermittlung, so soll die Sache an den römischen König gebracht werden [1] — — —.

Einen besonderen Klagepunkt der Herzöge bildete der Tod ihres Dieners Wensin, der bekanntlich nächtlicher Weile bei einer Brandlegung von Statius von Mandelsloh ertappt und erschlagen wurde. Die herzoglichen Schiedsrichter stimmten endlich der Anschauung bei, dass die Stadt, weil sie Statius aufnahm, deshalb unangefochten bleiben solle [2].

Am 21. October 1397 kam es endlich zwischen den Herzögen und den Städten Lüneburg und Hannover zur definitiven Aussöhnung, welche den Ersteren natürlich die grösseren Vortheile sicherte. Um jedoch bei den Städten Lübeck, Hamburg, Lüneburg und Hannover Vertrauen zu erwecken, überliessen die Herzöge ihnen die Schlösser Harburg, Ludershausen und Bleckede auf wenigstens 10 Jahre, für die Pfandsumme von 19,200 Mark. In weiteren Verträgen schlossen die Herzöge sodann eine Sühne mit den Städten Hamburg und Lübeck, überliessen der Stadt Hannover das ihr verhasste Schloss Wilkenburg zum Abbruch und schenkten der Stadt Uelzen nebst einer Entschädigungssumme das Gudesthor [3].

Mit den von Mandelsloh kam, insbesondere wegen Dietrichs Ermordung, eine Aussöhnung nicht so bald zu Stande. Die Ursache dieser Verzögerung ist nicht erkennbar; — jedenfalls milderte die Zeit die Gegensätze, aber auch das Interesse, welches die Verbündeten, namentlich die Stadt Lüneburg, an der Aussöhnung der von Mandelsloh hatten. Letztere blieben daher in derselben auf sich selbst angewiesen. Heineke von Mandelsloh sollte sie nicht mehr erleben, denn er starb anscheinend in der zweiten Hälfte des Jahres 1397 [4].

Der Gründung einer Vicarie im Dome zu Verden wurde schon gedacht. Am 14. August 1398 [5] 1398 wiederholen die Bürgermeister zu Lüneburg die Dotierung dieser von Statius von Mandelsloh (Heineke wird nicht mehr erwähnt) zu fundierenden Vicarie mit einer Salzrente [6].

Am 16. Februar 1401 [7], als Herzog Heinrich die Hülfe des Statius von Mandelsloh in 1401 Anspruch nahm, um sich des Schlosses Langwedel zu bemächtigen, kam es endlich zu einer Sühne. Statius und die Söhne seines verstorbenen Bruders Heineke, Harbert, Conrad und Statius, versprachen sowohl wegen Dietrichs Ermordung, als auch wegen der übrigen Streitigkeiten, den Herzögen Bernhard und Heinrich, ihren Dienern, Mannen und Unterthanen, auch allen denjenigen, welche, als Dietrich von Mandelsloh getödtet wurde, mit auf dem Felde waren,

[1] Sudendorf, VIII., S. 210 ist ein Entwurf der Aussöhnung vom 18. Juni enthalten, welcher gleichfalls wegen Dietrichs Ermordung, die Entscheidung des Kaisers, des Richters über Fürsten, in Erwägung zieht; doch wurde dieser Rechtsweg von den v. Mandelsloh anscheinend nicht betreten.

[2] Daselbst S. 261.

[3] Daselbst S. 283.

[4] Heineke wird zuletzt in der Sühne vom 19. Juni 1397 erwähnt.

[5] Sudendorf, VIII, S. 325.

[6] Bürgermeister, Rath und Bürger verpflichten sich, wie sie bei Gelegenheit der mit den Herzögen errichteten Sühne diesen zu Willen, zur Seligkeit des Dietrich v. M., welcher der Stadt Lüneburg treuer Freund war, und zu Ehren seines Bruders Statius v. M., der ihr treuer Helfer gewesen ist, sich schon verpflichtet haben, jährlich in der Woche nach dem 6. Januar so viel, als ein Wispel Salz rechten Fluthgutes auf der Saline Lüneburg ohne Abzug der an die Saline zu entrichtenden Abgabe jedes Jahr an Renten eingebracht hat, aus den Einkünften der Stadt-Kämmerei — (so der vicarie de (sich) Statius van Mandelsloh vorheb to synes vorscreuenen broder wile mottischeit leggen wil (vic!) an den dom to verden so lange to bezahlen, bis sie ein freies Wispel Salz rechten Fluthgutes auf der Saline Lüneburg erweisen und der Vicarie datur überlassen (daselbst).

[7] Sudendorf, VIII, S. 356 u. f.

Sicherheit ihres Lebens und ihrer Gesundheit. Dagegen sollten die Herzöge die von Mandelsloh gleich ihren andern Mannen getreu vertheidigen und ihnen kein Unrecht thun, noch thun lassen. Dafür stellten die von Mandelsloh ihre Freunde Heineke von Münchhausen, Brüning von Alten und Hermann Beck den Herzögen als Bürgen. An demselben Tage ward auch wegen des Schlosses Calenberg, welches Dietrich von Mandelsloh mit Werner von Alten gemeinsam inne hatte, ein Vergleich geschlossen. Die genannten Mandelsloh verpflichteten sich, sobald sie die Bewilligung des Werner von Alten erlangt haben würden, die Hälfte des Schlosses mit allem Rechte, Gerichte u. s. w., den Herzögen für 800 Mark l. S. auszuliefern, falls ihnen das Schloss in der Zwischenzeit nicht abgenommen werde.

Albert Rust, ein Anhänger der Mandelsloh'schen Partei, der den Herzögen manchen Schaden verursacht haben mochte, leistete diesen am 31. März Urfehde, behielt sich aber vor, dem Heineke von Münchhausen und dem Statius von Mandelsloh zu helfen, falls diese mit den Herzögen wieder in Fehde geriethen.

Es scheint indessen, wie schon oben angedeutet wurde, zwischen dem Herzoge Heinrich und Statius von Mandelsloh zu einem besseren Einvernehmen gekommen zu sein, denn um diese Zeit lieferte Statius jenem das erzbischöfliche Schloss Langwedel aus. Letzteres war kurz vorher dem Statius, anscheinend auf Grund seiner noch aus der Bremer Fehde (1380) herrührenden Ansprüche [1], vom Bremer Dompropst Johann Monnich übergeben worden. Erzbischof Otto II. verglich sich darauf am 15. Juni 1399 mit seinen Brüdern, den Herzögen Bernhard und Heinrich in der Weise, dass diese ihm das Schloss gegen Zahlung von 3000 Rhn. Gulden wieder ausliefern sollten. Weil anscheinend der Erzbischof und Statius v. M. noch in Fehde lagen, so sollten demselben Vertrage gemäss, die Herzöge dem Erzbischofe und den Seinen vor Statius von Mandelsloh, vor Heineke von Münchhausen und vor den Anhängern derselben zu einer auf den 24. Juni angesetzten Tagfahrt sicheres Geleit geben. Auch sollten die Herzöge, weil sie das Schloss von Statius v. M. einlösten, deshalb vom Erzbischofe, vom Domcapitel und von der Stadt Bremen nicht mehr verklagt werden [2].

Nach diesen erbitterten Sate-Kriegen kam dieser merkwürdige Bund, von dem übrigens bei den Friedensverhandlungen garnicht die Rede war, nie mehr zur Geltung. Raub und Fehde herrschten freilich auch fernerhin im Lande, doch nicht in so erschreckender Weise als bisher. Die Herzöge hatten durch die Vergleiche ihre Unabhängigkeit und Freiheit des Handels wiedererlangt und obendrein eine bedeutende Summe Geldes. Dies und die wachsende Macht des Bürgerthums und der Hanse, sowie der Verfall des Ritterthums, machten die Sate entbehrlich. Noch eine Zeitlang fristete sie ihr kümmerliches Dasein, bis sie infolge des, vom Kaiser Maximilian I. (1. Oct. 1495) gegebenen allgemeinen Landfriedens gänzlich aufgehoben wurde (1510).

---

[1] Bremisches Urkunden-Buch, IV., S. 7.

[2] Sudendorf, IX., S. 15 u. Bremisches Urkunden-Buch, IV., S. 348. — Dass diese Fehde im Zusammenhange stand mit jener, die von der Stadt Bremen gegen Statius v. Mandelsloh und die v. Münchhausen, Burgmannen zur Schlüsselburg (Oct. 1399) geführt ward, ist anzunehmen. Langwedel war eines jener Schlösser, welche Bremen schon früher zum Schutz der städtischen Herrschaft an der unteren Weser, in Besitz genommen hatte. Als nun die Bremer ihre Eichenschiffe (eeken?) sehr gefährdet sahen, ersuchten sie den Grafen Otto v. Hoya um Schutz derselben; dieser aber erwiderte ablehnend; dass er vorerst die Meinung der v. Mandelsloh kennen müsse. (Bremisches Urkunden-Buch, IV., S. 349.)

Die Aussöhnung zwischen den Herzögen und den von Mandelsloh hatte keinen Bestand. Am 2. Juni 1403 vermittelten die Grafen Otto und Erich von Hoya, Curd von Mandelsloh, ·schwarzen· Dietrichs Sohn, und Heineke von Münchhausen zwischen den Herzögen Bernhard und Heinrich einerseits und Harbert von Mandelsloh, Heinekes Sohne, und seiner Vogtei zu Petershagen andrerseits, wegen eines zwischen Loccum und Rehburg (1402?) stattgehabten Gefechtes[1], in welchem 5 herzogliche Knechte erschlagen wurden[2]. Da Statius von Mandelsloh in dieser Sühne nicht mehr genannt wird, die letzte Urkunde aber, in welcher er die Aussöhnung Johann Kovots mit der Stadt Bremen bezeugt, am 30. Juli 1401[3] ausgestellt ist, so muss er zwischen diesem Tage und dem 2. Juni 1403 gestorben sein. Das Necrologium der Verdener Kirche macht es wahrscheinlich, dass der 25. August 1402 sein Todestag war. Mit ihm starb der letzte der streitbaren Brüder nach einem Leben voll Kampf und Unruhe. Mit des Reiches Acht beladen und — deshalb wohl — als schlichte Knappen, schieden sie aus dem Leben, denn die Ritterwürde, die doch bei ihren Vätern[4] gleichsam erblich geworden, ward keinem zutheil, obwohl es ihnen an ritterlichen Tugenden und an den nöthigen Mitteln nicht gefehlt haben dürfte[5].

Wie Lüneburg das Andenken Dietrichs von Mandelsloh mit der Vicarie ·corporis christi· im Dome zu Verden und mit einem Jahrgedächtniss zu Lüneburg ehrte, ist bekannt. Schon einige Jahre zuvor hatte die Stadt Hannover ihre freundliche Gesinnung und hohes Vertrauen[6] dem Dietrich dadurch erwiesen, dass sie ihm und seiner Gemahlin Adelheid (geb. von Reden?) den sogenannten heiligen Kreuzeshof auf der Burgstrasse zu Hannover (wohl das spätere Offizialgebäude des Stadtdirectors Cat. 253 der Leinestrasse), gegen die Verpflichtung, den Hof in baulichem Zustande zu erhalten, zur lebenslänglichen Benutzung einräumten. Dieses Verhältniss wurde am 21. März 1401 vor Gericht der Frau Adelheid, Dietrichs Wittwe, in Anwesenheit

[1] Die Ursache dieses Kampfes ist nicht bekannt. Harbert v. Mandelsloh hatte sich (Januar 1403) verpflichtet, der Stadt Lüneburg mit 20 Gewaffneten zu Hülfe zu kommen, und der Streit zwischen dieser Stadt und den Herzögen nahm kein Ende (Jürgens, Geschichte der Stadt Lüneburg, S. 521.

[2] Sudendorf, IX., S. 282; unter anderem wurde vereinbart; dass zu einem Seelgerede hundert Mann die Hände der Todten in Loccum zu Grabe bringen sollen und jeder von ihnen soll fünf mal zu Opfer gehen; ausserdem soll man zehn Mann nach Aachen senden und fünf steinerne Kreuze zwischen Loccum und Rehburg setzen, u. s. w.

[3] Bremisches Urkunden-Buch, IV., S. 560.

[4] Ihre Vorfahren:

Heinricus	Wicmannus	Liudolfus (1127—1140)
Heinricus	Ermelnobhus	Harbertus (1160—1196) 1181 1183
Conradus (1221, ·Ritter·, † 1255).		Hartbertus (1221).
Lippoldus, 1232, 1244 ·Ritter·.		Harbertus, 1255 ·Ritter·, † 1280.
Hartbertus, 1270 ·Ritter·, 1331 schon †.		Ludolfus ·Ritter· 1280.
Harbert, 1316, ·Ritter· 1333.	Conrad, 1316.	Willikin, 1316. Herbord, 1316.
Harbert, 1333, 1310 ·Ritter·, 1373 schon †. Gem.: Hille von Bordesloh.		Conrad, 1333—1303.
Heineke, † 1397.	**Dietrich**, † 23. April 1396. Gem.: Adelheid von Reden.	**Statius**, † 25. August 1402.
Harbert, Curt, Statius.	Sophie.	Statius.

[5] Auch ward die Ritterwürde zumeist erst im späteren Alter erworben, und keiner der drei Brüder v. M. hat anscheinend das 50. Lebensjahr überschritten.

[6] Wie gross dieses Vertrauen war, kann man daraus ermessen, dass die Städte damals ausserordentlich vorsichtig in der Aufnahme eines mächtigen Herren waren, namentlich, wenn es sich um dauernden Aufenthalt handelte. Wohl schwerlich hätte die Stadt Dietrich aufgenommen, wenn er ein so arger Raubritter gewesen, wie ihn die Geschichte schildert.

ihres Vormundes [1] (und Bruders?) Gottschalk von Reden und des Zeugen Conrad von Cramm neuerdings bestätigt. An demselben Tage verpflichteten sich die Aelterleute der Kreuzkirche, mit Rücksicht auf die von der Wittwe von Mandelsloh vorgenommenen Reparaturen, für Dietrich und alle verstorbenen Mitglieder des Geschlechts von Mandelsloh Vigilien und Seelenmessen zu halten; auch wurden der Wittwe, neben Ertheilung der Abgabenfreiheit, 2 Kirchenstühle in der Kreuzkirche angewiesen [2].

Wo die Brüder von Mandelsloh ihre Ruhestätten fanden, ist leider nicht mit Sicherheit nachzuweisen. Anscheinend ruht Dietrich von Mandelsloh, falls er nicht im Dome zu Verden beigesetzt wurde, im Kloster Marienwerder [3], unweit Seelze, der Stätte seiner Ermordung. Nach einer Notiz des verstorbenen Grafen Julius von Oeynhausen befand sich einst in diesem Kloster der Grabstein eines im Jahre 1396 verstorbenen Dietrich [4] von Mandelsloh und seiner Gemahlin »Metta« von Reden. Sollte hier eine Verwechselung der Namen Adelheid und Mathilde vorliegen? Auch der Todestag Dietrichs ist nicht genügend aufgeklärt; derselbe würde nach dem Necrologium der Verdener Kirche auf den 23. April anzusetzen sein, wenn nicht die Stiftungsurkunde der Vicarie im Dome zu Verden auf den 6. Januar hinzudeuten schiene, als dem Tage, nach welchem in der darauffolgenden Woche die Salzrente alljährlich zur Auszahlung gelangen sollte.

Am Schlusse unserer Abhandlung soll noch einer sehr bedeutenden Stiftung gedacht werden, durch welche Dietrich von Mandelsloh, als er auf der Höhe seines gemeinnützigen Wirkens stand, seinen frommen Sinn bethätigte. Am 23. Mai 1303 stiftete er mit Zustimmung des Bischofs Otto von Minden und der Herzöge Bernhard und Heinrich, sowie mit Einwilligung seiner Brüder Heineke und Statius und seines Oheims Conrad, des Aelteren, an der Kirche zu Mandelsloh ein Collegiatstift mit 6 Präbenden für einen Dechanten, 6 Stiftsherren und 2 Vicarien, und dotirte diese Stiftung mit folgenden namhaften Gütern:

a) dem Zehnten zu Wendenborstel und 3 Meierhöfen daselbst,
b) dem Zehnten zu Farlingen,
c) dem Luchtehof zu Mandelsloh,
d) den Gütern des heiligen Ostdag und der diesfallsigen Vogtei und
e) mit 200 Mark l. S. jährlicher Rente [5].

Aber die Beigabe dieser Jahresrente, so edel auch ihr Zweck, konnte schwerlich, und namentlich in so unruhigen Zeiten, dauernd aufrecht bleiben, denn der Gründer besass keine männlichen Nachkommen, und seine Brüder waren, angesichts der gewaltigen Wirren, welche seiner Ermordung folgten, und die ihnen selbst schwere Opfer auferlegten, wohl nicht in der Lage, auch nach seiner Verpflichtung hinsichtlich der Rente nachzukommen. Nachdem Dietrich diese Rente, wie anzunehmen ist, drei Jahre hindurch geleistet hatte, empfing er den Todesstoss, anscheinend ohne testamentarische Bestimmungen hinterlassen zu haben. Schon ein Jahr später (1307) folgte ihm im Tode sein älterer Bruder Heineke; und Statius, sein jüngerer Bruder, besass

---

[1] Graf Oeynhausens Nachlass in der Bibliothek des Historischen Vereins für Niedersachsen; daselbst wird Gottschalk v. Reden als Vormund bezeichnet.

[2] Königliches Staatsarchiv zu Hannover, Obligationen 1387—1530, pag. 117; Zeitschrift des Historischen Vereins für Niedersachsen, Jahrg. 1857, S. 276 f.

[3] Dieses Kloster gehörte zu den Besitzungen der Familie. Die eigentliche Familien-Grabstätte befand sich im Kloster Loccum, woselbst auch die aus der Familie hervorgegangenen Aebte, Herbord (1347) und Lippold v. M. († 1360), ruhen.

[4] Mithoff, Kunstdenkmale u. s. w., I., S. 142, nennt ihn »Franciscus« v. M. Der Name Franz kommt jedoch in der Familie erst in viel späteren Zeiten vor.

[5] Zeitschrift des Historischen Vereins für Niedersachsen, Jahrg. 1857, S. 295.

nach den schweren Verlusten, die er durch die Herzöge, Bischöfe und Grafen bekanntlich Ende 1306 erlitten hatte, wohl nicht die Mittel, der Verpflichtung seines Bruders, bezüglich der Rente, gerecht zu werden. Daneben mochte die Errichtung der Vicarie im Dome zu Verden, zu Dietrichs Seelenheil, seine Mittel erschöpft haben. Dass er aber trotzdem den besten Willen hatte, Dietrichs hochherzige Stiftung aufrecht zu erhalten, beweisst ein am 4. April 1543 aufgenommenes Verzeichniss [1] der Urkunden des Stiftes Mandelsloh, worin es sub Nr. 20 wörtlich heisst:

»Ein fundatio einer Canonisei zu Mandelslo, die Statius sambt andern mitgenannten zu Mandelslo gegeben, und vermelden auff den Luchtehoff und all S. Ostages gudt, uff den Zehenten zu Wendeborstell mit dreien Meierhöfen daselbst, den Zehenten zu Farlingen auch auff den grundt uff der Hagene von der Wedeme an biss auff den Kirchoff. Datum MCCCXCVII«.

Danach waren alle von Dietrich geschenkten Erbgüter, jene 200 Mark ausgenommen, 1397 und selbst nach Heinekes Tode noch beim Stifte; statt der fehlenden 200 Mark aber ist ein Grundstück hinzugefügt worden.

23 Jahre hindurch scheint sodann das Stift, mit etwa 6—7 Stiftsherren, ungestört bestanden zu haben. Dann trat der alte Groll der Herzöge Bernhard und Heinrich gegen die Herren von Mandelsloh wieder hervor, und bereitete deren Stiftung den Untergang. Am 13. December 1415 (kaum ein Jahr vor Herzog Heinrichs Tode, welcher am 1. Oktober 1416 erfolgte) vereinigten die Herzöge das Stift zu Mandelsloh mit jenem auf der Neustadt Hannover. In der betreffenden Urkunde [2] behaupten sie etwa folgendes: Dass verstorbene von Mandelsloh eine Canonie zu Mandelsloh von 6 Präbenden gestiftet und sich verpflichtet hätten, dieselbe mit jährlichem Gelde und Gute zu dotieren. Aber die von Mandelsloh sind »affinich« geworden, haben die Canonie nicht begabt, sondern ihren Briefen die Siegel abgerissen [3].

Den Herzögen war es jedoch lediglich darum zu thun, selbst eine namhafte Stiftung zum Seelenheile ihrer Eltern, Verwandten und aller verstorbenen Mitglieder der Herrschaft Lüneburg, sowie der bei Winsen Gefallenen zu errichten [4], und dazu kam ihnen die von Dietrich von Mandelsloh gewidmete reiche Güterspende, welche trotz der fehlenden 200 Mark [5] noch ganz ansehnlich war, sehr gelegen. Herzog Heinrich, der fast allein im Lande herrschte, hatte, bei seiner bekannten Rücksichtslosigkeit, kein Gefühl für die fromme Stiftung des (von ihm

---

[1] Zeitschrift des Historischen Vereins für Niedersachsen. Jahrg. 1857, S. 327. — Diese Urkunden, welche noch näheren Aufschluss geben könnten, sind seither in Verlust gerathen.

[2] Daselbst S. 304

[3] Der Name des frommen Stifters (Dietrich), durch dessen Ermordung Herzog Heinrich unbewusst die fernere Auszahlung der Rente selbst vereitelt hatte, wird nicht genannt. Ob die v. Mandelsloh thatsächlich der Stiftungs-urkunde Dietrichs die Siegel nahmen, lässt sich nicht mehr constatiren, — fest steht, dass die von Statius v. M. im Jahre 1397 aus-gestellte Fundirungs-Urkunde noch im Jahre 1543 vorhanden war (vergl. daselbst S. 325). Weil Leibniz (S. rer. Bruns. II, p. 195) — wohl auf Grund der herzoglichen Stiftungs-Urkunde sagt: »Theodoricus (de Mandelslo) apposuit ec marcas puri argenti. Sed cum istis ducentis marcis non fuit prosperatum, quia nemo scit, ubi ista pecunia mansit«, wird von anderen Chronisten, welche in einseitiger und abfälliger Weise das Leben und Thun der Brüder v. Mandelsloh behandeln, die Be-hauptung aufgestellt, dass die v. Mandelsloh ihre Stiftungsurkunden vernichtet hätten.

[4] Zeitschrift des Historischen Vereins für Niedersachsen. Jahrg. 1857, S. 270.

[5] In der herzoglichen Urkunde fehlen ausser diesen 200 Mark auch die Zehnten von Farlingen; ob diese durch andere Güter ersetzt wurden, oder bei der Kirche zu Mandelsloh verblieben sind, lässt sich nicht mehr nachweisen; — diese Zehnten kommen übrigens unter den Mandelsloh'schen Besitzungen später nicht mehr vor. Alle übrigen von Dietrich v. M. gespendeten Güter (§ Meierhöfe u. s. w.) sind in der herzoglichen Urkunde verzeichnet. Es ist kaum zu verwundern, dass bei dem beständigen Kampfe der Familie um die Erhaltung ihres Besitzstandes, — einem Kampfe, den übrigens nicht oder weniger jedes mächtige Geschlecht gegen seine Bedrücker zu führen gezwungen war —, einzelne Stücke der Stiftung ver-loren gingen.

erstochenen) Dietrich von Mandelsloh, jenes Mannes, dessen Widerstande gegen Herzog Albrecht (1365) er in erster Linie den endlichen Besitz der Herrschaft Lüneburg verdankte[1]. Sogar das Sanct Ostdag-Gut nebst Vogtei, einst bei der Gründung der Kirche zu Mandelsloh (880), dieser gewidmet[2] und von der Familie bisher, und vermuthlich Jahrhunderte lang, verwaltet, sollte nach der Neustadt Hannover wandern, wo statt 6, nunmehr 12 Geistliche (10 auf der Neustadt und 2 in Mandelsloh), wohnen sollten[3].

Gegen diesen Act der Willkür erhoben zwar der Dechant, das Capitel und Hermann von Mandelsloh Protest, jedoch anscheinend nicht gegen die Herzöge, sondern gegen den Lehnsherrn, den Bischof Wilbrand von Minden, welcher der Vereinigung des Stiftes zu Mandelsloh mit jenem auf der Neustadt nochmals (1416) zugestimmt hatte. Nachdem Hermann von Mandelsloh, vermuthlich damals Patron der Kirche, sich des Dechanten und des Capitels »sammt ihren Meiern und Köterns« in einer Vertheidigungsschrift angenommen hatte[4], kam es noch im selben Jahre (1416) zu einem Vergleiche »umb S. Ostages gut und vogtie«. Ob dieses Gut aber der Kirche zu Mandelsloh zurückgegeben wurde, ist uns nicht bekannt.

Mit der Beseitigung der Mandelsloh'schen Stiftung entfielen aber nicht nur die Synodalrechte der nun 1000jährigen Kirche[5], sondern auch das Patronatsrecht der Familie — als eines der letzten Attribute des uralten Herrensitzes Mandelsloh[6].

---

[1] Nachdem Herzog Albrecht vor Ricklingen, der Burg Dietrichs v. M., tödlich getroffen war, ging die sächsische Herrschaft ihrem Ende rasch entgegen.

[2] Ueber die Gründung dieser Kirche finden wir folgende interessante Erzählung bei Hermann v. Lerbeck (um 1400) in seiner Chronik der Mindenschen Bischöfe: Am 2. Februar 880 wurden die Sachsen von den Normannen in der Schlacht bei Ebstorf (Ebbekestorpe) geschlagen. Viele Edle, darunter Buchöde, Herzöge, Grafen u. s. w. blieben auf der Wahlstatt, unter ihnen Ostdach (Osdag, Osdacus), Herzog v. Burgund. Ostdachs Schwester begab sich auf das Schlachtfeld, um den todten Bruder zu suchen und in heimathlicher Erde zu bestatten. Nachdem sie den Leichnam auferbunden und eben mit ihm durch Mandelsloh[?] fuhr, hielten die Pferde plötzlich an, und wollten nicht weiter. Die fromme Fürstin erblickte darin ein Zeichen des Himmels. Sie ließ an der Stelle eine Kirche nebst Kapelle bauen und in derselben den Bruder beisetzen; auch dotirte sie die Kirche mit 15 Hufen Land, dem sogenannten »Sanct Ostdachs Gut«, welches sich anscheinend in der Familie v. Mandelsloh von einer Generation zur andern vererbte, bis es im Jahre 1393 von Dietrich v. M. der mehrerwähnten Stiftung gewidmet wurde. Weil Ostdach im Kampfe für den christlichen Glauben gefallen war, ward er als Märtyrer heilig gesprochen; später als Schutzpatron der Kirche zu Mandelsloh urkundlich häufig erwähnt, erscheint er auch auf dem älteren Kirchensiegel als Ritter dargestellt. Vergl. Zeitschrift des Historischen Vereins für Niedersachsen. Jahrg. 1857, S. 255 u. f.

[3] Zeitschrift des Historischen Vereins für Niedersachsen. Jahrg. 1857, S. 279.

[4] Daselbst S. 328, Nr. 23 u. S. 327, Nr. 22.

[5] Mandelsloh war der Sitz eines Archidiaconates und seine Kirche die bedeutendste des Bannes.

[6] Schon früher (1344) war das Gaugericht (hohe Gerichtsbarkeit) zu Mandelsloh aus dem Besitze der Familie in jenen der Herzöge von Braunschweig-Lüneburg gelangt, und das Burglehn sowie andere Gerechtsame hatten zu existiren aufgehört. Wäre die Familie bei ihrem Reichthume und in friedlicheren Zeiten nicht im Stande gewesen, die fehlende Jahresrente durch Güter zu ersetzen, um die Stiftung Dietrichs zu erhalten? An frommem Sinn und Opferwilligkeit fehlte es nicht, denn groß ist die Zahl der geistlichen Stiftungen und Schenkungen an Kirchen und Klöster (Loccum). Nur erwähnt sei die Stiftung des Probstes Herbord v. M. über 2 Vicarien im Dome zu Verden (1451) und jene des Asche v. M., welcher, genau 100 Jahre nach Dietrichs Stiftung, in der Kirche zu Mandelsloh den Liebfrauen-Altar nebst Vicarie gründete und dazu namhafte Güter zu Mandelsloh über dem See, Dienstorf, Lutter, Evensen, Negenborn und Wunstorf spendete.

[7] Zeitschrift des Historischen Vereins für Niedersachsen, Jahrg. 1857, S. 255, wird einer Urkunde gedacht, nach welcher der Ort Mandelsloh schon um's Jahr 900 bestand. In dieser Urkunde (Protocoll) werden 4 Zeugen aus Meindorf und Mandelsloh genannt: »De meinanthorpe Aetget, Thielger, Sifrid, hugal de mandeslume«. — (Meindorf lag vermuthlich bei Mandelsloh, wo noch ein sogenanntes »Meinfeld« befindlich). — Die Urkunde selbst befindet sich im Königlichen Staatsarchive Hannover s. R. Domstift Hildesheim Nr. 33.

STAMMTAFEL

der Herzöge von Braunschweig und Lüneburg.[1])

Otto (puer),
geb. 1204, † 9. Juni 1252.

Albrecht (magnus),
geb. 1236, erhält aus der Theilung (1267)
das Herzogthum Braunschweig.
† 15. August 1279.

Johann,
erhält das Herzogthum Lüneburg,
† 13. December 1277.

Albrecht (pinguis),
zu Goettingen, † 22. September 1318.

Otto (strenuus),
† 9. April 1330.

Magnus (pius),
erhält aus der Theilung mit seinem Bruder Ernst (1345)
das Herzogthum Braunschweig; † 1360.

Ernst († 1367),
erhält das Fürsten-
thum Goettingen.

Wilhelm,
† 23. November 1369.

Magnus (torquatus),
nimmt seit 1345 an der Regierung seines Vaters Theil;
vermählt vor 1356 mit
Katharina von Anhalt.
Er † 26. Juli 1373.

Ludwig,
1355 von Herzog Wilhelm
zu Lüneburg zum Mitregenten
erklärt; vermählt 1359 mit
dessen Tochter Mechtild.
Er † 1367.

Otto
(malus, der Quade),
† 6. Decbr. 1394.

Elisabeth,
† 1384;
vermählt 1370 mit dem Herzoge
Otto von Sachsen († 1350).

Mechtild,
vermählt: I. mit Herzog Ludwig
von Braunschweig,
II. mit Graf Otto von Schaumburg.

Otto
(cocles),
† 15. Febr. 1463.

Friedrich,
erhält das Herzog-
thum Braunschweig,
† 5. Juni 1400.

Bernhard,
† 11. Juni 1434.

Heinrich,
† 2. October 1416.

Gemeinsam seit 1388 im Herzogthum Lüneburg.

Otto,
Bischof v. Verden
1388, Erzbischof
von Bremen 1395,
† 30. Juni 1406.

Albrecht, Herzog von Sachsen-Wittenberg; nebst seinem Gross-
vater dem Herzog Rudolf I. und seinem Oheimen Rudolf II. und
Wenzel vom Kaiser Karl IV. im Jahre 1355 und 1370 mit dem
Herzogthume Lüneburg belehnt, † 1385; vermählt 7. Juni 1374
mit Katharina, Herzog Magnus' (torquatus) Wittwe.

[1]) Ausführliche Stammtafeln: vergl. Sudendorf, Urkundenbuch zur Geschichte der Herzöge von Braunschweig und Lüneburg. Band I, II und VII.

Siegeltafel.

1 bis 3: Siegel der Brüder Heineke, Dietrich und Statius von Mandelsloh (Wappen: ein Jagdhorn).
1 und 3 v. J. 1396, 2 v. J. 1389.

4: Das „Sate-Siegel" (Wüsten): ein Löwenkopf. v. J. 1395.

Personenregister.

B. = Burger; Bm. = Burgermeister; Edelh. = Edelherr; Erzb = Erzbischof; Gf. = Graf; Herz. = Herzog (Herzogin);
K. = Knappe; R. = Ritter; Rh. = Ratsherr.
(Die Zahlen beziehen sich die Seiten.)

Druckfehler-Berichtigung.

S. 15 Z. 13 v. o. lies „(Vgl. S. 17?" statt „(Vgl. S. 191".
S. 15 Z. 14 v. o. „ „gescholten" statt „gehalten".
S. 61 Z. 17 v. o. „ „(Bremervörde)".
S. 68 Z. 11 v. o. „ „zwischen" statt „zwischem".
S. 86 Z. 12 v. o. setze nach Stadt: „Hannover".
S. 63 Z. 8 v. o. lies „Non eruachten" statt „Non versachten".
S. 88 Z. 21 v. o. streiche ein Wort „mit".
S. 89 Z. 2 v. o. lies „griffen Letztere" statt „griff Letzterer".